U0096972

民國文化與文學研究文叢

十一編

李 怡 主編

第5冊

晚清至五四的國民性問題研究

孫 強 著

國家圖書館出版品預行編目資料

晚清至五四的國民性問題研究／孫強 著 — 初版 — 新北市：
花木蘭文化事業有限公司，2019〔民108〕
目 2+200面；19×26公分
（民國文化與文學研究文叢 十一編；第5冊）
ISBN 978-986-485-791-3（精裝）
1. 民族性 2. 中國
820.9　　108011474

民國文化與文學研究文叢
十一編　第五冊　　ISBN：978-986-485-791-3

晚清至五四的國民性問題研究

作　　者　孫　強
主　　編　李　怡
企　　劃　四川大學中國詩歌研究院
總 編 輯　杜潔祥
副總編輯　楊嘉樂
編　　輯　許郁翎、王筑、張雅淋　美術編輯　陳逸婷
出　　版　花木蘭文化事業有限公司
發 行 人　高小娟
聯絡地址　235 新北市中和區中安街七二號十三樓
　　　　　電話：02-2923-1455／傳真：02-2923-1452
網　　址　http://www.huamulan.tw　信箱　hml 810518@gmail.com
印　　刷　普羅文化出版廣告事業
初　　版　2019年9月
全書字數　184675字
定　　價　十一編12冊（精裝）新台幣23,000元　

晚清至五四的國民性問題研究

孫強 著

作者簡介

孫強，1972 年生，甘肅鎮原人，西北師範大學文學學士，陝西師範大學文學碩士，南開大學文學博士。現爲西北師範大學文學院教授，主要研究方向爲中國現當代文學。著有《晚清至五四的國民性話語》《當代中國現代文學研究（1949 ～ 2009）》（合著），編著《隴上學人文存孫克恒卷》。在《文藝爭鳴》《貴州民族研究》等核心期刊發表學術論文 20 多篇。主持國家社科基金項目 1 項，主持或參與國家、省級各類科研項目 7 項。獲甘肅省哲學社會科學優秀成果獎三等獎、甘肅省高校社會科學優秀獎一等獎、海南省哲學社會科學優秀獎二等獎等獎勵。

提　　要

在中國歷史與社會的變遷與運動中，國民性一直扮演著非常重要的角色，晚清至五四時期關於國民性問題的討論也最爲熱烈。針對學術界的有關爭論，本書主要借鑒話語分析的方法，努力突破 20 世紀 80 年代啓蒙主義的國民性研究，也避免了由於簡單挪用後殖民主義理論而產生的誤讀，考察了國民性理論產生的歷史過程，揭示了它和啓蒙運動之間的淵源關係，對晚清至五四時期的國民性問題作了細緻和系統的研究。在歷史的脈絡中，主要著眼於中國國民性問題的具體實踐，從文明論、民族主義與民族國家、奴性批判、道德批評、種族問題、國粹問題、個人觀念、鄉土問題等不同層面對國民性問題的產生、運用和呈現形態進行了勾勒和分析，闡述了中國國民性問題產生的不同面向和歷史內涵，探討了國民性論述形成的話語規則和文化機制。

國家社科基金項目（編號 17BZW151）

從「純文學」到「大文學」：重述我們的「文學」傳統——《民國文化與文學研究文叢》第十一編引言

李 怡

歷史總是在不經意間爲我們增添或減除一些重要的意義，我們今天奉若神明的「文學」也是這樣。自「五四」開啓的百年中國文學的發展可以說就是以「提純」傳統蕪雜的「文章」概念爲起點，以倡導接近西方近代意義的「純粹」的「文學」爲指向的。在「五四」以降的百年來的中國文學史中，「回到文學本身」「爲了藝術」「重申文學性」之類的呼聲層出不窮，構成了最宏大也最具有精神感染力的一種訴求。不過，圍繞這些眞誠的不失悲壯的訴求，我們不僅看到了各種社會政治力量的阻力，而且也能夠眞切地感受到種種「名實不符」的微妙的實踐悖論。這都告訴我們，這看似簡明的「文學之路」絕非我們想像的那麼理所當然，其中包含著太多的異樣與矛盾。本文試圖重新對「五四」開啓的「文學」取向提出反思和清理，其目的是爲了重述長期爲我們忽略的現代「文學」傳統的來龍去脈和內在結構。

重述並不是爲了「顚覆」歷史的表述，而是爲了更加清晰地洞察這歷史的細節，特別是解釋那些歷史表述中模糊、含混的部分。我們相信，只有在關於「文學」觀念的細緻的梳理中，中國現代文學的方向和內在機理才能得到眞正的展現，而它的價值也才能夠進一步確立。

這樣的清理將形成與目前研究態勢的直接對話，特別是對倡導「回到五四」的 1980 年代的學術方式加以重新審視和觀察，雖然審視和觀察並不是爲了否定那個時代最寶貴的進取精神。

歷史轉折與「文學」地位的升降

自「五四」開啓的中國現當文學是在中外多種文化的滋養中發展壯大的，這是一個不容質疑的基本事實。

鑒於中國現代文學的發生是好幾代中國作家刻意突破傳統寫作方式重圍，勉力「別求新聲於異邦」的重大收穫，在一個相當長的時期內，是否承認外來文化、外來文學之於中國現代文學誕生的特殊作用，幾乎就是我們能否把握這一文學基本特質的最重要的立場，承認了這一事實，我們才有效地打開了進入現代文學的窗口，把握了文學發展的最重要的方向，拒絕這一事實，或者是以曖昧的態度講述這一歷史都可能造成我們視線的模糊，無法眞正領會中國文學確立「現代的」「世界性」的目標的特殊意義。甚至，如果我們不能在情感的層面上體諒和認同這些新文學創立者因爲引入外來文化所經歷的種種曲折，付出的種種艱辛，我們簡直也無法深入到現代文學的精神內部，去把捉和揣摩其心靈的起伏、靈魂的溫度。

在長達一個世紀的歷史中，所謂現代中國知識分子的「五四情結」，一切「回到現代文學本身」的熱切的情懷，都只有在這種從理性到感性甚至本能情緒的執著「認同」的層面上獲得解釋。在已經過去、迄今依然令人回味的1980 年代——有人曾經以「回到五四」來想像這個年代的歷史使命——我們將中國現代文學的精神最大程度地與國家的改革開放，與對待外來文化的態度緊密相連，在那時，通過對中國現代文學吸納外國文學、外國文化的挖掘，現代的文學確立起了前所未有的榮光，「走向世界」的聲音既來自國家政治，也理直氣壯地在中國現代文學的闡述當中得到了有力的支持。〔註 1〕

儘管如此，我們卻不能認爲對「五四」、對中國現代文學的闡釋已經接近尾聲，也沒有理由將這一曾經的主流性理論當作永恆不變的前提，因爲，就如同近代作家通過舉起「一代有一代之文學」來突破傳統、確立自我一樣，今天的學人也有必要通過提煉、發現自己的「問題」來揭示文學發展更內在的結構和機理。

〔註 1〕參見曾小逸：《走向世界文學——中國現代作家與外國文學》（湖南文藝出版社 1986 年），這是最形象地體現 1980 年代中國現代文學學術精神的著作，不僅著作的正副標題都清晰地標注出了時代的主旨，著作的緒論全面地闡述了民族文學「走向世界文學」的宏大圖景，而且各選文的作者都緊緊圍繞中國現代文學如何在「世界文學（外國文學）」的啓示中茁壯成長加以論述，這些論述都代表了當時學界最活躍最有實力的成果，可謂是 1980 年代學術之盛景。

這並不是如一些人想像的那樣，需要通過否定「五四」、質疑甚至顛覆 1980 年代的學術來彰顯自己。中國學術早就應該眞正擺脫「二元對立」「非此即彼」的思維模式了。自 1990 年代以降，我們不斷指謫「五四」和 1980 年代的進化論思維、「二元對立」思維，其實自己卻常常陷入這樣的思維而不能自拔，如果「五四」的確通過大規模引入外國文學與西方文化完成了對傳統束縛的解脫，如果 1980 年代是在改革開放、走向世界的「鼓舞」下撥亂反正，部分建立了學術的自主性，那麼這種呼喚創造的企圖和方向不也是任何時代都需要的嗎？爲什麼一定要通過否定「五四」的「西化」態度、詆毀 1980 年代「走向世界」的赤誠來完成新的學術表述呢？

事實上，學術的質疑歸根到底還是對前人尚未意識到的「問題」的發掘，而不是對前代學術的徹底清算；學術的新問題的發現和解決最終是推進了我們的認識而不是證明新一代的高明或思想的「優越」。何況，在所有這些「問題」的不同闡述的背後，還存在一個各自學術的根本意義的差異問題：嚴格說來，學術的意義只能在各自的「歷史語境」中丈量和衡定，也就是說，是不同時代各自所面對的歷史狀況和問題的針對性決定了學術的眞正價值，離開了這個歷史語境，並不一定存在一個跨越時空的「絕對的正誤」標準。不同時代，我們對問題的不同認知和解答乃是基於各自需要解決的命題，其差異幾乎就是必然的。

所有這些冗長的論述，主要是想說明一個問題：我們完全可以重新展開 1980 年代對文學史的結論，重新就一些重大問題再行討論，這並不是爲了顛覆 1980 年代的「思想啓蒙」和學術立場，而是爲了更有力地推進學術的深化。

在這裡，我想強調的是，今天，我們對於「文學」的認知其實已經與 1980 年代大有不同了。這不是因爲我們比 1980 年代的人們更高明、更深刻，而是今天的我們遭遇了與 1980 年代十分不同的環境。

在 1980 年代，文學幾乎就是全社會精神文化的中心，甚至國家政治、倫理、法制、教育的巨大問題都被有意無意地歸結到「文學」的領域來加以確定和關注。

回顧歷史我們可以知道，「改革開放」的 1980 年代的中國人民生活，就是在以對新文化傳統的想像當中展開的，是對「五四」傳統的呼喚中開始的。那個時候，中國學術界的很多人，言必稱「五四」，言必稱魯迅。以我們中國語言文學學科爲例，基本上無論是搞外國文學也好，搞比較文學也好，搞現當代文學也好，搞美學也好，搞文藝理論也好，他們學術興趣的起點幾乎都是從「五四」開始的，從對魯迅的重新理解開始的。甚至普通的中國人也是這樣，那個時候新華書店隔一段時間「開放」一本書，隔一段時間「開放」一個作家，老百姓排著隊在新華書店買書，其中很多是新文學的作品。新文學、中國當代文學的一些探索，一些思考，一些問題，直接成爲我們思考、解決當前社會問題，包括解決我們人生問題的重要根據。那個時候講教育問題，我們首先想到的是劉心武的《班主任》。《班主任》的意義不是一本小說的意義而是帶來整個教育改革的啓迪。到後來，工廠搞改革，全國人民都知道一本《喬廠長上任記》，大家是通過閱讀這本小說來研究中國怎麼搞改革的。賈平凹的小說《雞窩窪的人家》，後來被改編成電影《野山》。電影上演後，引發了全社會對改革時期家庭倫理問題的討論，報紙上發表的文章，題目直接就是《改革，就必須換老婆嗎？》。因爲賈平凹在小說裏講述了農村改革時期兩個家庭的重新組合問題，大家認爲文學作品是一種家庭倫理關係的示範，生活中的家庭關係處理問題直接可以從小說中得到答案。中國人生活中的很多困惑都會通過 1980 年代那些著名的小說來回答，包括那個時候城鄉流動，很多農村人想改變自己的戶口，想到城裏邊來，改變「二等公民」的地位……那時候一部小說特別打動人，那就是路遙的《人生》。在《人生》開篇的地方，路遙引用了柳青的一段話：「人生的道路雖然漫長，但緊要處常常只有幾步，特別是當人年輕的時候。」這樣的文學表述一下子就被當作 「人生金句」，成了中國人抄錄在筆記本上的格言，到處流傳。我們的文學就是如此深入地介入了現實社會、現實政治的幾乎一切的領域，直接成爲人生的指南！

1990 年代，一切都在發生著變化。一方面是西方的經濟方式繼續在中國滲透，中國人的日常生活開始有了新的娛樂方式，「文學失去了轟動效應」，另一方面，文學也不再探討社會改革的重大問題，不再執著於現代的啓蒙、反思和改造國民性之類的沉重話題，或者這些話題也巧妙地隱藏在各種「喜聞樂見」的娛樂形式之中，「大眾娛樂」的價值越來越受到文學家和藝術家的認可，一些重要的通俗文學地位上升，例如金庸武俠小說開始登上 「大雅之堂」，進入了「文學史」。

最近一些年，人們開始提出了另外一個問題，這就是重新思考「五四」，質疑「五四」。其代表性的觀點就是：中國文化發展到今天出了問題，出了什麼問題呢？我們曾經很長一段時間過分相信西方，「五四」雖然有好處，但是「五四」也犯了錯誤，犯了什麼錯誤呢？就是割裂了我們民族文化的傳統。「五四」的最大問題是以偏激的激進主義觀點，割裂了中華民族文化的很多優秀的傳統。所以說，「五四」那個時候有一個口號成了今天重新被人質疑的一個問題，這就是「打倒孔家店」。有人說今天我們怎麼能「打倒孔家店」呢？你看看今天人人都要重新談孔子，重新談國學，國學都要復興了，那「五四」不是有問題嗎？「五四」知識分子最大的問題就是偏激，他們偏激地引進西方文化，而又如此偏激地割斷了與傳統文化的聯繫。今天，在改革開放 40 年之後，歷史完成了一個循環，而這個循環就是我們這 40 年是以對「五四」的繼承開始的，但又是以對「五四」的質疑告終的。

在這裡，我們暫時不對形成這些歷史轉變的複雜原因作出分析挖掘，而只是藉此正視一個基本的事實：無論我們的情感態度如何，我們需要研讀的「文學」都已經出現了重大的變化；無論我們對這樣的變化持怎樣的遺憾或者批評，都不能不看到它本身絕非是荒誕不經的，也深刻地體現了某種思想文化邏輯的眞實面相；在今天，我們只能將「失去轟動效應」的文學表現與曾經如此富有轟動效應的文學夢想一併思考，才能更全面更準確地把握歷史的脈搏，從而對一個世紀以來的「文學」的命運重新作出解釋。

「文學」研究：從大夢想回到小細節

與 1980 年代那些直接介入社會的巨大的文學夢想比較，今天的我們更應該展開的工作就是面對這命運坎坷、「瘡痍滿目」的「文學」的現實，認眞地回答它「從哪裏來」，一路「遭遇」了什麼，又可能「走到哪裏去」。

對「五四」以降百年來中國文學的研究將從具體入手，從細節處的困惑開始。

這不是簡單對抗 1980 年代的宏大的夢想，而是將夢想的產生和喪失一併納入冷靜的觀察，理性梳理二十世紀文學之「夢」的來源和局限，同時從外部和內部多個方面來梳理「文學」的機理。

這也不是要否定文學被賦予的「社會責任」，不是為了拒絕這些「社會責任」而刻意攻擊 1980 年代的所謂「宏大敘事」。恰恰相反，我們是試圖通過對文學結構的更細緻更有說服力的探尋來重新尋找我們的歷史使命，重新建構一種介入中國文化問題的可能。

顯而易見，新的追問也不是對 1990 年代以來文學研究日益「學院化」，日益在「學術規範」中孤芳自賞的認同，在正視 1980 年代困境的同時，我們繼續正視 1990 年代以來的新的困境。

今天我們面臨的一大困境在於：文學被抽象化爲某種「純粹」的高貴，而這種高貴本身卻已經沒有了力量，更無法解釋自「五四」以來中國現代文學自身就存在的那種干預社會的強大的能量，儘管 1980 年代所寄予文學的希望可能超過了文學本身的能力負荷，但是我們卻不能說當時的「希望」都是空穴來風，是完全沒有歷史根據的臆想。雖然我們今天也無法預測未來的中國文學究竟怎樣在文學的自主性與社會使命之間獲得平衡，比 1980 年代的理想主義更能切實地實現自己的歷史價值，但是重新回到中國現代文學發生發展的事實當中，更細緻更有說服力地清理其內在的精神結構，解釋那些文學家們如何既能確立自己，又能夠眞誠地介入社會，而且，這一切的文化根據究竟有哪些？

我們的解釋可能就會擺脫「走向世界」的故轍，眞正將中外多種文化都作爲解釋中國作家的精神秘密的根據。因爲，很明顯，近代以後，單純地強調「純文學」的引進已經不足以解釋中國文學的種種細節，例如魯迅，這位在民初大力引進西方「純文學」觀念的啓蒙先驅，後來又常常陷入「不夠文學」的寫作窘迫之中，而且從最初的無奈的自嘲到後來愈發堅定的自信，這裡的「文學」態度眞是耐人尋味：

> 也有人勸我不要做這樣的短評。那好意，我是很感激的，而且也並非不知道創作之可貴。然而要做這樣的東西的時候，恐怕也還要做這樣的東西，我以爲如果藝術之宮裏有這麼麻煩的禁令，倒不如不進去；還是站在沙漠上，看看飛沙走石，樂則大笑，悲則大叫，憤則大罵，即使被沙礫打得遍身粗糙，頭破血流，而時時撫摩自己的凝血，覺得若有花紋，也未必不及跟著中國的文士們去陪莎士比亞吃黄油麵包之有趣。〔註 2〕

歷史更有趣的一面是：就是這位在新文學創立過程中大力呼喚「純文學」（美術）的先驅者，到後來被不少的學者批評爲「文學性不足」，甚至「不是文學」。這裡接受者、解讀者的思想錯位甚至混亂亟待我們認眞清理——在現代中國，究竟有什麼樣的「文學觀」？何以出現如此弔詭的現象？

〔註 2〕魯迅：《華蓋集·題記》，《魯迅全集》第三卷 4 頁，人民文學出版社 2005 年。

至於整個中國現代文學，在當今已經獲得了一個很有代表性的印象：非文學。20 世紀的中國歷史幾乎被公認爲是「非文學」的時代：「中國新文學運動從來就和政治浪潮配合在一起，因果難分。五四時代的文學革命——反帝反封建；三十年代的革命文學——階級鬥爭；抗戰時期——同仇敵愾，抗日救亡，理所當然是主流。除此之外，就都看作是離譜，旁門左道，既爲正統所不容，也引不起讀者的注意。這是一種不無缺陷的好傳統，好處是與祖國命運息息相關，隨著時代亦步亦趨，如影隨形；短處是無形中大大減削了文學領地，譬如建築，只有堂皇的廳堂樓閣，沒有迴廊別院，池臺競勝，曲徑通幽。」〔註 3〕即便不是出於刻意的貶低，我們也都承認，在這一百年之中，更需要人們解決的還是社會民生的一系列重大問題，「文學本身」並沒有太多的機會隆重登場。這一描述大概不會有太多的人否認，然而，困惑卻沒有就此消除：難道「文學」僅僅是太平盛世的奢侈品？在困苦年代人們就沒有資格談論文學，沒有資格獲得文學的滋養？古今中外大量的歷史事實都可能將這一結論擊得粉碎。這裡，再次提醒我們的還是一個事實，我們必須對「文學」觀念本身展開認眞的追問。正如朱曉進所說：「當我們回顧 20 世紀文學的發展時，我們看到的是這樣一個基本的歷史事實：在 20 世紀的大多數年代裏，文學的政治化趨向幾乎是文學發展的主要潮流。也許將此稱爲『思潮』並不準確，但文學與政治的特殊關係，卻無疑是其最爲顯性的文學發展的特徵之一。因此，在研究上述年代的文學現象時，首先應關注的也許倒不是純美學、純藝術層面的東西，而是文學的政治化潮流的問題。我們應該從政治文化的角度去看待這些年代的文學，對文學現象得以產生的政治文化氛圍，以及文學以何種方式、在多大程度上與政治文化結緣，政治的因素到底在多大程度上，到底以什麼形式，最終導致了一些文學現象的產生，以及最終支配了文學發展的趨向等等問題給予更多的關注。以政治或政治文化的角度來觀照和解釋 20 世紀文學發展中的許多現象，我們也許可以從更爲廣闊的範圍來探討其成因。」〔註 4〕

其實，在現代中國，「非文學」的力量何止是政治文化，還包括各種生存的考慮，包括我們固有的對於寫作的基本觀念。所有這些力量都十分自然地

〔註 3〕柯靈：《遙寄張愛玲》，《張愛玲文集》第四卷 427 頁，安徽文藝出版社 1992 年版。

〔註 4〕朱曉進：《文學與政治：從非整合到整合》，《社會科學輯刊》1999 年 5 期。

組成了二十世紀中國知識分子的生活與精神現實，不可須臾脫離。或者說，「非文學」已經與我們的生命形態融會貫通了。

於是乎，中國現代文學那些「非文學」的追求總是如此眞誠，也如此動人心魄，我們無從拒絕，也無從漠視，你斷定它是文學也好，非文學也罷，卻不能阻斷它進入我們精神需要的路徑，而一旦某種藝術形態能夠以這樣的姿態完成自己，我們也就沒有了以固定的文學知識「打壓」「排除」它們的理由，剩下的問題可能恰恰在於：我們本身的「文學」觀念就那麼合理嗎？那麼不可改變麼？

這樣的追問當然也不是完成某種對「文學」的本體論式的建構，不是僅僅在知識來源上追根溯源，並把那種「源頭性」的知識當作「文學」的「本來」，將其他的歷史「調整」當作「變異」，恰恰相反，我們更應當關注「文學」觀念如何組合、流動、變異的過程，在這裡，文學的理念如何在西方「純文學」召喚下發生改變的過程更值得清理。

這樣的努力，也將帶來一種方法論上的重要的改進。在過去，我們一般傾向於相信，中國現代文學的發生在很大程度上源於西方文化的衝擊和挑戰，是西方的「人文主義」文化確立了「五四」對「人」的認識，是西方文學獨立的追求讓中國文學再一次地「藝術自覺」，在西方文化還被置於「帝國主義侵略」的一部分而傳統文化理所當然屬於「國粹」的時代，承不承認這種外來影響的作用，曾經是我們能否在一個開闊視野上自由研究的基礎，然而，在今天，當中外矛盾衝突已經不再是社會文化主要焦慮的今天，當援引西方思想資源也不再構成某種精神壓力的時候，我們完全可以建立一種新的更平和地研討中外文學與文化關係的機制，在這裡，引進西方文化資源並不一定意味著更加的開放和創新，而重述中國的傳統資源也不一定意味著保守和腐朽，它們不過都是現代中國人的心理事實，挖掘這樣的心理事實，是爲了更清楚地認識我們自己，讀解我們今天的文化構成，這是對 1980 年代以後中國現代文學研究「主體性」的眞正重塑。

重述現代中國的「文學」觀，就應當從這些歷史演變的具體細節開始。

「文學」研究：從小純粹到大歷史

當強調學術研究從大夢想回到小細節，這個時候，我們獲得的「文學」研究也就從審美的「小純粹」進入到了一個時代的「大歷史」，也就是朱曉進先生所謂「20 世紀文學發展中的許多現象，我們也許可以從更爲廣闊的範圍來探討其成因。」

在這裡，與傳統中國密切關聯的另外一種「文學」理解方式——雜文學或曰大文學理念不無啓示。雜文學是相對於近代以來被強化起來的「純文學」而言，而「大文學」則可以說是對包含了「純文學」觀念在內的更豐富和複雜的文學理念的描述。

現當代中國概念層出不窮，有外來的，有自創的，有的時候出現頻率之高，已經到了人們無法適應的程度，以致生出反感來。最近也有人問我：你們再提這個「雜文學」或「大文學」，是不是也屬於標新立異啊？是不是在中國現當代文學批評的沈寂年代刻意推出來吸引人眼球的啊？

我的回答很簡單，這早就不是什麼新概念了，相反，它很「舊」，五四時代就已經被運用了，最近十多年又反覆被人提起、論述。只不過，完整系統的梳理和反思比較缺少。今天我們試圖在一個比較自覺的學術史回顧的立場上來檢討它，應當屬於一種冷靜、理性的選擇。

據學者考證，「早在 1909 年，日本學者兒島獻吉郎就曾經出版過一部《支那大文學史》，這恐怕是『大文學』這一名稱見於學術論著的最早例證。稍後謝无量於 1918 年出版的《中國大文學史》，則將文字學、經學、史學等，都納入到文學史中，有將文學史擴展爲學術史的趨勢，故其『大』主要表現爲『體制龐大，內容廣博』。這裡的『大文學史』雖與第一階段的文學史寫作沒有本質的差別，但這一名稱的提出對於後來的文學史研究者卻無疑具有啓示意義。」〔註 5〕在我看來，謝无量提出「大」乃是有感於五四時期西方「純文學」的定義無法容納中國固有的寫作樣式，以「大」擴容，方能將固有的龐雜的「文」類納入到新近傳入的「文學」的範疇。《中國大文學史》的出現，形象地說明了兩種「文」（文學）的概念的衝突，「大」是一種協調、兼容的努力。

當然，謝无量先生更像是以「大」的文學史擴容來爲傳統中國的文學樣式留下足夠的空間，也就是說，將早已經存在於傳統中國的、又不能爲外來的「純文學」理念所解釋的寫作現象收納起來，這更接近我所說的對「雜文學」的包容。傳統中國的「文學」專指學術，與當今作爲創作的「文學」概

〔註 5〕劉懷榮：《近百年中國「大文學」研究及其理論反思》，《東方叢刊》2006 年 2 期。

念近似的是「文」——用今天的話來說就是「文章」，不過此「文章」又是包羅萬象，既有詩詞歌賦之類的「文學」作品，也有論、說、記、傳等論說之文、記敘之文，還有章、表、書、奏、碑、誄、箴、銘等應用之文，與西方傳入之抒情之「文學」比較，不可謂不「雜」矣。

我們可以這樣來粗略描述這源遠流長又幾經演變的「文學」過程：

在古老的中國，存在多樣化的寫作方式，我們以「文」名之，那時，人們無意在實用與抒情、史實與虛構之間做出明確的區分，因而不太符合現代以後的學科、文體的清晰化追求。但是，這樣的模糊性（尤其是混合詩與史的模糊性）卻不能說對今天的作家就完全喪失了魅力，「雜」的文學理念餘緒猶存。

在晚清民初，西方的「純文學」概念開始引起了人們的注意，人們試圖借助「純文學」對外在政治道德倫理的反叛來解放文學，或者說讓文學自傳統僵化思想中解脫出來，重新確立自己的獨立性，於是，有意識地去「雜」趨「純」具有特殊的時代啓蒙價值。

然而，新的「文學」知識一旦建立，卻出現了新的問題：傳統中國的各種豐富的創作現象如何解釋，如何被納入現有的文學史知識系統當中？謝无量借助日本學術的概念重寫《中國大文學史》，就是這樣一種「納舊材料入新框架」的努力。

進入現代中國以後，中國作家的創作同時受到多種資源的影響。這裡既有傳統文學理念的延伸，又有新的歷史條件下文學在事實上超越「純粹」的趨向，後者就不僅僅是「雜」的問題，更蘊含著現代中國式「文學」精神的獨特發展。我們或可以「大文學」的視野來觀察它們：相對於西方「純文學」而言，這些超出「藝術」的元素可能多種多樣，只能以「大」容之——「大」依然是現代知識分子文學關懷的潛在或顯在的追求，不能理解到這一層，我們就會失去對現代中國一系列文學現象的深刻把握，例如魯迅式雜文。關於魯迅式的雜文究竟是不是文學，曾經有過爭論，我們注意到，所謂非文學指謫的主要根據還是「純文學」，問題是魯迅雜文可能本來就無意受制於這樣的「純粹」，他是刻意將一切豐富的人生感受與語言形態都收納到自己的筆端，傳統「文」的訓練和認知十分自然地也成爲魯迅自由取捨的資源。

除了雜文式的文學之「雜」，日記、筆記、書信甚至注疏、點評也可能成爲中國知識分子抒情達志的選擇，它們都不夠「純粹」，但在中國人所熟悉的人生語境與藝術語境中，卻魅力無窮，吸引著中國現代作家。

「大」與「雜」而不是「純」的藝術需求對應著這樣一種人生現實：我們對文學的期待往往並不止於藝術本身，在這個時代，我們需要迫切解決的東西可能很多，現實世界需要我們回答的問題也很多，遠遠超過了作爲語言遊戲的文學藝術本身。換句話說，「純粹」並不能滿足我們，我們對現實的關懷、期待和理想都常常借助「文學」來加以闡發，加以表達，「大」與「雜」理所當然，也理直氣壯。現代中國文學不就是如此嗎？猶如學者斷言二十世紀本來就是一個「非文學」的世紀。這一判斷不僅是批評、遺憾，更是一種客觀的事實陳述，我們其實不必爲此自卑，爲此自責。相反，應該以此爲基點重新梳理和剖析現代中國文學的一系列重要特徵。

在這個意義上，所謂的「大文學」也就是文學的寫作本身超過了純粹藝術的目的，而將社會人生的一系列重要目標納入其中。這就不可謂不「大」，或者不「雜」了。

從傳統的「文」到近代的「純文學」，再到因應「純」而起的「雜文學」之名，最後有兼容性的「大文學」，這一過程又與百年來中國學術的發展過程相共生，正如文學史家陳伯海所剖析的那樣：「考諸史籍，『大文學』的提法實發端於謝无量《中國大文學史》一書，該書敘論部分將『文學』區分爲廣狹二義，狹義即指西方的純文學，廣義囊括一切語言文字的文本在內。謝著取廣義，故名曰『大』，而其實際包涵的內容基本相當於傳統意義上的『文章』（吸收了小說、戲曲等俗文學樣式），『大文學』也就成了『雜文學』的別名。及至晚近十多年來，『大文學』的呼喚重起，則往往具有另一層涵義，乃是著眼於從更廣闊的視野上來觀照和討論文學現象如傅璇琮主編的《大文學史觀叢書》，主張『把文化史、社會史的研究成果引入文學史的研究，打通與文學史相鄰學科的間隔』，趙明等主編的《先秦大文學史》和《兩漢大文學史》，強調由文化發生學的大背景上來考察文學現象，以拓展文學研究的範圍，提示文學文本中的文化內蘊。這種將文學研究提高到文化研究層面上來的努力，跟當前西方學界倡揚的文化詩學的取向，可說是不謀而合。當然，文化研究的落腳點是在深化文學研究，而非消解文學研究（西方某些文化批評即有此弊），所以『大文學』觀的核心仍不能脫離對文學性能的確切把握。」〔註 6〕

〔註 6〕陳伯海：《雜文學、純文學、大文學及其他》，《紅河學院學報》2004 年 5 期，文章所論「發端」當指中國學界而言。

如果我們承認在這一闊大空間之中，活躍著多種多樣的文學樣式，那麼這些文學追求一定是既「大」且「雜」的。為了解釋這樣的文學，我們必須讓文學回到廣闊的歷史場景，讓文學與政治博弈，與經濟互動，與軍事對話，與人生輝映……

大文學，這就是我們重新關注百年中國文學之歷史意味所召喚出來的學術視野與學術方法。

這樣的新「文學」研究可以做哪些事呢？

顯然，我們可以更寬闊地揭示現代中國文學的生態景觀。也就是說，我們將跳出「為藝術」的迷幻，在一個更眞實也更豐富的人生場景中來理解現代作家的生存現實，在這裡，除了獻身藝術的衝動，大量的社會政治的訴求、生存的設計乃至妥協都同樣不容忽視，它們不僅形成了文學的內容，也決定著文學的形式。

我們也有機會藉此更深入地挖掘現代中國作家精神中的現實與歷史基因。中國現代作家一方面沿著西方近現代文學的鼓勵不斷申張著「文學獨立」「為了藝術」等追求，但是一百年的現實問題並不可能讓他們安然陶醉於藝術的世界之中，從文學的象牙之塔走向十字街頭幾乎注定了就是普遍的事實，最終這種生存的事實又轉化成了精神的事實。

我們可以更準確地把握中國文化傳統之於現代文化創造的實際意義。跳出對「純粹」的迷信，我們就會知道，中國知識分子對「文學」的理解另有來源，包括我們「古已有之」的「文」的傳統、「文章」的傳統等等，在這個意義上，我們可以說，眞正的古代傳統並沒有在「五四」激烈的批判中失落，作為一種文化血脈，它的確是一直潛藏在一代又一代中國知識分子的精神深處，並成為我們回應「現代問題」的重要資源。

當然，我們可以在這種精神資源的梳理中，更清晰地揭示現代中國作家文學觀念的民族獨創性。這也就是我們經常所表述的：無論「五四」一代知識分子如何激烈地傳遞著「西化」的願望，在現實關懷、家國意識等一系列問題上文學的特殊表達形態都依然存在，而且往往還發揮著關鍵性的作用，這種作用也不是「強制性」認同的結果，更屬於知識分子內心深處的無意識選擇，當它因呼應現代中國的生存問題而自然生成的時候，更可能閃爍著民族獨創的光彩，例如魯迅雜文。

現代中國作家這種深厚的民族獨創性讓我們能夠在一個表面的「西化」

「歐化」進程中深刻而準確地把握歷史的脈絡，從而對中國文學傳統的傳承和開拓作出更有價值的闡述。在這個基礎上，現代中國文學的豐富的藝術觀將得以重塑，而闡釋現代中國文學也將出現更多的視角和向度。總之，我們將由機會進一步反思、總結和提升中國文學的學術方式。

自然，在借助這種種之「雜」進入文學之「大」的時候，有一個學術的前提必須必辨明，這就是說今天的討論並不是要將中國文學的研究從傾向西方拉回頭來，轉入古典與傳統，這樣的「二元對立」式研究必須警惕，正如王富仁先生在反省現代中國學術時所指出的那樣：「在這個研究模式當中，似乎在文化發展中起作用的只有中國的和外國的固有文化，而作爲接受這兩種文化的人自身是沒有任何作用的，他們只是這兩種文化的運輸器械，有的把西方文化運到中國，有的把中國古代的文化從古代運到現在，有的則既運中國的也運外國的，他們爭論的只是要到哪裏去裝運。但是，人，卻不是這樣一部裝載機，文化經過中國近、現、當代知識分子的頭腦之後不是像經過傳送帶傳送過來的一堆煤一樣沒有發生任何變化。他們也不是裝配工，只是把中國文化和西方文化的不同部件裝配成了一架新型的機器，零件全是固有的。人是有創造性的，任何文化都是一種人的創造物，中國近、現、當代文化的性質和作用不能僅僅從它的來源上予以確定，因而只在中國固有的文化傳統和西方文化的二元對立的模式中無法對它自身的獨立性做出卓有成效的研究。」〔註 7〕

事實上，從單純強調中國文學與西方的關係到今天在更大的範圍內注意到古今的聯繫，其根本前提是我們承認了現代中國作家自由創造是第一位的，確立他們能夠自由創造的主體性是第一位的，只有當我們的作家能夠不分中外，自由選擇之時，他們的心靈才獲得了眞正的創造的快樂，也只有中外文化、文學的資源都能夠成爲他們沒有壓力的挑選對象的時候，現代文學的馳騁空間才是巨大的。在魯迅等現代作家進入「大文學」的姿態當中，我們可以比較清楚地看到這一點。

2019 年 1 月於成都江安花園

〔註 7〕王富仁：《對一種研究模式的置疑》，《佛山大學學報》1996 年 1 期。

目次

導　言

一、研究緣起

國民性，一個揮之不去的話題。在中國歷史與社會的變遷與運動中，國民性一直扮演著非常重要的角色，某種程度上，國民性幾乎成了劣根性的代名詞。在人們的腦海中，對民族素質的檢視，對劣根性的挖掘與批判是歷史前進的重要動力和方式。

中國近現代的歷史變遷中，晚清至五四是一段特殊的歷史時期。歐洲的殖民擴張打開了中國的大門，隨著天下主義思維圖式的衰落，代之以「世界歷史」的景觀，「中央之國」被拖入了不平等的世界歷史格局。從中心到邊緣的歷史性轉換中，中國開始了它的「現代」之旅，「國民性」是被鑲嵌在這一段歷史中的重要問題。有關國民性話題的熱烈討論滲透著改變歷史處境的強烈願望，而這種願望與一種從西方啓蒙知識的立場觀察中國社會的方式有著密切的關聯。迄今爲止，對這一歷史話語的研究與認識，主要有三種解釋方式：一種受馬克思主義階級論觀念的支配和影響，認爲國民性是一個超階級的唯心主義的範疇。討論中爭議最多的是如何處理國民性和階級性之間的關係。對國民性的歷史實踐，既肯定國民性作爲反封建的思想武器，曾經起到積極的作用，又認爲它有明顯的局限性和片面性，國民性提法的局限性主要在於沒有看到群眾的力量。第二種，從啓蒙或現代化的立場出發，認爲改造國民性話語的意義在於啓發人的自覺，推動中國從傳統走向現代。第三種，與後殖民理論的出現和介入有關，認爲國民性理論及其話語是西方種族主義的產物，中國的民族主義者屈從於這種殖民主義話語，這是一種被迫接受的話語或知識。這一看法將歐洲歷史中有關中國國民性的話語與種族主義掛鉤，強調中國的國民性話語是對前者的挪用與移植，是一種東方主義話語的顛倒。如果說啓蒙或現代化的解釋視野使近現代的國民性話語失去了它與歷史之間的聯繫，後殖民批評對「起源」的懷疑發現了中國國民性話語與種族主義殖民主義話語之間的某種歷史性聯繫，卻因此消解了中國國民性話語的歷史價値。後殖民主義批評家對魯迅的批評尤其如此。

早在 20 世紀 20 年代，由於馬克思主義的興起，新文化運動的倡導者和後起的年輕的馬克思主義者開始對國民性範疇提出質疑。受階級觀念的影響，陳獨秀認爲「國民」實際上並不存在。最突出的是革命文學論爭中，錢杏邨認爲魯迅的《阿 Q 正傳》確實代表了病態的國民性，解剖了辛亥革命時期農村和都市裏民眾的思想，作爲時代的記載，是値得讚揚的。但是，他強調十年來中國的農民早已不像那時農村民眾幼稚了，認爲中國農民已經擁有充分的革命性，走上了政治革命的道路。錢杏邨的出發點是馬克思主義的社會歷史觀。因此，從 20 年代到 40 年代，關於魯迅的《阿 Q 正傳》，一方面認爲他是國民性的典型，也有許多論者從階級論的立場出發，認爲他是落後農民的典型。1949 年之後，除魯迅的國民性問題受到關注之外，近現代的國民性問題則被視爲禁區。

從新中國成立到 80 年代中期，對國民性問題的研究主要集中在魯迅的國民性問題上。儘管經歷了消長起伏的發展過程，各個時期研究的角度見解也有所不同，但是基本的理論出發點是一致的——馬克思主義的階級論。首先是對「國民」、「國民性」概念的探討。大致有三種觀點，一種觀點認爲「國民」一詞含有階級的內容，指不包括統治階級在內的人民大眾，「國民性」則指人民大眾的一種精神狀態或心理狀態。另一種觀點認爲「國民」指全中國人，國民概念包括各階級的人，既包括壓迫者，也包括被壓迫者，「國民性」即「民族性」。第三種觀點則持完全否定的意見，認爲一個國家內部，儘管有比較多的人有某種性格，但是不能說成是國民性，因爲在階級社會中，即使同一階級的人也不一定有一種思想。也有論者對民族性和階級性做了辯證的分析，認爲在階級社會裏，人們的身上既有階級的烙印又有民族的特徵，二者是互相滲透的，國民性概念並不違背馬克思主義的階級論。

關於魯迅改造國民性思想的研究。「十七年」間，認爲魯迅的思想經歷了從革命民主主義到馬克思主義的變化，國民性問題是魯迅早期探索中國革命道路時期提出來的，產生的原因是基於愛國主義和個人經歷，目的在於揭示病痛，引起療救的注意。「十七年」的魯迅改造國民性思想的研究，雖然也肯定了改造國民性思想的積極意義，但主要是作爲前期思想的局限性來認識的，國民性的局限性在於沒有看到群眾的力量，這種局限性主要是當時客觀的歷史條件造成的。70 年代末以來，對魯迅國民性問題的認識，依然採用階級論的方法和立場。但論述的重點有所變化，注意從魯迅思想主體轉變的歷程來看待國民性問題，認爲國民性是魯迅思想發展的一個組成部分，隨著魯迅在階級鬥爭實踐和思想方面馬克思主義因素的增長，國民性思想逐漸減弱了，直到掌握馬克思主義的眞理，取而代之的是馬克思主義的階級論。

馬克思主義的階級論對國民性問題的解釋，其中的不足是顯而易見的，他們總是從語義學的角度和抽象的理論出發，把豐富複雜的國民性問題放在一個固定的理論模式中分析，認爲國民性是一個具有局限性的範疇。正如何其芳指出的：「理論應該去說明生活中存在的複雜現象，這樣來豐富自己，而不應該把生活中存在的複雜現象加以簡單化，這樣勉強地適合一些現成的概念和看法。」〔註 1〕馬克思主義的國民性問題研究，由於主要強調階級論的合理性和歷史發展的必然性，忽略了國民性範疇的理論意義以及具體實踐的歷史價值。

上世紀 80 年代受啓蒙思潮的影響，劉再復等人認爲「五四」新文化運動對國民性弱點的反思和對人的重新思考，是在文化的層面上展開的，帶有「形而上」的特點。文化運動的目的在於啓蒙人的自覺意識，重塑與現代社會相適應的新的國民靈魂。〔註 2〕啓蒙主義的國民性研究認爲歷史的終點是個人的自覺，近代歷史是一個批判理性不斷成長的目的性過程，國民性話語被視爲一個從救國到救人的歷史過程。同時，他們認爲由於當時民族災難過於深重，民族「救亡」的實際要求太迫切，因此，先驅者們便紛紛地轉入實際的革命實踐活動，把精力放在救國的實際行動上。知識分子的這種抉擇，正是一種民族責任感的高度表現，但由於他們轉入實際行動，「五四」新文化運動中，對民族弱點的思考也就匆匆結束，對人及歷史文化的形而上的思考也無法深入。劉再復等人論述與評價的邏輯顯然來自李澤厚的啓蒙與救亡的雙重變

〔註 1〕 轉引自陳漱渝主編：《說不盡的阿 Q》，中國文聯出版公司 1997 年版，第 496 頁。

〔註 2〕 劉再復，林崗：《傳統與中國人》，安徽文藝出版社 1996 年版，第 33 頁。

奏。和啓蒙敘述相呼應，近代歷史研究中一個重要的主題是現代化。漢語學界比較早的建構關於中國的現代化論的當屬金耀基。80 年代中期以後，現代化成爲歷史研究的嶄新範式，胡繩在《從鴉片戰爭到五四運動》再版序言中認爲，以現代化爲主題來敘述中國近代歷史顯然是很有意義的。因此，國民性問題也就被視爲人的現代化過程問題，所謂人的現代化就是要求人在道德價值觀念、社會心理、行爲方式等方面實現從傳統到現代的轉變。現代化理論主要是一種基於制度信念表達的理論，國民性話語自然被視爲是歷史的必然要求。

無論是啓蒙主義或現代化理論，對解釋近現代歷史中的國民性話語發揮了相當的效力，但是，對這些範疇的運用也存在著一定的局限甚至困境。李澤厚在爲救亡壓倒啓蒙感到惋惜的同時，他又不得不承認，「儘管新文化運動的自我意識並非政治，而是文化，它的目的是國民性的改造，是舊傳統的摧毀，它把社會進步的基礎放在意識形態的思想改造上，放在民主啓蒙工作上。但從一開頭，其中便明確包含著或暗中潛埋著政治的因素和要素。如上引陳獨秀的話，這個『最後覺悟之覺悟』仍然是指向國家、社會和群體的改造和進步。即是說，啓蒙的目標，文化的改造，傳統的扔棄，仍是爲了國家、民族，仍是爲了改變中國的政局和社會的面貌。它仍然既沒有脫離中國士大夫『以天下爲己任』的固有傳統，也沒有脫離中國近代的反抗外侮，追求富強的救亡主線。」〔註 3〕在五四的思想世界中，無疑存在個體精神與民族意識之間的對立與衝突，但汪暉認爲，無論從新文化運動最初的前提和衝突本身的特徵看，並沒有構成「實質性的對抗」，「中國社會的興盛與滅亡實際上正是啓蒙思想家的最基本的思想動力和歸宿，無論他們提出什麼樣的思想命題，無論這個命題在邏輯上與這個原動力如何衝突，民族思想都是一個不言而喻的存在，一種絕對的意識形態力量」，「從基本的方面說，中國啓蒙思想始終是中國民族主義主旋律的『副部主題』，它無力構成所謂『雙重變奏』中的一個平等和獨立的主題。」〔註 4〕因此，把國民性問題看作單純的啓蒙，並不能眞正說明國民性話語的動力，以及在中國歷史實踐中所具有的特質，而不同歷史階段國民性探討的動機目的及其意義，也應該做具體的分析。對現代化

〔註 3〕李澤厚：《中國現代思想史論》，東方出版社 1987 年版，第 11～12 頁。

〔註 4〕汪暉：《無地彷徨——五四及其回聲》，浙江文藝出版社 1994 年版，第 26～28 頁。

理論的借用，則把現代化看作一個不證自明的前提。現代化理論出現於二次大戰後的美國社會學界，它負有維護自由世界制度理念的責任。哈貝馬斯認爲現代化理論比韋伯的現代概念更加抽象，這主要表現在兩個方面，首先，它把現代性從現代歐洲的起源中分離出來，並把現代性描述成一種一般意義上的社會發展模式，就時空而言，這種模式是中性的；此外，它隔斷了現代性與西方理性主義歷史語境之間的內在聯繫，因此，我們不能再把現代化過程看作是理性化過程和理性結構的歷史客觀化。現代化理論就產生的背景而言，是冷戰的產物，是基於西方制度信仰的普遍化表達，西方中心意識是顯而易見的。如果說近代歷史是一個現代化的過程，那麼這一歷史過程又具有什麼樣的特徵呢，其動力來自何方，它和西方的現代化有何不同。總之，啓蒙主義或現代化研究中對「現代」的信仰掩蓋或忽視了對歷史過程特殊性和複雜性的認識，理論的局限和化約歷史的做法都需要重新思考。進一步講，國民性話語的歷史實踐包含了豐富的歷史經驗和內涵，是一個理性與歷史、傳統與現代、東方與西方、權力與知識共同交織參與的過程。

如果說啓蒙主義和現代化的國民性研究是一種化約歷史的做法，把國民性看作一個不容懷疑的範疇，對歷史合理性的論證成爲研究的主要任務。後殖民批評則關注歷史現場，認爲國民性理論是歐洲中心和種族主義的產物，西方的中國論旨在爲歐洲建立種族與文化優勢，爲西方征服東方提供進化論的理論依據。這種做法在一定條件下剝奪了被征服者的發言權，使其他的與之不同的世界觀喪失了存在的合法性，根本得不到闡說的機會。中國的國民性實踐是被迫接受的結果。〔註5〕後殖民批評引發了人們對國民性理論作爲知識範疇產生過程的關注，爲思考國民性問題提供了新的視角，也提出了許多值得進一步思考的問題。劉禾從後殖民批評和跨語際實踐理論出發，把中國的歷史實踐看作是對西方話語的借用和模仿，但對兩者之間的歷史內涵卻沒有做進一步的具體分析。她所操持的理論反而限制了她對歷史的眞正理解，她的結論也成了某個理論的犧牲品。那麼，國民性到底是一種什麼理論，它來自何處，是不是所有的西方關於中國的論述完全是種族主義和殖民主義的產物，非西方的國民性話語實踐的意義又是什麼呢？

對國民性話語提出質疑的理論依據主要是薩義德的東方主義。薩義德認

〔註5〕劉禾：《跨語際實踐——文學、民族文化與被譯介的現代性（中國，1900～1937）》，生活・讀書・新知三聯書店2002年版，第76頁。

爲歐洲有關東方的陳述是一種「對東方進行描述、教授、殖民、統治等方式來處理東方的一種機制」，是「西方用以控制重建和君臨東方的一種方式」。〔註6〕薩義德把西方對東方世界所持的態度和方式，以否定的含義稱之爲東方主義，批判了以殖民主義爲背景的西方知識界的態度，批判了他們的東方主義話語。首先，國民性理論是不是東方主義和殖民主義的產物呢？國民性理論的誕生與東方主義並無必然的關係，不能把它和種族主義與殖民主義直接等同起來，它是啓蒙運動的產物。啓蒙運動中孟德斯鳩、伏爾泰以及休謨等人都曾熱衷於討論民族性，啓蒙思想家相信應該更理性地治理國家，讓所有人都幸福。一方面，啓蒙思想家用其他民族的優越性來抗衡歐洲的基督教傳統，他們認爲歐洲的優越性是科學和理性，而不再是宗教；同時，儘管不同的文明之間存在著眾多的特點，或不同的進步程度，但是，人類歷史發展的假說使他們相信世界是統一的，文化的多樣性不會阻礙統一性，通過各種不同的實踐和長時間的積累可以最終實現。超越民族多樣性的普遍主義認爲人類的本質是統一的，歷史理性和超越時空的文明概念成爲進化論者的信念。因此，「歷史哲學不再是政治哲學的附屬物，而成爲整個政治哲學的主幹內容，處於啓蒙思想的中心位置」。〔註7〕從伏爾泰到黑格爾，他們都熱衷歷史哲學的建構，對民族性與統一性的關注成了啓蒙思想的特徵之一。所以，國民性理論就其起源而言，是和啓蒙思想的普遍主義密切相關的概念。和理性主義的普遍主義不同，浪漫主義反對世界主義，提出了民族文化的理念，赫爾德認爲文學藝術是一個民族最全面最深刻的表達方式，從中可以體現出民族的靈魂。對民族靈魂的強調，後來形成了德國的文化民族主義，認爲各個民族之間應該是互相補充的關係而不是對立關係。在啓蒙運動和浪漫主義之間，形成了普遍主義和本土主義的對立，關於國民性也有了兩種不同的表述方式，一般精神和民族精神。因此，國民性理論本身並不是殖民主義、東方主義的產物，而是啓蒙思想和浪漫主義的產物。

由於啓蒙思想已經形成了一些普遍的文化標誌，自 18 世紀晚期以來，國民性研究成爲歐洲自己追求進步的重要手段。他們認爲一個民族成員的教養是該民族走向現代進程中最爲關鍵的因素，所謂教養則指所有希望進取的民

〔註 6〕 薩義德：《東方學》，生活・讀書・新知三聯書店 1999 年版，第 4 頁。

〔註 7〕 吉爾・德拉諾瓦：《民族與民族主義》，生活・讀書・新知三聯書店 2005 年版，第 166 頁。

族應該公認的一些價值觀。在論述國民性的英國作家中，重要的有兩位，塞繆・斯邁爾（1812～1904）極力倡導維多利亞時代的倫理道德，他列舉了理想的民族性，如講求實際、忍耐、勤勞、進取、勇敢、獨立等，主要著作有《自助論》（1859）《性格論》（1871）《節儉論》（1875）《責任論》（1880）等，在世界各地廣泛流傳；另一位是巴克爾（1821～1862），其著名的《英格蘭文化史導論》以富於爭論性的實證方法，促使不少時人以科學方法考察文化史和國民性。他們分別總結出了理想的國民性的構成及獲得的方法。除此之外，還有許多的著作剖析了各種各樣的民族性，探索歷史事件或其他因素是否影響了國民性的形成和培養理想國民性的途徑，他們甚至相信，完全可以預測國民性的形成。〔註 8〕其實，國民性理論的獨特之處不是它本身，而是歷史實踐中所發揮的功能。歐洲在進步論的歷史敘述中把國民性看作是進步的方式之一，但是，當他們對歐洲以外的民族的國民性進行評價的時候，表現的態度和方式是一個值得關注的問題。他們對自己和別人採用了完全不同的態度，西方中心意識使得對外部世界的認識往往充滿了偏見和歧視。後殖民理論在這個問題上發揮了它的批判功能，然而，對非西方世界而言，國民性實踐的意義應做何解釋呢，能否說是對西方的模仿和借用呢？

薩義德在《東方學》中主要涉及中東地區，並且在討論的題旨上僅限於對東方主義的批判。在《文化與帝國主義》中，他依然採用了東方主義的分析路線，從使用的資料看，更加廣泛，包含了歐洲人關於非洲、印度遠東部分地區、澳大利亞和加勒比地區的著作，從論述的意義上看，對現代西方宗主國與它在海外領地的關係做出了更具普遍性的描述。從《東方學》到《文化與帝國主義》，薩義德的論述從單一化的批評呈現爲更具張力的複雜模式，提出了一個以前並沒有論及的主題——歷史上對帝國主義的文化反抗。殖民地的反抗不僅表現爲武裝鬥爭，政治上以民族獨立爲目標，還體現爲文化抵抗運動和對民族屬性的訴求。關於中國國民性的自我實踐，我們也不能簡單地把它看作是對殖民主義話語的借用和模仿。相反，它主要是對民族屬性的自覺追求和文化抵抗活動，具體方式表現爲從西方啓蒙知識立場觀察中國社會。薩義德也對歐洲內部的反殖民傾向給予關注，他認爲至少從 18 世紀中葉起，在歐洲就有關於擁有殖民地利弊的討論，包括狄德羅和孟德斯鳩在內的

〔註 8〕鮑紹霖：《歐洲日本中國的國民性研究：西學東漸的三部曲》，《近代史研究》1992 年第 2 期。

多數法國啓蒙主義者反對奴隸制和殖民主義，持同樣觀點的還有約翰遜、考波、伏爾泰、盧梭等。但是，「在關於歐洲人對非歐洲人的統治的本體論層次地位這樣深刻的問題上，甚至是自相矛盾的，換言之，反殖民主義的自由主義者進行人道主義的論證，認爲不應過分嚴厲地管理或擁有奴隸，多數啓蒙主義哲學家，則從未懷疑過西方或白種人的優越性。」〔註 9〕在此，他區別了反殖民和反帝國主義，也就是說，他們可能反殖民，但並不反帝國主義及其本身，仍然是歐洲中心主義的。回到歐洲關於中國國民性論述的問題上，我們也應該區分啓蒙主義的論述和殖民主義論述。

由於以往理論上的種種局限，尤其受後殖民主義、東方主義的影響，國民性現在成爲很難討論的問題，薩義德的東方主義主要論述了西方的知識怎樣構造東方，卻從未眞正敘述第三世界文化主體實踐中提出的國民性問題，這兩者之間又是什麼關係，値得進一步的思考。

二、國民性概念與理論的歷史考察

國民性問題研究的困境不僅來自於它與歷史之間錯綜複雜的關係，也來自於自身的理論構成及其在實踐中的變異與重塑。目前，國內學術界對國民性概念的界定多達幾十種，但就界定的方法而言，可以分爲三種類型：

第一，社會心理學的方法，國民性從晚清到五四開始進入中國思想文化界，後來，由於現代意義上的社會學學科與制度的建立，國民性遂成爲社會心理學研究的一個範疇。國民性常被界定爲：一個民族成員所普遍具有的比較穩固的社會心理特徵精神狀態和人格類型，〔註 10〕是一個民族的絕大多數人在思想、情操及行爲上所表現出來的某種大概固定的形態，〔註 11〕並且這種心理特徵和人格類型是在長久的歷史發展的過程中形成的，所以它反映了某種在民族的內部以一貫之的文化精神。

第二，文化學的角度，認爲國民性是人的文化心理結構。國民性改造是從人的文化心理結構的深層反映了文化主體意識的崛起。〔註 12〕它從人的角

〔註 9〕薩義德：《文化與帝國主義》，生活・讀書・新知三聯書店 2003 年版，第 343 頁。

〔註 10〕溫元凱、倪端：《改革與國民性改造》，中國青年出版社 1986 年版，第 12 頁。

〔註 11〕沙蓮香：《中國國民性》，中國人民大學出版社 1980 年版，第 4 頁。

〔註 12〕鄭師渠：《辛亥革命後關於國民性問題的探討》，《天津社會科學》1988 年第 6 期。

度反省民族文化，並通過這種反省開始人的現代化的艱巨工程，即民族性格的改造。〔註 13〕

第三，階級論的國民性討論，有兩種意見：一種持否定意見，認爲一個國家內部，儘管有比較多的人有某種性格，但是不能說成是國民性，因爲在階級社會中，即使同一階級的人也不一定有一種思想。〔註 14〕另一種意見認爲，國民性不是中國人的本性，不是什麼天生的遺傳和根性，而是在以自給自足的小農經濟爲基礎的封建社會中形成的不良習慣，陳規陋習。〔註 15〕另外，國民性的主體到底是那一個階層的問題，也存在分歧，鮑昌認爲，國民性在某一主導階級制約下的社會心理，並非各個階級心理的融合，它也不存在一個完整的心理體系。〔註 16〕邵伯周則認爲，國民性可以指人民大眾的精神狀態和思想覺悟，可以指封建統治階級的思想意識，也可以指社會各階級的人共有的心理精神形態和思想意識。〔註 17〕

從以上對國民性概念的討論我們可以發現如下的問題，首先，對整個社會、民族和國家的心理和性格的描述是否可能。階級論的國民性概念分析認爲由於階級現象的存在，對整個社會的心理和精神狀態的概括性描述是不可能的，所謂的社會心理和國民性是不存在的，只有對某個階級和部分群體的心理或精神狀態的描述才是成立的，並且認爲所謂的國民性不是什麼遺傳和根性，它的形成有特殊的社會原因，應歸之爲短暫的歷史現象。相反，無論是社會心理學或文化論者都相信存在統一的社會心理和文化心理，並且具有長久的穩固性和延續性。其次，在國民性概念的使用上，無疑也形成了兩種修辭模式，一種認爲國民性是一個對社會、國家、民族或某部分群體的心理狀態和性格類型的描述性概念，一種認爲「國民性」專指不良習慣、陳規陋習，國民性因此成爲具有否定意義的價值判斷。第三，單純的概念化的界定把國民性看作一個固定的封閉體，無法彌合概念的界定與具體歷史實踐之間

〔註 13〕劉再復、林崗：《傳統與中國人》，安徽文藝出版社 1999 年版，第 407 頁。

〔註 14〕李何林：《從國民性問題談〈阿 Q 正傳〉》，鮑晶編《魯迅國民性思想討論集》，天津人民出版社 1982 年版，第 337 頁。

〔註 15〕張岱年，程宜山：《中國文化與文化論爭》，中國人民大學出版社 1990 年版，第 297 頁。

〔註 16〕鮑昌：《論魯迅的「改革國民性」思想》，鮑晶編《魯迅國民性思想討論集》，天津人民出版社 1982 年版，第 127 頁。

〔註 17〕邵伯周：《討論魯迅關於「國民性」問題的見解》，鮑晶編《魯迅國民性思想討論集》，天津人民出版社 1982 年版，第 141～149 頁。

的矛盾與鴻溝，進一步講，社會心理學和文化論的分析使歷史實踐中這個主題所包含的複雜的政治、歷史、文化的內涵被排除在國民性概念理解的狹隘視線之外，階級論的方法則成了對歷史的顛倒，也就是把歷史序列中後發性的概念運用於對前發性的思想與活動的解釋。

三種類型的概念探討固然有各自的學術思想傳統和歷史語境，但存在的問題和缺陷也是顯而易見，它們都無法擺脫自身方法論上的缺陷，在理論與歷史之間搭建一座橋樑，彌合歷史和理論的分裂。考察這些概念與理論形成的先驗邏輯前提，他們都相信某個主題或概念可以被建構在確定和標準的類型上，並且具有內在的一致性。但是，事實往往並非如此，「出現在我們面前的卻都是一些在結構上和使用規則上各不相同的概念，彼此不相干或者相互排斥的概念，一些根本不能進入邏輯建構一致性中的概念」。〔註 18〕國民性問題歷史研究面臨的難題也正在此，歷史實踐的豐富性遠遠超出了標準化的概念範疇，所以，從方法論上破除現有概念的簡單套用則顯得非常必要。概念的本身的研究方面，也必須拋棄大家習見的先驗邏輯前提，進一步講，與其說試圖在概念與理論的歷史變化中建構一個一致的系統，不如重視概念與主題在歷史中「散佈」的系統，注重概念與主題的差異與轉換，同時關注同一主題的不同表達策略和功能上的差異，也就是說注重話語的實踐形態，從而建立一種歷史的系譜學的方法。下面從系譜學的角度對國民性概念與理論的知識形態在西方的演變和實踐功能以及中國的接受與實踐作歷史性的考察。

國民性概念與理論作爲西方的產物有其內在的構造和形成的歷史。首先，從孟德斯鳩說起，《論法的精神》作爲一本政治社會學的著作，他提出了一些一般社會學所關心的主要問題。孟氏認爲氣候、土壤可以決定人的生理、精神和心理方式，但孟氏並非人們所說的那樣相信嚴格的地理決定論，他認爲一個社會與民族的性格是由多種因素決定的，所以提出了一個綜合性的概念——「人類受各種事物的支配，那就是氣候、宗教、法律、施政的法則、先例、習俗、禮儀等，由此形成了一個總精神。」〔註 19〕雷蒙·阿隆認爲孟氏的「總精神就是美國人類學家所說的一國的文化，即某種生活方式和共同的形式，而這種方式或形式不是一種因素，而是一種結果，在長期內構成一

〔註 18〕福柯：《知識考古學》，生活·讀書·新知三聯書店 1998 年版，第 47 頁。
〔註 19〕孟德斯鳩：《論法的精神》（上冊），商務印書館 1997 年版，第 305 頁。

個社會類型的全部自然影響和精神影響的結果。」〔註 20〕從孟氏的論述與雷氏的分析可以看出，所謂總精神是一個由地理條件和社會歷史狀況形成的特定的國家和民族的生存行爲、思維與感覺的方式，也就是我我們今天所謂的「國民性」。

當然孟氏的理論本有它的複雜性甚至含混之處，這種理論的從產生本身就包含了某種內在的矛盾，總精神是不是意味著它是這些因素的總和而得出的一個結果呢？孟氏在這個問題上似乎顯得模棱兩可，一方面，他認爲這種總精神是存在的，但同時，他又認爲在每一個國家裏，這些因素中如果有一種起強烈的作用，則其他因素的作用便將在同一程度上被減弱，大自然和氣候幾乎是野蠻人的唯一的統治者，中國人受風俗的支配，而日本則受法律的壓制，從前，風俗是拉棲代孟的法則，施政的準則和古代的風俗在羅馬就是規範。對孟氏的總精神的構成方式，雷蒙・阿隆認爲總精神是由所有這些因素構成的，這個總精神不是一個可與其他類比的局部的因素，而是物質的、社會的和精神的因素綜合而成的，這個綜合結果可以使人們把握住構成某一社會集體的獨特性和統一性的東西，從因素的多樣性到總精神的單一性，其間並不排除部分的因果關係，總精神並不是一種抹殺其他因素，位居支配地位，壓倒一切的因素，這些都是某個社會集體受了各種各樣的影響後，隨著時間的推移而形成的特徵。所以，我們可以得出一個這樣的判斷：一方面總精神是多種因素綜合的結果，另一方面，某一種因素會起到決定性的作用。如果說孟氏試圖給我們提供了一個把握國家與民族的總精神的系統的方法，但是這種系統的方法在實踐上的難題卻很少有人懷疑，然而這種困境在他自身的實踐中就已暴露出來。比如，他認爲西班牙人以信任著稱，而中國人則以不信任著稱，那麼對一個民族或國家的性格判斷的依據來自何處呢？——分別來自查丁尼的《世界史綱》和杜赫爾德的《中華帝國志》。中國人的欺騙性是因爲歐洲人在與中國人的貿易中的不愉快的經歷成了中國人不值得信任的最重要的依據，而這種判斷卻脫離了商業貿易活動的個別事件，而演繹爲中國人的普遍性格。孟氏的理論與實踐上的困境爲國民性問題的含糊不清埋下了伏筆。儘管如此，國民性概念與理論的基本方法被確定下來，成了後來國民性實踐的依據，尤其是近代的中西遭遇中，西方對中國國民性的敘述基本上依據了他的理論和方法，而其中暴露的問題也如出一轍。

〔註 20〕雷蒙・阿隆：《社會學主要思潮》，華夏出版社 2000 年版，第 29 頁。

休謨似乎與孟氏有不同的意見，他認爲民族性格在很大程度上決定於精神因素，至於體質因素，則完全懷疑它這方面所起的作用。「所謂精神方面的原因，我指的是一切對人們的心靈長期起作用的情況，這類因素有政府的性質，公共事務的變革，人民生活的匱乏，所謂民族與其鄰族的關係及其他這類情況，所謂體質方面的因素，我指的是空氣和水土的質量。」〔註 21〕休謨在「國民性」的構成因素上否認孟氏所提及的地理因素，而強調社會文化的決定性作用。雖說兩者在構成因素的取捨上有所差異，但就整體與局部的關係的論述卻有一致之處。這也正體現了他作爲一個懷疑主義的「人性論」者的特點，一方面，他認爲人性是具體的，因人而異，隨著時代與環境的變化而變化，它們構成了人性的豐富內容，另一方面，人性又具有穩固性和規律性，在歷史和現實中遵循一定的規則，具有人格的同一性，其實這種人性論構成了他對民族性理解的基礎。後來，赫爾德又在前二者論及的因素上增添了一項——人種與遺傳，至此，西方的關於國民性的概念與理論基本上初具規模。

值得指出的是，孟德斯鳩和休謨等人對國民性或民族性的討論是在啓蒙運動的語境中進行的。啓蒙運動中，孟德斯鳩和伏爾泰等人都熱衷於討論民族性，對世界歷史範圍內民族性研究的目的是確立理性主義的普遍主義原則，因此，對民族與民族性的關注與理性主義的普遍主義相互呼應。和啓蒙運動的理性主義的普遍主義相反，浪漫主義則認爲文化歷史是建立在各種文化的多樣性基礎上，對單一的世界文明的理念提出批評，出現了與「一般精神」相對的民族精神（volksgeist）概念。「德意志的浪漫主義民族主義認爲，民族的獨特精神外化形成了行爲習慣制度，民族精神則把這些部分轉換爲有機的整體。」〔註 22〕民族精神是德國浪漫主義具有特徵性的概念，是把民族的文化與歷史歸結於同一共同根源的概念，對民族傳統特徵尤其是大眾文化給予關注，以語言構成的共同體以及國民文學來構築德國的文化民族主義。19 世紀末 20 世紀初，民族心理學和群眾心理學興起，民族心理學的代表人物馮特用民族心靈代替民族精神，把民族心靈歸之於精神實在的概念範圍，民族心靈的要素是語言、習慣和神話，在《民族心理學》中又論證了藝術、宗教、法律與社會組織等題目。大眾心理學的代表人物勒邦著有《民族進化的

〔註 21〕休謨：《休謨政治論文選》，商務印書館 1997 年版，第 86～88 頁。
〔註 22〕吉野耕作：《文化民族主義的社會學》，商務印書館 2004 年版，第 74 頁。

心理法則》，認為每個民族的生活是由一些無法改變的心理因素控制的，一個國家的所有個體在出生時與生俱來的那部分觀念和情感構成了種族靈魂，民族性是通過一個民族的典型類型，也就是一個民族的平均中間類型探知的。民族心理學和大眾心理學的興起，國民性或民族性的探討開始從社會哲學的範疇中走出來，越來越心理學化。勒邦關於民族心理的認識被梁啓超、梁啓勳與魯迅所接受，對他的一些觀點多有引用。

1934 年，文化人類學文化與人格學派的代表人物本尼迪克特的成名作《文化模式》問世。文化與人格學派主要運用心理學的方法進行跨文化研究，她認為，每種文化都有其文化模式，每種文化模式都有其特殊性，不論是人的本性還是群體行為都是由文化模式塑造的，文化決定人格，人格無非是文化的主體存在方式。此書的出版，被認為是國民性研究從經驗走向科學的標誌。20 世紀 30 年代末，卡丁納爾和林頓在美國哥倫比亞大學從事國民性研究，提出了「基本人格結構」概念，他們認為，即使在同一文化下，也存在不同的人格，而不是只存在一種人格，由於文化的共同性或共通性，不同人格之間必然存在性格特徵、價值觀、行為方式、情感模式的相似性，這一部分相同的人格既是不同人格的「基本人格結構」部分，又表徵著國民性。1944 年，杜波依斯出版她的《阿羅人》，以「眾趨人格」代替「基本人格結構」，眾趨人格運用統計方法對社會中人格特質進行客觀測定而獲得，它標誌著國民性研究的方法更加實證化。正因為如此，眾趨人格被人們普遍接受，成為通用的國民性研究的範疇。第二次世界大戰為國民性研究提供了契機，以本尼迪克特的《菊與刀》為代表的一批成果，充分顯示了這種研究的實用價值，大約從 20 世紀 50 年代開始，國民性研究受到了來自各方面的批評，便走向衰落。

國民性概念作為知識形態的歷史說明概念和理論本身經歷了一個不斷變異的過程，同時，這些知識又具有知識社會學強調的社會本性，即在知識和社會之間存在一定的互動關係。西方國民性理論發展的一個主要的方面還在於它與社會達爾文主義、種族主義、殖民主義的聯繫。西方關於進化進步的觀念由來已久，這主要體現在歷史理論中間，維柯把歷史作為「新科學」，認為歷史服從於不同於物理科學的法則，他建立了一套歷史理論，人類歷史被分為從野蠻時代開始的進步階段。18 世紀，歷史漸進開始同人類進步等同起來，雖然盧梭對此有異議，孔多塞對此卻確信不疑，關於歷史的觀念在黑格爾那裡發展到一個極致，黑格爾不僅把歷史看作是絕對精神的演繹，同時，他把歷史進步的過程空間與時間化，找到了歷史與地理學上的基礎，構成了他的世界歷史模式——進化論的目的論。與此同時，19 世紀，生命有史以來被看作一種演進過程，人類作爲一個種類，走出了靜止狀態進入運動狀態，拉馬克提出了物種適應的演進模式，達爾文提出了物競天降的演進模式，從此以後，進化論風行世界，和社會理論結合，形成了所謂的社會達爾文主義。雖說社會達爾文主義是一個比較複雜的觀念集合，但是其包含的方向、目的、進步諸問題卻構成了這一觀念的核心問題。另外，由於殖民主義的擴張，不同民族與種族的相遇，歐洲中心主義、種族主義等問題也應運而生，最終在關於其他「民族」的性格的描述方面，上述種種問題都交織在一起。從近代西方人寫的關於中國人的書中可以清晰地感受到這一點，一方面，他們從西方的價值立場出發，看待與評判西方以外的民族，認爲他們處在「歷史」之外，種族低下，文化落後，另一方面，在進化的序列上，西方無疑是先進的，而其他的種族和民族因無法與之抗衡而處於「停滯狀態」。

總之，國民性概念與理論在西方的形成與實踐經歷了一個漫長的歷史過程，從知識形態上講，經歷了一個從社會哲學到心理學再到文化人類學的變遷過程，另一方面，它和歐洲的思想運動和社會政治的變化緊密相聯，諸如啓蒙運動的普遍主義和浪漫主義的民族精神的對立，歐洲近代「世界歷史」的殖民主義背景，歐洲中心主義、種族主義和進化論觀念與國民性理論的結合都構成了西方「國民性」概念與理論的基本特徵。所以，國民性概念與理論是由知識的變遷、思想活動和世界歷史運動等諸因素共同編織出來的一個歷史性的範疇。

近代中國最早對國民性這一概念進行介紹且較爲充分的是梁啓動，梁氏的國民性理論來源於國民心理學，國民心理學概念來自 19 世紀的群眾心理學，世紀之交，大盛於日本，這個概念著眼的是「集體心理」，一直到 20 世紀 20 年代，受到新興的行爲主義批判才衰落，它的一個重要的分支國民性研究，在中國變成了「國民心理學」，並由此衍生出「國民性」一詞。由於社會心理學的興起使「傳統」的民族性或「國民性」的討論更加「科學化」，也就是心理學化，進一步講，關於社會和民族的知識得到了心理學的支撐。所以在概念的使用上，則有人直接使用「社會心理」一詞，或者如「共同概念」，即認爲一個社會或民族會形成大概一致的觀念與心理，比如康白情直接採用現代心理學意義上的「氣質」一詞，並依據所謂的多血質、膽汁質、黏液質、抑鬱質四種氣質類型作爲分析的理論依據。但是中國的國民性概念的理論來源並非單純遵循了心理學的路線，從知識範疇看，具有多樣性，不僅有上述的心理學範疇，德國的浪漫主義的民族精神影響也比較普遍。概而言之，近現代國民性概念實踐有兩個方面的特徵：第一，認爲各種因素的綜合，包括地理、氣候、種族、政治、風俗、宗教、政治、學術等等，都是形成國民性的因素，在方式上，個人決定了集體，也就是說集合個人而成集體的性格，儘管也有人認爲作爲一個整體的民族的性格或氣質是不存在的，但是他也認爲同一族群的性格都具有同一性。第二，就具體的實踐而言，指涉的對象和側重的範疇都不盡相同，就指涉對象而言，一般而言可以視爲所謂的「中華民族」，也有特指「漢族」的，就討論的範疇而言，梁啓超側重國家思想、政治權利和法律思想，《東方雜誌》中多涉及社會心理，即社會習慣、道德風俗、傳統先例等，五四時期的國民性則針對傳統文化，主要是儒學。

中國近代對國民特徵的討論，並不意味著這一主題在近代的展開是一個單純的「科學問題」和知識的範疇，國民性的主要內涵和功能在於它越出了國民性的識別與鑒賞，在歷史中發揮了特殊的功能，形成了自己獨特的意義策略。至少在辛亥革命前十年間，國民性問題並不是一個孤立的理性主義的啓蒙敘述，無論是它產生的邏輯理路或其基本內涵都是被包裹在民族國家這一歷史性敘述之中的，國民性與國家建設及其制度化具有同步同構的緊密關係。因此，從西方啓蒙主義的「總精神」到心理學或人類學上的國民性研究，從歐洲中心主義和殖民主義的民族鑒別到民族主義具有政治意味的「國民性」批評，表明了同一主題在歷史發展中的替代性轉換。對中國近代的國民性實踐而言，適應國家的需要，民族主義的國民性話語的意義在於通過批評傳統重構新的國民性，具有強烈的民族主義意識形態性質。

三、本書的方法思路、範圍及結構

華勒斯坦等人關於重建社會科學的報告，以及學科、知識和權力之間關係的思考證明，今天賴以存在的社會科學的基礎和規範都是被歷史地構造起來的。學科知識不是純粹的知識論的事情，而是一種社會實踐，是一種高度制度化的學科規訓制度。對國民性理論與實踐而言，廓清其傳播及構成的歷史，則顯得尤爲必要。中國現代性的特殊性在於處於一個東方與西方、傳統與現代、理想與現實的交匯處，國民性話語實踐是一場充滿了矛盾與張力的歷史活動，國民性話語的豐富與複雜表徵了這一活動的歧解與衝突。一方面，對傳統和現實的認識成爲實踐的核心，同時，面對西方的政治權力與話語霸權，創造重生、保守復古與抵抗辯護多元競爭，甚至陷入權力話語的圈套而迷失自我，與文學關係則是人所共知的。所以，只有在歷史的岩層中我們才能看到「國民性」是如何被歷史地敘述的，只有從多維的角度才能認識它的構成及其意義。

本書的研究主要借鑒話語分析的方法。話語是福柯在《知識考古學》及其他一系列著作中提出和使用的一種思考權力、知識和語言之間的關係的方法。對福柯來說，話語首先是對特定文化對象的定義，是對某個主題的陳述，並且只有通過這樣的概念和術語，這一對象才可以被研究和討論，比如他研究的主要對象是瘋癲、犯罪、性。福柯認爲話語的關鍵不僅是所說和所寫的集合，而是特定的文化決定了如何思維，在怎樣的條件下產生了這些陳述，話語並不再現或臨摹文化現象，而是引發和建構他們。因而話語分析要研究的與其說是話語，不如說是話語依據的規則，依存的條件，進一步講，話語分析是研究知識構成和知識存在形態的方法。同時，福柯認爲各種陳述在一種文化中有規律的產生，但並不意味著他們組成了一個符合邏輯和協調一致的系統，福柯拋棄了傳統的作爲事實的線形的年代學的歷史觀念，強調斷裂和不協調性。他認爲話語是以不連續性爲特徵的，並且不依據可預言的時間軌跡演變。

顯然，國民性也可以看作是一種話語。國民性作爲話語的意義在於「國民性」是一個可以被定義的文化現象，在本書中，我並不打算對國民性概念本身做標準化的定義，因爲它的含混性和持久的流變性，使它不斷產生新的內涵並適應文化的變化和歷史的情境。國民性作爲話語也意味著一系列關於「國民性」陳述的知識，以及構成這些知識的文化機制。把國民性視爲話語並不是對國民性話語的歷史意義的闡釋，而是要追問如何和爲什麼如此陳述，進一步講，是要探討這些陳述形成的話語規則和文化機制。所以，我的論述是建立在下面一些方法與認識之上的：

首先，國民性不僅指那些圍繞著「中國」及「中國人」形成的形形色色的論述，國民性更是近代以來「中國人」用來思考自己的政治和文化困境的工具性概念。作爲近現代中國人一種基本的思考問題的方法，他們認爲通過對「國民性」的認識和把握、批評和辯護，可以達到對民族主體（包括國家及其相應的文化系統）和個人主體的重建、改造、捍衛。所以，有那麼多的政治家、作家以及一般的知識分子都熱衷於對「國民性」的討論，甚至引發爭論。

關於國民性的陳述及其思考並非是自然存在的反映，而是一種文化建構的產物。進一步講，關於國民性的陳述建立在一定文化系統之中，有關國民特性的論述只能存在於歷史話語之中指涉現實，所以，把國民性問題研究的重點放在這些論述形成的文化邏輯上，這也是和以前的研究不同的地方。具體的說，我並不打算尋求某種邏輯的統一性及歷史關係，而是根據話語實踐的特點嘗試採用策略性的方法，根據有關敘述形成的知識前提和論述的邏輯本身作爲展開論述的基本方面。在材料的使用上，也不是對文學文本和歷史文獻的全面梳理，儘管事先考察了大量的文獻材料，但主要依據話語的規律性與文本實踐的特點做了一定的取捨。

把國民性看作是文化建構的產物，並不意味它僅僅是一個文化現象，其實這種文化現象與歷史的語境之間有著極爲深刻的關聯。福柯熱衷於討論話語機制的重要作用，但如果仔細思考他討論的醫學話語，就會意識到構成這些知識和語言的形式，是與生產這些話語的實際場所，如診所、醫院、手術室以及所有的醫學環境的外部標誌諸如白色的外套、聽診器、護士服無法分離。對於國民性話語而言，它深深地鑲嵌在近現代政治與社會歷史的運動之中，歷史語境的刺激與作用已經滲透了關於文化的思考，並可能左右這些文化活動，在這個意義上，文化是歷史語境的表徵。

運用話語分析的方法可以對近現代的國民性話語實踐的意義做出比較合理的解釋。國民性爲什麼會受到如此的重視，爲什麼要使用「國民性」的範疇呢。如果是啓蒙或現代化的需要，啓蒙或現代化以普遍主義的知識體系爲歷史前提，然而對普遍性的追求卻表現爲對「民族性」的批判，並且這種批判充滿了張力與矛盾，這在世界上其他國家和地區是比較少見的。國民性實踐的歷史前提是從西方傳播並接受的文明論，同時，民族主義則爲國民性實踐提供了歷史內涵。此外，國民性概念從知識的範疇上講來源於歐洲，對國民性的具體論述也有某些相似之處，但這並不能說明中國的國民性論述是東方主義的表現。中國國民性的話語實踐以民族自覺爲前提，這是民族主義的特點，也是啓蒙主義的特點。國民性實踐存在不同的形態，比如陳季同和辜鴻銘、國粹派以及東方文化派的話語實踐也應該受到關注，他們「文化保守」的立場是如何產生和形成的呢。從話語的立場看待國民性範疇及整個歷史實踐，也是重新認識近現代文學與思想的一個過程，使我們從那些充滿了本質化的關於「中國」的論述中解放出來，達到對歷史與未來的認識。

本書研究的大致範圍是晚清至五四。有人把地主階級改革派和早期維新派提出的人心風俗看作國民性話語的萌芽，但是，學術界一般認爲國民性話語的出現是以國民概念的出現爲先導。最早使用國民這一概念的是康有爲，但最先表達國民意識的是嚴復。1895 年 3 月，甲午戰爭之後，日本威脅中國之際，嚴復在天津《直報》上連續發表《論事變之亟》《原強》《救亡決論》等文章，首先將國民的精神素質視爲救亡興邦的根本，他提出了挽救國家危亡的三項措施：開民智，鼓民力，興民德，被認爲是國民性話語的前奏。實際上，陳季同關於國民性論述的著作《中國人自畫像》早在 1884 年就已經出版，其他的《中國人的快樂》和《吾國》則分別出版於 1890 年和 1892 年。另外，鴉片戰爭以來，外國的傳教士和官員以及其他形形色色的人物都留下了關於中國國民性的論述，所以從晚清到五四新文化運動形成了豐富的話語空間。五四運動以後，隨著馬克思主義的傳播，思想文化領域階級分析的方法越來越普遍，革命文學論爭中，階級論代替國民性，國民性淡出歷史中心，本書把論述的範圍放在晚清至五四這一段。

本書共分六個部分，分別是：導言；第一章中國國民性話語實踐的基本語境，從西方文明論的傳播和民族主義的理論和實踐兩個方面揭示近代國民性話語形成的基本語境；第二章國民性與民族國家想像的關係，通過民族國家的建設過程中關於「國民」與「國家」的批評與重構，說明有關國民性的論述是民族主義歷史與政治敘述的一部分；第三章國民性與民族文化認同，從民族文化認同的角度分析了關於種族的論述、陳季同和辜鴻銘以及國粹派的言論；第四章國民性與個人觀念，主要以個人主義爲基點，考察了五四時期國民性話語建構的歷史特點；結語。

第一章　國民性話語實踐的基本語境

無論是歷史中的人物或者是今天對那一段歷史試圖表達自己見解的人們，都相信「國民性」確實存在，已然形成的種種描述，代表了對一個民族或國家本質的認識。所以，人們總是熱衷於討論國民性是什麼以及為了改造國民性做出的種種努力。對歷史現象合理性的認同並不代表對歷史本身的認識。事實上，人們用來解釋世界的方式既不是永恆不變的，也不是普遍適用的，它們不可避免的要受制於特定的社會、政治和經濟語境，而這種語境又以意識形態為基礎。因此，與其說國民性是一種本質性的存在，還不如說是藉以命名的文化經驗的產物。對於近現代的國民性問題而言，西方文明史觀的傳播和民族主義的理論與實踐構成了國民性話語實踐的基本語境。

第一節　文明論視野中的國民性

國民性成為近代歷史上一個重要而備受關注的問題，與關於「文明」的歷史敘事緊密相關。歐洲全球化的殖民運動使他們的文明向世界範圍內傳播，源於西方的文明觀念變成了普遍有效的價值標準。在近代中國，「文明」的存在一直是一種重要的意識形態和歷史力量，世界按照文明的標準被劃分為文明、半開化、野蠻三個層次，中國被視為處於中間，即半開化狀態。中國國民性是通過西方文明這面鏡子發現的。國家的獨立被視為文明的標誌，成了追求的目標，而國民的文明則是實現這一目標的手段。因此，文明論是國民性認識、重建的歷史前提。

一、文明論的傳播與接受

「文明」一詞也見於古漢語，根據劉禾的梳理有五種義項：

> 一、《易・乾》：「見龍在田，天下文明」，孔穎達疏謂「天下文明者，陽氣在田，始生萬物，故天下有文章而光明也。」指文采光明。二、《書・舜典》：「濬哲文明，溫恭允塞」，孔穎達疏：「經天緯地曰文，照臨四方曰明」，謂文德輝耀，三、前蜀杜光庭《賀黃雲表》：「柔遠俗以文明，慑凶奴以武略」，謂文治教化。四、漢焦贛《易林・節之頤》：「文明之世，銷鋒鑄鏑」，謂文教昌明。五、《易・明夷》：「內文明而外柔順，以蒙大難，文王以之」，猶明察。〔註1〕

「文明」一詞被賦予現代含義，是經過日本這個中介完成的，它是源自古漢語的日本「漢字」詞匯，是日語用來翻譯歐洲的現代詞匯，又被重新引入現代漢語。在明治前半期，用「文明」一詞來翻譯 civilization 或 enlightenment，所謂文明是相對「野蠻」或「半開化」而言。1875 年，福澤諭吉刊行了他的《文明論概略》。「文明」這個日式漢語在日本固定下來之後，又被拿到中國，並且形成了「文明史觀」。

19 世紀是一個「文明」社會全盛的時代，世界是通過「文明」這一鏡頭被發現的。然而，被稱之爲「文明」的到底是指什麼呢？德國社會學家埃利亞斯爲「文明」下的定義饒有意味。「如果考察一下究竟什麼是文明這一概念的定義，以及到底爲了那些共同之處，人們才把所有形形色色的人類行爲和成就都標爲『文明』。那麼，首先可以找到這樣一種簡潔的表達，這一概念表現了西方國家的自我意識，或者說把它說成是民族的自我意識，它包括了西方社會自認爲在最近兩三百年內所取得的一切成就。由於這些成就，他們超越了前人或同時代尚處於原始階段的人們，西方社會正是試圖通過這樣的概念來表達他們自身的特點以及那些他們引以自豪的東西，他們的技術水準，他們的禮儀規範，他們的科學知識和世界觀等。」〔註2〕埃利亞斯從歷史和社會的變遷來說明文明的形成過程，認爲文明並不是一個普遍性的標準。從其起源看，是西方國家自我意識的表現，但民族的自我意識卻變成了世界性的

〔註1〕劉禾：《跨語際實踐——文學，民族文化與被譯介的現代性（中國，1900～1937）》，生活・讀書・新知三聯書店 2002 年版，第 408 頁。

〔註2〕埃利亞斯：《文明的進程——文明的社會起源和心理起源》（第一卷），生活・讀書・新知三聯書店 1998 年版，第 61 頁。

普遍有效的價值標準。總之，文明指以西洋文明爲目標，開化民族應該具備的社會制度、生活和文化的總稱，同時，又是一個不斷進步的過程。

其實中國傳統文化中也有「文明」的問題，即文治教化的界限和區分，主要體現在華夷觀念中。所謂華夷觀念就是漢族將自身的生活方式體系視爲「文明」，而將與之不同的異民族的生活方式視爲非文明形式的世界觀。華夷關係是決定民族關係的基本框架，也是文明與非文明區分的界限與標準。華夷觀念把文明的劃分和民族或種族的區分合而爲一，所以，文明常常以民族和種族作爲標誌。但是，基於華夷關係的文明觀念在與西方的相遇中，卻發生了逆轉性的變化。清末的中國知識分子和日本人一樣，也遭遇了西方「文明」觀念的衝擊，早在1878年，郭嵩燾在他的日記中記載了他讀到《泰晤士報》關於 civilized 時的感想：「西洋謂政教修明之國，曰色維來意斯得（Civilized），歐洲諸國皆名之，其餘中國、土耳其及波斯，曰哈甫色維來意斯得（half-civilized），哈甫者，譯言得半也，意謂一半有教化，一半無之，其名阿非利加諸國曰巴爾比裏安（barbarian），猶中國夷狄之稱也，西洋謂之無教化。三代之前，獨中國有教化耳，自漢以來，中國教化日益微滅，而政教風俗，歐洲各國乃獨擅其勝，其視中國，亦猶三代盛時之視夷狄也。」〔註3〕這段日記中，郭嵩燾把文明理解爲「政教修明」、「教化」，認爲歐洲是文明的代表，並用夷狄來形容中國。西方文明史觀帶來的衝擊和震動意味著「文明」一詞在中國的出現，也就是作爲「civilization」的翻譯而出現的「文明」，並非僅僅是形容西洋社會的狀況，或是表現類似華夷之別的教化的有無，而是以歷史進步爲前提，包含了對以西洋爲排頭的一元性的普遍公理的認同。歐洲全球化的殖民運動使他們的文明向世界範圍傳播，源於西方的文明觀念變成了普遍有效的價值觀念。

對「文明」所包含的價值觀在中國的傳播起到重大作用的當推梁啓超。梁啓超戊戌政變後流亡日本，文明這兩個字成了他文章中不可缺少的關鍵字眼。梁啓超在《論中國應講求法律之學》中，首次論及西方人的文明：「泰西自希臘羅馬間，治法家之學者繼軌並作，賡續不衰，百年以來，斯義蓋暢，乃至以十數布衣，主持天下之是非，使數百之暴主，戢戢受繩墨，不敢恣所欲，而舉國君民上下，權限劃然，部寺省署，議辦事，章程日講日密，使世界漸進於『文明大同』之域。」梁啓超認爲西方各國是文明的國家，中國和

〔註3〕郭嵩燾：《郭嵩燾日記》（第三冊），湖南人民出版社1982年版，第439頁。

西方相比是「野蠻」，若與苗族等少數民族或非洲的黑奴相比，中國則是文明的，這些種族與禽獸相比又是文明的。「人之所以戰勝禽獸，文明之國所以戰勝野番，胥視此也，以今日之中國視泰西，中國固爲野蠻矣，以今之中國視苗黎猺獞及非洲之黑奴、墨洲之紅人、巫來由之棕色人，則中國固文明也，以苗黎諸種人視禽獸，則彼諸種人固亦文明也，然則文明野番之界無定者也，以比較而成耳。」「今泰西諸國之自謂爲文明，庸詎知數百年後，不見爲野蠻之尤哉。」〔註 4〕在此，梁啓超把傳統的華夷觀念作了調整，華夏中心的觀念完全被相對化的關係網絡所代替，但文明與種族之間的糾葛並沒有完全被消除。文明與野蠻的關係是相對比較的結果，不變的是「文明」的基準，在他看來，世界上完全符合此基準的國家還不存在。因此，「文明」的問題又被視爲「文明化」的問題。

梁啓超對文明論的接受，福澤諭吉是一個重要的中介。〔註 5〕在日本期間，梁啓超讀過福澤諭吉的《文明論概略》，並深受其影響。〔註 6〕「泰西學者，分世界爲三級，一曰爲野蠻之人，二曰半開化之人，三曰文明之人，其在春秋之義，所謂據亂世，升平世，太平世，皆有階級，順序而生，此進化之公理，而世界人民所公認也，其軌度和事實，確然有不可假借者。」〔註 7〕梁啓超雖然試圖用「三世說」來解釋福澤諭吉文明論三個階段的理論，但他基本接受了福澤諭吉提出的文明是世界人民所公認的進化之公理的觀念。

福澤諭吉認爲文明是一個相對的詞，其範圍之大是無邊無際的，只能說它是擺脫了野蠻狀態而逐步前進的東西。具體地講，指的是人的身體安樂，道德高尚，或者指衣食富足，品質高貴。關於福澤諭吉的文明論，有幾點是值得注意的。首先，他把作爲西方民族自我意識的文明加以發揮，變成了帶有普遍性的價值標準，使之成爲普遍性的公理。他說：「現代世界的文明情況，要以歐洲各國和美國爲最文明的國家，土耳其、日本、中國等亞洲國家爲半開化的國家，而非洲、澳洲的國家算是野蠻的國家，這個說法已成爲世界的

〔註 4〕梁啓超：《論中國宜講求法律之學》，張品興主編《梁啓超全集》（第一冊），北京出版社 1999 年版，第 60 頁。

〔註 5〕石川禎浩：《梁啓超與文明的視點》，狹間直樹編《梁啓超・明治日本・西方》，社會科學文獻出版社 2001 年版，第 100～105 頁。

〔註 6〕鄭匡民：《梁啓超的啓蒙思想的東學背景》，上海書店 2003 年版，第 55～65 頁。

〔註 7〕梁啓超：《自由書・文野三界之別》，張品興主編《梁啓超全集》（第一冊），北京出版社 1999 年版，第 340 頁。

通論。不僅西洋各國人民自詡爲文明，就是連半開化和野蠻的人民也不以這種說法爲侮辱，並且沒有不接受這個說法，而要誇耀本國的情況認爲勝於西洋的。」福澤渝吉認爲上述的說法成爲世界的通論，一方面因爲人們看到了明顯的事實和確鑿的證據，另外，這個通論作爲公理被人們普遍接受，原因是人們不得不認同於社會進化的自然法則。

其次，他把文明化看作是社會進化的過程。福澤諭吉認爲文明、半開化和野蠻是人類社會必然經歷的三個階段。在未達到文明的時期，也不妨以半開化爲最高階段，這種文明對半開化來說固然是文明的，而半開化對野蠻來說，也不能不謂之文明，例如，以現在的中國與西洋各國相比，不能不說是半開化，但是把中國與南非相比，或取更近的例子，以日本近畿地方的人民與蝦夷民族相比，那麼前者就可以看著文明了。不僅半開化與野蠻的關係被相對化了，西洋作爲文明的頂點位置也被相對化了：

> 現在西洋各國爲文明國家，這只不過是目前這個時代的說法，如果認眞加以分析，它們的缺陷很多，戰爭是世界上最大的災難，而西洋各國卻專門從事戰爭，竊盜和殺人是社會上的罪惡，而西洋各國竊盜和殺人案件層出不窮，此外西洋各國還有結黨營私和爭權奪利的，更是無所不爲，只是大體上看來，西洋各國有朝向文明發展的趨勢，而決不可以認爲目前已經盡善盡美了，假若千百年後，人類的智識已經高度發達，能夠達到太平美好的境界，再回顧現在西洋各國的情況，將會爲野蠻而歎息，由此可見，文明的發展是無止境的，不應滿足於目前的西洋文明。〔註8〕

再次，既然不能以西洋文明爲滿足，那麼，是不是可以捨棄西洋文明而不效法它呢？福澤諭吉認爲文明並不是死的東西，而是不斷變化發展的，必須經過一定的順序和階段，即從野蠻進入半開化，從半開化進入文明。現在的文明正在不斷地發展進步中，歐洲目前的文明也是經過這些階段演變而來的。現在世界各國，如果處於野蠻狀態或半開化地位，要使本國文明進步，就必須以歐美文明爲目標。總之，西方自詡的「文明」被福澤諭吉賦予了人類共有的普遍性，變成了普世性的價値，此外，他認爲這個標準並不是固定不變的，而是一個無止境的不斷進化的過程，就目前各國的狀況而言，又必須以西洋爲目標。

〔註8〕福澤諭吉：《文明論概略》，商務印書館 1959 年版，第 9～10 頁。

通過日本中介被介紹到中國的文明論很快產生了巨大的影響。在晚清的新小說中，許多小說的主題都集中於對文明的認同和宣揚上，可以看出文明論影響的普遍和深入。吳趼人的《新石頭記》寫賈寶玉來到文明境界的入口處，按規矩，每個進入文明境界的人，必須到檢驗性質房，檢驗其性質，性質合格後，才具備進入文明境界的資格，否則不被准許。醫生用測驗性質鏡檢驗人的性質，「性質文明的，便晶瑩如冰雪，野蠻的，便渾濁如煙霧，視其煙霧之濃淡，以別其野蠻之深淺。」賈寶玉的「性質晶瑩」，很快順利地通過。一名叫做「劉學笙」的，來過幾次，皆因性質不合格而被拒絕。所謂驗明性質才能進入文明境界，顯然是以「文明」評判一個國家的文明程度或國民性狀況的隱喻。《文明小史》雖然旨在諷刺了文明在近代中國展開過程中出現的種種滑稽可笑的事情，但並沒有否定文明本身，相反，對「眞正的文明」的追求才是作者極力肯定的。由此可以看出，「文明」已經成爲一種主宰性的觀念和力量。

二、「文明」的西方與「野蠻」的中國

傳統觀念中，中國處於世界的中心，外圍的人群被稱爲四夷。這種觀念主要是基於文化和生理的區別，也是對文明的中心和野蠻的邊緣世界格局的想像。19 世紀，中國和西方在最初的接觸中，西方往往被視爲「夷狄」。「師夷長技以制夷」就是一個典型的例子。但是，隨著文明論的傳播的和普及，西方與中國的關係也在文明與野蠻的區分中被重新勘定。到了二十世紀初，西方顯然已被視爲「文明」的國家，處於最高的文明層次，中國則被視爲「夷狄」了。《新石頭記》三十二回，老少年認爲「中國開化極早，從三皇五帝時，已經開化，到文武時，禮樂大備，獨可惜他守成不化，所以進化極遲，近日稱文明國的，卻是開化極遲，而又進化的極快。」在老少年看來，中國開化很早，但進化較慢，西方儘管開化較遲，但是進化很快，所以，今天，西方屬於「文明國」，而中國則與「文明」無緣。《文明小史》第四十七回，寫勞航芥從香港坐輪船回到上海，覺得香港是英國的屬地，諸事文明，斷非中國的腐敗可比。日本自明治以來迅速崛起，在清末人們的認識中，也被視爲文明國。《文明小史》第十五回，聶幕政和他的同學準備前往日本留學，因討論熱烈聲音太吵而驚動了船主。有一中國人對他們講，正要前往的東京是文明的地方，這是文明國的船，勸這些初次出國的青年人要小心。顯而易見，在

晚清，文明論已經成爲人們藉以認識自我與世界的重要的思想，並初步形成了具有嚴格等級秩序的世界文明觀念。

「文明論」的傳播不僅塑造了嶄新的世界秩序，也體現了一種明顯的鑒別意識。以「文明」的眼光打量中國，中國被視爲是「野蠻」的。清末興起的新小說往往以西方文明作爲參照，批評中國國民性，文明的西方和野蠻的中國成爲「新小說」常見的敘事模式。東海覺我的《新法螺先生譚》借助科幻小說的形式比較了西方和中國國民性的差異，小說主人公分爲身體和靈魂兩部分，靈魂變成了發光的氣體，強光照徹四方，發現歐洲和美洲正當日夕，國民莫不精神炯炯，儼然是一個文明的國家。比照中國，則是「鼾聲如雷，長夜慢慢，夢魂顛倒，蓋午後十二點鐘，群動俱息，即有小部分，未眠之國民，亦在銷金帳中，抱其金蓮塵瘦，玉體橫陳之夫人，而置強光於不顧」。主人公在空中飛行，途中墜入地球底層一老翁家，老翁叫黃種祖，有兒女四萬萬，這顯然是在影射中國。老翁經過研究，發現人的性質有「善根性」和「惡根性」兩類。人群中多性質善者，則風俗改良，社會改良，人群中多性質惡者，則風俗墮落，社會腐敗。老翁的這四萬萬女兒都知識幼稚，體格羸弱，不同程度染有各種毒質，善根性已被侵蝕殆盡，只剩下萬分之八九。名爲嗎啡的毒品竟然佔據了百分之六十五，「使人消磨志氣，瘦削肌膚，促短壽命。」毒品嗎啡暗示了鴉片給中國人體質和精神造成了巨大的危害。還有其他的種種惡劣性質，如崇拜金銀，迷信鬼神，囂張不靖，愚暗不明，宗旨不定，騎牆兩可，務名邀譽等。東海覺我以誇張的手法說明中國的國民性已達到了觸目驚心的地步。《新石頭記》也通過寶玉的所見所聞見證了中國的「野蠻」和「黑暗」。寶玉發現在上海充斥著柏耀廉這樣的洋行買辦，聲稱自己「雖是中國人，卻有點外國人的脾氣。」「柏耀廉」諧音即「不要臉」，顯然是在批評這類人物的買辦行徑和崇洋媚外心態。寶玉去了一趟北京，遭遇了義和團事件，發現所謂的刀槍不入全是自欺欺人，他們還把軍火賣與正在與之交戰的洋人。八國聯軍進入北京的時候，全都做了聯軍的「順民」。寶玉前往武漢，因爲譏諷了學堂監督，便以「拳匪」的罪名被羅致入獄，差點送了性命。寶玉遭遇了這些事件之後，不得不感歎「怪不得說是野蠻之國，又怪不得說是黑暗王國」。

文明的視點是近代國民性敘述非常重要的依據，與此同時，「文明的進程」也成爲歷史發展和小說敘事的重要內容。晚清小說中，李伯元的《文明小史》

已經開始把敘事的重心放在「文明的進程」，而非常見的文明和野蠻的對立，這在晚清小說中是非常獨特的。阿英認爲文學史或小說史裏，論晚清的小說，經常都舉李伯元《官場現形記》、吳趼人《二十年目睹之怪現狀》、劉鐵雲《老殘遊記》、曾樸《孽海花》，主要是這幾部作品全面地反映了晚清社會。不過，就表現一個變革的時代說，李伯元的《文明小史》是非常出色的。《文明小史》不僅非常全面的反映了維新運動時期的那個時代，他對於這期間所發生的許多事是不滿意的，但他相信這是過渡期的必然，他把這些事無情的揭露出來，希望有助於改進。〔註 9〕小說開始寫永順府「所有百姓都分佈在各處山溝之中，倚樹爲村，臨流結合，耕田鑿井，不識不知。」這是傳統鄉村社會的典型形態，類似士大夫意念中的田園世界。但是在作者眼中卻是地處偏僻，民俗渾噩。這個與外部世界幾乎隔絕的地方，因爲忽然闖進幾個外國人，而打破了固有的寧靜，竟然惹起了種種意想不到的紛擾。來到永順府的外國人，是意大利礦師，「只因朝廷近來，府庫空虛，度支日絀，京裏內外，很有幾個識時務的大員，曉得國家所以貧弱的緣故，由於有利而不興。……更有兩件天地自然之利，不可以不考求的，一件是農功，一件是礦利，倘把這二事辦成，百姓即不患貧窮，國家亦自然強盛。所以，那些實心爲國的督撫，懂得這個道理，一個個都派了委員到東洋考察農務，又從西洋聘了幾位有名礦師，分赴各府州縣察看礦苗，以便招人開採。」來到永順府的外國人，是意大利礦師。回顧中國現代化的歷程，一些開明的知識分子出於非常現實和功利的思考，提出了「師夷長技以制夷」的口號，覺得學習西方的技術可以抵禦西方的侵略。後來的洋務運動，對西方科學技術的學習掌握已經成爲國家建設的自覺行爲。但文明或現代化的進程卻充滿了太多的曲折和嘲諷。永順府的知府聽說來了幾個洋人，客店又打碎了外國人的洋瓷碗，他的第一個反應是「弄壞了外國人的東西，是要賠款的。」爲了應付這件突發的「交涉大事」，他停止了正在進行的武考，立即上門拜會。知府的行爲和反應無疑是中國近代國際地位和心理行爲的眞實寫照。自從鴉片戰爭以來，中國和「文明西方」的交往，總是伴隨著戰爭、割地和賠款。再來看看廣大民眾的反應，廣大的鄉民認爲洋人的選礦會破壞山上祖墳的「風水」，停考的武生則煽動鬧事。出於對洋人的仇恨，最終釀成了一場捉打洋礦師的風波。小說有意地迴避了西方列強在中國的驕橫和強盜行爲，對他們的殖民行爲輕描淡寫，小說也並非

〔註 9〕阿英：《晚清小說史》，江蘇人民出版社 2009 年版，第 8～10 頁。

單純敘寫內地的隔絕與愚昧。李伯元顯然意在點明選礦這一「文明」之舉在愚昧的民眾面前如何變成了一場鬧劇。關於「文明的進程」中的曲折和矛盾則是作家著力要表現的。

李伯元主要諷刺了種種貌似「文明」的現象背後的虛張聲勢和庸俗浮淺，所謂文明進程之中「野蠻」狀況的摹寫則另有一番風景。第十回寫賈子猷、賈平權、賈葛民由吳江前往上海，這三兄弟曾拜得省府姚文通爲師，經常訂閱上海的報章雜誌，與新潮思想已是略有所聞，並且他們都是新產品和進口貨物的率先接受者。賈氏兄弟一行上海朝聖「文明」之旅，遇到的卻是一連串滑稽可笑的結果：他們遇到的「新女性」原來是一群妓女；所謂的西式學校，校長據說是孔子的後人；他們進西洋餐廳開洋葷，碰到的革命人士其實是一群無恥的騙子；賈氏兄弟來到一間專賣西學譯著的書坊，這家書店的暢銷書則是《男女交合大改良》和《傳種新問題》之類。「賈」者，假也。所謂文明都已變得面目全非，扭曲變形。一個典型的例子是勞航芥，他曾在日本和美國受到法律訓練，並在香港執業，安徽總督聘他爲洋務顧問，以助其處理洋務。勞航芥因爲自己在香港生活，所以以文明人自居。「我是香港住久的人，香港乃英國屬地，諸事文明，皆非中國腐敗可比，因此又不得不高看自己，把中國那些舊同胞當作土芥一般，每逢見了人，倘是白種，你看他那脅肩諂笑的樣子。」這個一向以文明自重的先進人物，可是一到上海，卻迷上了一個「愛國」的妓女，便脫下自己的一身洋裝而求得妓女的歡心。在旅店裏不小心弄丟了手錶，卻誣說是店主偷走，對店主拳打腳踢，索要賠償。勞航芥這個「文明」人其實比野蠻人還要野蠻。余小琴和衝天炮是兩個留學日本的青年學生，剛回國的時候，大講自由平等，鬧家庭革命，也不乏民族思想。但是，漸漸地吃喝玩樂，混跡於妓院中間，文明的氣息已遁於無形。第五十三至五十五回寫鄉紳秦鳳梧和別人合夥辦煤礦，秦鳳梧一行等人到上海置辦機器，卻天天吃喝玩樂，辦礦的錢都被揮霍一空，辦煤礦的事無果而終。正應驗了外國礦師那句「中國人辦事，向來虎頭蛇尾。」李伯元覺得從學習「文明」的過程更可以看出「中國人的性格」。由上可知，從西方接受的文明論成了國民性敘事的基點，正是有了西方這面鏡子，近代中國才發現了自己的「野蠻」，但不幸的是關於「野蠻」狀況的認識逐漸被本質化了。

通過西方文明這面鏡子，人們自然會進行中西文化的比較。晚清，隨著對西方文化認識的不斷深入，許多的知識分子開始探究中西文化觀念上的差異，中西文化的比較意識已經非常突出。嚴復認爲中國和西方最大的不同是「自由」。他覺得中國的恕道和西方的自由比較接近，但還是有差別。由於這種差異也產生了許多其他的差異：

> 中國最重三綱，而西人首明平等；中國親親，而西人尚賢；中國以孝治天下，而西人以公治天下；中國尊主，而西人隆民；中國貴一道兒同風，而西人喜黨居而州處；中國多忌諱，而西人眾譏諷；其於財也，中國重節流，而西人重開源；中國追淳樸，而西人求歡娛；其接物也，中國美謙屈，而西人務發抒，中國尚節文，而西人樂簡易；其於爲學也，中國誇多識，而西人尊新知；其於災禍也，中國委天數，而西人持人力。〔註 10〕

嚴復雖說他實在不敢說這其中有什麼優劣，其實他的傾向性是非常明顯的。因此，以西方爲參照，中西文化比較也成爲一種普遍的論述形式，而西優中劣又是比較普遍的判斷。

從西方文明的優勢出發，把文明中理念化的「文化」進行中西比較，在晚清的小說中也已初見端倪。曾樸的《孽海花》以傳統文化的代表「士」作爲描寫的主體，但這些名士達官，中國知識階層的精英已被置於西方「文明」的背景之下，他們的種種心理行爲已宣告了傳統文化的沒落和終結。主人公金雯青身爲頭名狀元，可謂達到了科名的頂峰。當他置身上海領事館舉辦的賽花會上時，席間，眾人議論風生，多是討論西國政治藝學，金雯青在旁默聽，茫無把握，只得暗自慚愧：「我雖是個狀元，自認爲名滿天下，那曉得到此地聽著許多海外學問，眞是做夢也沒有想到哩，從今看來，那些科名總是靠不住的。」馮桂芬在恭賀金雯青的同時，也告誡他要學習西學。「現在是萬洲萬里交通的時代，從前多少考據詞章的學問，是不盡可以用世的。昔孔子翻百二十國經書，我看現在讀書，最好能通外國語言文字，曉得他所以富強的緣故，一切聲光、化電的學問，輪船槍炮的製造，一件件都要學會他，那才算個經濟。」後來金雯青作爲駐外使臣出使歐洲，當他面對西方世界的時候，由於受傳統文化與已有的心理結構的束縛，則完全喪失了從事政治外交、瞭解西方和向西方學習的主體意識和能力。遊公園、看戲、跳舞，略聞兵操，也偶而去工廠，只是爲了準備日記的材料罷了。金雯青作爲外交使臣的活動

〔註 10〕 嚴復：《論世變之亟》，牛仰山選注《嚴覆文選》，百花文藝出版社 2006 年版，第 3 頁。

完全是傳統名士的再現。當然金雯青也並非一個完全的保守派，他也熱衷新學，對地理學很有興趣，也明白「不知地理、爲害尤烈」的道理。在出使德國期間，花重金購得一「中俄交界圖」，視爲至寶，想來可以爲中俄邊界出一份力。不料，這卻是俄國人侵佔中國的陰謀，「一紙送出八百里」，新疆帕米爾等地區在地圖上已被劃歸俄國。「金雯青學優而仕的官運，他的追慕新學而又愚昧顢頇的心態，他優容中包含平庸，顢頇中不乏善良，風流中充滿怯懦的精神與性格特徵，都使這一形象成爲清末知識分子官僚極具代表性的形象。金雯青的精神與處境展示了清末知識分子在新舊交替時期的『失重』，也暗示了中國傳統文化不可挽回的衰落。」〔註 11〕

曾樸也展示了在西學背景下，中國舊學的尷尬與無用。金雯青朋友的學問狀況大不相同：

> 唐卿喜歡講究版本，買幾部宋元刻，寫寫小篆，看幾張經小學書。珏齋性情更是活動，一時間，畫畫畫，寫寫字，竟然風流名士，一時間，講程朱，說陸王，又是道學生，買些古銅金石，就論金石，翻倒六韜三略，自命兵家。肇廷本來懂些詞章之學，更不消說了，只有菶如一人，還是一部高頭講章，幾句八股腔調。

金雯青熱衷於元史考證，以潘尚書爲代表的則對公羊學推崇備至。這大致是清末中國傳統學術的基本狀況，但是這些學問在面對國門大開、西學湧入的情形下，尤其是列強林立的時代，則顯得百無一用。他們對世界極爲無知，法國侵佔越南，越南向中國求助，他們中的許多人因爲法蘭西這個國名從前不大聽說，便以爲它「想來是新國」。最典型的例子是莊倫樵與法國交戰一事。莊的原型是張愛玲的祖父張佩綸，在朝廷大考中，他以第一名授翰林院侍講學士，恃才傲物，自命清流。但莊倫樵一旦越出傳統文化的範圍，便顯得百無一用。中法戰爭之際，他被任命爲福建船政大臣，認爲法國不過一小國，於是模仿三國諸葛亮唱「空城計」，想以此嚇退敵人。可是外國人架著大炮只是打，他「只好頭頂著三寸厚的銅盆，赤著腳，鑽在難民潮裏，逃回省城來了。」最後被革職發配黑龍江。

小說的楔子部分說有一個叫奴樂島的地方，是一個野蠻自由的奴隸國。那島從古不與別國交通，所以別國不曉得他的名字。但「去今年五十年前，

〔註 11〕楊聯芬：《晚晴至五四：中國文學現代性的發生》，北京大學出版社 2003 年版，第 182 頁。

約莫十九世紀中段，那奴樂島四周起怪風大潮，那時島根岌岌搖動，要被海若卷去的樣子。誰知那一般國民還是醉生夢死，天天歌舞快樂，富貴風流，撫著自由之琴，喝著自由之酒，賞著自由之花，年復一年，禁不得月蠶日蝕。到了一千九百零四年，平白地天崩地塌，一聲響亮，那奴樂島的地面直沉向孽海中去。」奴樂島、奴隸國顯然是指中國，奴樂島的沉沒也成了傳統中國及其文化覆滅的象徵。

《孽海花》對晚清的知識階層和文化傳統做了最為悲觀的描繪，傳統「文化」幾乎完全被視為「無用」之物，可以說，已經基本擺脫了「中體西用」的思維模式，這也為後來「五四」的反傳統埋下了伏筆。相比較而言，《新石頭記》儘管也暴露了中國種種「野蠻」的現象，但還沒有完全喪失對傳統文化的信念，依然承認中國文明有其自身的價值，對其前途表達了一定的樂觀心態。作者描繪的文明境界是一個以東方文明為主導的世界，並且似乎更為鍾情由「東方」來完成這一文明境界的再造。小說敘述寶玉離開野蠻社會進入了文明境界，這個文明境界共二百分區，分為東南西北中五大部分，每區用一個字作符識，中央是禮樂文章四個字，東方是仁義禮智四個字，南方則是剛強勇毅四個字，北方是忠孝謙節四個字，文明境界的締造者是東方文明先生。小說還記述了許多科學發明，如飛車、驗骨鏡、助聽筒、透水鏡等。在文明境界的想像中，中國傳統文化被置於主導的地位，同時也吸納了西方先進的文明成果，東方精神加西方技術是晚清人們想像中比較普遍的文明圖景。

三、文明的目標與國民的文明

文明論在晚清的意義不僅表現為一種區分意識，最重要的是體現為對西方文明的豔羨、認同和學習，希望以此改變中國的野蠻狀況。接受具有普遍價值的文明觀念，達到文明境界才是國民性敘事的終極目地。《孽海花》在描繪傳統的沒落時，也著力表現了西學的能量和活力。第十八回談瀛會上，接受西學開明的知識分子各抒己見，修鐵路，辦銀行，改革政體，興辦教育，練兵，發展工商業，西方文化的引進已成為大勢所趨。從實業到制度，從行為到思想，西方文明的優勢已自不待言。《新石頭記》擬《紅樓夢》「補天」的神話，讓賈寶玉重返人間，發現時間已相隔久遠，但賈寶玉決定認眞學習，努力適應新事物和新時代。他耳聞目睹了種種從西方傳入的「文明」，覺得事事新奇。他遇到的第一件事物是「新聞紙」，還有比火鐮靈便得多的洋火，以及取代了馬車可以直通天津、北京的輪船、火車。寶玉找來了許多「新書」《時務報》《知新報》，後來又發現了一包有「禁書」字樣的書，打開一看，卻是《清議報》，寶玉對這些新書不勝歡喜，每日研讀，並且到製造總局購買了一套齊備的西文譯書。寶玉也有機會參觀各種工廠，有炮彈廠、鍋爐廠、水雷廠、機器廠、洋槍廠、鑄鐵廠、木工廠等等，寶玉對西洋的工藝讚歎不已。賈寶玉這個人物及其行爲其實具有寓言的色彩。作爲傳統文化及近代中國的代表，寶玉重返人間後，對新鮮的西洋知識和工藝的學習與認同，其實也是對西洋「文明」認同與理解的過程，說明近代中國從閉關到被迫的開放，開始學習西方技術和文化。

接受具有普遍價值的文明觀念，擺脫野蠻和半開化，達到文明的境界是文明敘事不可缺少的一部分。但文明作爲終極性的目標不得不在歷史的現實面前退避三舍，因爲無論是日本或中國，現實問題是如何抵禦西方的威脅，擺脫帝國主義的侵略和壓迫。在《文明論概略》中，福澤諭吉的文明論雖然是建立在整個人類的意義上，但主要以國家爲單位，把政治文明作爲中心，第十章更明確以「論我國之獨立」爲題。福澤諭吉說：「唯一的辦法只有確立目標，向文明進步，那麼這個目標是什麼呢？這就是劃清內外的界限，保衛我們國家的獨立。」〔註 12〕福澤諭吉認爲應該把國家的獨立作爲目標，文明就是實現這個目的的手段。這說明福澤諭吉的文明論不僅具有啓蒙主義的性質，同時包含了民族主義內容，國家的獨立構成了他整個啓蒙思想的前提。福澤諭吉的文明論以民族主義爲前提和日本近代民族國家建設的需要密不可分。

在近代中國，文明論也有同樣的特徵。對中國國民性的認識以國家的獨立爲前提，學習西方文化保持國家富強與獨立是整個文明論的核心。《新石頭記》臨近結尾的時候，在夢中，寶玉又再度回到中國。他發現中國已全然改觀了，政治制度已改爲立憲政體，治外法權也收回了，長江兩岸已是工廠林立，上海正在開萬國博覽會。最重要的是萬國和平會議在北京召開，中國皇帝被推舉爲會長。原來這個皇帝正是東方文明，東方文明在萬國會議上發表演說。認爲「和平會當爲人類求和平，而各國政府，當擔負其保護和平之責任，如紅色種、黑色種、棕色種，各種人均當和平相待，不得凌虐其政府

〔註 12〕福澤諭吉：《文明論概略》，商務印書館 1959 年版，第 190 頁。

及其國民，此爲人類自爲保護，永免苟虐，如彼程度或有不及，凡我文明各國，無論個人社會，對於此等無知識之人均有誘掖教育之責任，」「不得以彼爲異族異種，恃我強盛，任意欺凌，故自次開會之後，當消滅了強權主義，實行和平主義。」從寶玉重返人間，到遊歷「文明境界」，再到夢回中國，預言了眞正的文明境界一定會實現。小說結尾提出的反對強權尋求和平和獨立的願望其實是中國現實的當務之急。「補天」神話已被改寫爲尋求國家的富強與獨立。

國家獨立是文明的目標，文明是實現這一目標的手段，具體來講，國民的文明又是實現國家獨立的手段。福澤諭吉認爲一國獨立的方法是國民應該具有獨立自新的精神。他提出要把動員日本國民，作爲國家獨立的手段。「如果特別觀察日本眼下的狀況，就會感到國事日益危急，無暇他顧。首先，只有使日本國與人民生存下去，然後再言文明之事，若無國家與人民，就不可言我日本之文明。」〔註 13〕把國民作爲國家獨立的不可缺少的條件是民族主義的表現。在中國，把文明的問題和國民思想結合起來，梁啓超是一個代表，也可以看到他所受福澤諭吉的影響。在《國民十大元氣論》中，梁啓超把國民文明與國家建設聯繫在一起，指出文明有精神與形質的區別，「所謂精神者何，即國民之元氣是矣」，「國所與立者何，曰民而已，民所以立者何，曰氣而矣」國民的文明即國民的精神是國家獨立的前提的觀念和福澤諭吉如出一轍。但是梁啓超關於文明精神的論述只有「論獨立」一章，從此就沒有了下文。

日本學者石川禎浩指出，梁啓超在日本流亡初期曾對《文明概略論》反覆引用，而 1900 年以後戛然而止，說明梁啓超漸漸地疏遠了《文明概略論》。爲什麼會有這樣的變化呢，他認爲梁啓超的變化，關鍵是據以理解「文明」的社會進化論導出了「強權」「競爭」的邏輯。梁啓超承認個人精神獨立和團體精神獨立有密不可分的關係，但又強調社會進化論的「競爭」與「強權」是更根本的原理。這些思想的變化與梁啓超身處日本的時代變化大有關係。世紀之交的日本，已不是《文明概略論》《勸學篇》標榜的「文明之精神」的時代了，是經過了加藤弘之、陸羯南、德富蘇峰等的社會進化論、國民主義、國權主義、帝國主義論的時代，同時亞洲的形勢也已使人們不得不承認強權政治在支配著國際政治。因此，梁啓超從福澤諭吉接受的文明論，後來已被

〔註 13〕福澤諭吉：《文明論概略》，商務印書館 1959 年版，第 191 頁。

置於競爭和強權的關係之中。〔註 14〕儘管如此，實際上，文明作爲普遍的價值在梁啓超那裡並沒有變化，把國民文明作爲國家獨立的前提和基礎的思想也同樣在發揮作用，只是對文明論的歷史處境有了更加現實的認識。1903 年的《論中國國民之品格》是一個非常明顯的例子。梁啓超認爲世界上有三種國家，第一種是以文明著稱的如美國，第二種是以武力雄視的如俄國，第三種是文明和武力都不足道的，如埃及、越南、朝鮮。梁啓超把武力和文明同時作爲衡量一個國家的標準，國家也被分爲三個等級，一等的國家受人尊敬，二等的國家受人畏懼，三等的國家受人輕侮。對中國而言，雖然文明開化極爲源遠，但近數百年來，文明已日見退化，「昔之演我文化者，今乃詆我野蠻半開化矣，昔之懾我強盛者，今乃詆我病夫矣」。〔註 15〕中國儼然已墮爲三等的國家。梁啓超認爲中國之所以淪爲三等的國家，是因爲國民的品格和埃及、印度一樣缺乏愛國心、獨立性、公共心、自治力等，而這些品格則是國民應該具有的品格，是「國家的元氣」。如果說品格是一個人受尊敬的原因，國家也是如此，國民的品格是國家獨立並受人尊敬的條件。梁啓超雖然承認中國處於受人輕侮的地步，但並沒有完全放棄文明論，把武力作爲追求的目標，國家的獨立是他的目標，而文明即國民的文明則是重要的途徑。

由上可知，文明論既是國民性認識的前提，也是國家和國民文明的目標和動力，進一步講，國家、國民這些範疇本身就是「文明」的一部分。文明論的形成不可避免地受到了整個歷史語境的影響和制約，文明的觀念構成了整了國民性話語實踐的意識形態基礎，換言之，也就是一套文化慣例、話語和信念的基礎。

第二節　國民性與民族主義

啓蒙主義和現代化理論對中國國民性話語的內涵和歷史意義做了深入細緻的分析，與此同時，後殖民批評也給國民性問題的歷史研究提供了新的視角和方法。然而，到目前爲止，無論是對國民性內涵及其意義的肯定或批評，中國國民性話語實踐的歷史特徵，並沒有得到眞正有效的解釋。關於中國的

〔註 14〕石川禎浩：《梁啓超與文明的視點》，狹間直樹編《梁啓超・明治日本・西方》，社會科學文獻出版社 2001 年版，第 104～105 頁。

〔註 15〕梁啓超：《論中國國民之品格》，張品興主編《梁啓超全集》（第二冊），北京出版社 1999 年版，第 1077 頁。

國民性話語，絕大部分的研究變成了對現代性的認同和循環論證。另外，一些問題卻可能被掩蓋起來——爲什麼國民性在近代成爲一個問題，或者說國民性是如何成爲一個歷史性的問題，並引起了持久的討論，它的歷史動力究竟來自何方。有關國民性生產的歷史語境和機制本身卻遭遇了歷史性遺忘。再次，所有的研究者幾乎不假思索地把對中國國民性特點的描述當作本質的論述，關於中國國民或民族性質的特點是歷史的產物，還是本質的再現呢？中國國民性話語的興起及其歷史實踐，一方面必須被置於關於文明的歷史敘事之中，同時，民族主義的理論與歷史實踐是國民性話語實踐的歷史前提。國民性話語應該被置於民族國家建設的歷史過程加以考察。

一、國民性與民族主義的理論與實踐

民族國家是民族——國家——國民三位一體的綜合，三者構成相互依存相互強化的關係。在近代中國，與其說國民性理論被用來發展民族主義，還不如說國民性問題是內在於民族主義的一個問題。進一步講，國民性的重塑是民族國家形成過程中一個必然的要求和選擇，這一歷史的必然性首先孕育在民族主義理論之中。民族主義是一個最富於爭論性的問題，不僅因爲它既是情感的表現，也是理念的存在，既是政治的意識形態，也是社會與政治的運動，並且具有形形色色的形態。儘管如此，在作爲學說和理論的民族主義討論中，存在比較一致的看法，認爲民族主義是一種新形式的政治，與之相關的是民族國家。民族主義理論研究的兩位經典人物安德森和蓋爾納在對民族主義的定義中都強調民族的政治性。安德森說：「它是一種想像的政治的共同體，並且，它是被想像爲本質上有限的，同時也享有主權的共同體。」〔註16〕蓋爾納的說法更是倍受爭議，「民族主義首先是一條政治原則，它認爲政治的和民族的單位應該是一致的。」〔註17〕民族主義是一種以建立民族——國家爲目標的政治理論。民族國家的含義可以從兩個層面上去理解，民族作爲共同體提供了不同於以往的宗教或文化的認同形式，而民主則提供了共同體的政治內容，所以，民族國家的新穎之處在於它既是民族共同體，又是政治共同體。民族國家作爲現代世界最重要的事實，一方面是國家的世俗化，即

〔註16〕本尼迪克特·安德森：《想像的共同體——民族主義的起源與散佈》，上海世紀出版集團2003年版，第5頁。

〔註17〕蓋爾納：《民族與民族主義》，中央編譯出版社2002年版，第1頁。

根據自行負責的理性來建構其法權和統治技術的理據；另一方面是國家秩序的正當性發生了轉變，在朝代國家裏，統治權力的正當性並不取決與臣民的自然態度，也不取決於掌權者的態度，而是取決於獨立權力的超越秩序，現代國家秩序的正當性是根據個體臣民的理性能力和他們之間的協議來衡量，也就是所謂的民主制度。〔註 18〕現代的民主政治構成了民族主義和民族國家的重要前提。因此，從民族與國家觀念中便衍生出另外一個概念——國民。借用柄谷行人對日本現代文學起源的認識，正是有了民族主義和民族國家這一裝置，國民才得以發現，所以「國民（nation）應該理解爲由脫離了此種血緣地緣共同體的諸個人（市民）而構成的，另一方面，在封建或極權主義國家也不會有 nation 的存在，因爲 nation 的成立是在經過資產階級革命，這樣的等級制度得到民主化之後。」〔註 19〕國民的含義集中地體現在民族國家的民主化原則之中，國民構成了現代國家的基礎。依照憲法人民將被賦予權利，他們在公法與私法上都是被承認的人格主體，也就是說國家對人民有權利和義務，人民對國家亦有權利和義務。國家的權力按照民主的制度委任於政府，政府只是人民權力的代表，國家的活力來自國民公意的直接表達和運動。當國民成爲國家基礎的時候，民族國家對國民性質的認識與改造便成爲民族主義題中應有之義，成爲民族主義自我實踐的一部分。傳統的國民性遭到批判必須拋棄，而新的國民性也爲了適應國家的需要而必須進行重構。

國民性的批評與重構不僅是民族主義理論的邏輯結果，從歷史的實踐經驗看，也具有普遍性。民族主義作爲一個具有普遍效力的政治形式，歷史實踐的形態儘管可能各式各樣，但其中的政治原則爲不同的民族與國家接受，從而引發了一波又一波的民族主義浪潮。國民性問題在民族主義運動中倍受關注，下面主要以法國和日本爲例說明歷史實踐的普遍性以及各自的特點。法國歷來被視爲民族主義的典範，法國大革命成爲近代民族主義形成的標誌。在革命運動之前，法國的啓蒙運動已經產生了系統的民族主義理論。啓蒙思想家在對君主制度的批判中，確立了共和政體和民主政治的基本理念。孟德斯鳩在《論法的精神》中把政體分爲三種，專制政體、君主政體、共和政體。通過對這些不同政體的分析，孟德斯鳩得出結論，君主政體是無法造

〔註 18〕劉小楓：《現代性社會理論緒論》，上海三聯書店 1998 年版，第 92～93 頁。
〔註 19〕柄谷行人：《日本現代文學的起源》，生活・讀書・新知三聯書店 2003 年版，第 4 頁。

就祖國的公民以及對祖國的熱愛。他說：「只有民主國家，政府才由每個公民負責。」〔註 20〕在啓蒙思想家的理想中，只有推翻君主專制制度，實現民主共和，專制君主統治下的臣民才會變成新生祖國的公民，他們才會擁有一個自己眞正的祖國。祖國保障公民的自由和幸福，而公民熱愛和效忠於國家，這種相互的二元關係構成了民族主義理論的基本出發點。國家依賴公民，因此，必須培養公民。對此，盧梭認爲必須建立一整套教育體系，通過教育來強化和加深公民對祖國的熱愛，培養自由祖國的公民，把對祖國的熱愛與熱愛民主共和緊密聯繫起來。盧梭稱這爲公民和愛國者的教育。與盧梭同時代的其他一些思想家也呼吁，教育要民族化，它的主要目標是培養公民，教育他們愛自由，愛法律，愛祖國。事實證明，關於民族國家與公民教育的思想成了法國大革命的理論先導。

法國大革命的意義，不僅在於推翻了封建王朝，建立了現代意義上的民族國家，革命進程中關於公民教育的理論和實踐也顯得引人注目。法國大革命在一種富於浪漫激情的氛圍中進行，革命者認爲法國的歷史和傳統中充滿了偏見、權威和範例，因而在法國社會的改造中，過去的一切沒有任何東西値得挽救和保留。正如托克維爾所言，「1789 年，法國人做出了任何其他民族都不曾做出的巨大努力，將自己的命運一刀兩斷，並在他們迄今爲止的歷史和他們所向往的未來之間開出一道鴻溝。爲此，他們百般警惕，極力不把過去的任何東西帶進他們的新天地，他們給自己制定了種種限制，力圖把自己塑造得與父輩迥異。總之，他們不遺餘力地要使自己也不認識自己。」〔註 21〕革命者習慣用「民族再生」的概念來表達與過去的決裂，和對未來的期待。所謂民族再生包含了兩方面的含義，一方面，他們不僅要奪取政權，擺脫專制政治的奴役，另一方面，必須把舊制度下的臣民轉變爲新制度下的公民，使法國人變成「新人」。〔註 22〕雅各賓派從盧梭那裡獲得了靈感，對愛國美德無比重視。雅各賓派領袖們深知，要把美德變成爲人們的一種自覺意識，一種價值觀念，成爲一種新型人格的精神要素。必須借助於其他手段，要在社會各方面包括風俗習慣、教育文化、道德宗教等一切方面除舊布新，從而在

〔註 20〕孟德斯鳩：《論法的精神》（上冊），商務印書館 1961 年版，第 34 頁。
〔註 21〕托克維爾：《舊制度與大革命》，商務印書館 1992 年版，第 201 頁。
〔註 22〕劉大明：《「民族再生」的期望：法國大革命時期的公民教育》，中國社會科學出版社 2005 年版，第 138 頁。

全新的實際社會生活中、全新的文化、道德和精神的基礎上培育起人民的這種美德，並使這種美德成爲社會的新道德、新宗教和新精神。1793 年國民公會法規定，基礎的課本內容應是人的權利、憲法、英勇和高尚行爲，這樣，培養出來的學生都具有高尚的愛國主義熱情。因爲國家的需要，愛國美德、人的權利、英勇、高尚這些意識和觀念成爲國民必須具備的品質，相反，傳統的偏見和服從的奴隸意識以及其他的種種頑疾都必須拋棄。法國民族主義中關於國民地位、特徵及其教育的理論與實踐可以被視爲一種國民性的話語，它的特點是從民族國家的立場來展開國民想像。

民族主義對國民性的討論和重塑在亞洲民族主義的發展中也得到了充分地體現。這裡看看日本的情況，和法國的自覺狀況不同，亞洲的民族主義並不是內發性的，它產生於一定歷史階段，以外部刺激爲契機，經過一系列的轉化形成民族主義。「外國船的到來，既是把日本民族意識的四分五裂暴露於光天化日之下的契機，同時又是使揚棄過的民族統一觀念成長發芽的契機。」〔註 23〕日本早期的民族主義基本經歷了海防論、富國強兵論、尊皇攘夷論等諸形態。無論是尊皇攘夷論，或是富國強兵論，都爲國民思想的滲透提供了契機。但是，形成民族國家，使國民具有國家思想這些現代範疇，卻是到了明治時期。松本三之介認爲明治精神的主要特徵之一是民族主義，「而民族主義中最重要的還是國民的自覺，所謂國民的自覺，就是有共同利害關係，共同意識，自主意識，也就是使自己成爲國民。」〔註 24〕由傳統社會的臣民向現代社會國民轉變，就是所謂國民性的覺醒。因此，日本近代的國民性論述，並不能僅僅看作是獨立的文化實踐，而是一個民族主義的實踐。明治時期的啓蒙思想家福澤諭吉在強調文明開化的同時，把自己的文明論也引向了民族主義。實際上他是從民族主義的立場來提出文明啓蒙的問題。在《勸學篇》中，他說：「人人獨立，國家就能獨立」〔註 25〕爲了國家的獨立，每一個國民都應該承擔起獨立自尊的精神，一身獨立是一國獨立不可缺少的條件。明治前期，從事思想啓蒙的團體「名六社」（1873～1875），也倡導改變國民精神的必要性。中村正直早在 1875 年就發表過《關於改造人民的性質》一文，影

〔註 23〕丸山眞男：《日本政治思想史》，生活·讀書·新知三聯書店 2000 年版，第 280 頁。

〔註 24〕松本三之介：《國權與民權的變奏——日本明治精神結構》，東方出版社 2005 年版，第 11 頁。

〔註 25〕福澤諭吉：《勸學篇》，商務印書館 1984 年版，第 14 頁。

響頗大。在文中，作者指出：

> 所謂維新之新在何，可曰去幕府之舊，布王政之新。然政體之維新非人民之維新，政體如盛水之器，則人民如器中之水，水入圓器則爲圓，入方器則爲方，即便變器物改形狀，然水之性質依舊。戊辰以後，容納人民之器物較以往有所改善，但人民依舊爲舊時之人民——具有奴隸根性的人民、媚上驕下的人民、不識字無教養的人民、好酒色的人民、不喜讀書的人民、不知天理、不省職分的人民，要使如此之人民成爲心地善良、品行高尚的民眾，只改變政體還遠遠不夠，必須改善人民的性質。〔註26〕

總之，自明治前期開始，國民性、民族性、國民精神已經成爲日本思想文化界的重要概念和流行話語，成爲啓蒙學者的一種普遍的思想裝置，形成了普及於整個思想文化界的重要思潮。經歷了甲午戰爭和日俄戰爭以後，日本成爲戰勝國，進入了世界一等強國的行列，日本人具有優秀的國民性之類的民族主義情緒也有所膨脹。但日本的國民性論、日本文化論仍然具有非常濃厚的民族主義的色彩——認識國民的特性，發揚國民的精神，其目的是強盛國家。

日本明治時期的國民性話語基本上形成了兩個非常重要的線索，一是以民權觀念爲出發點的國民性論述。基本的邏輯是以國民爲基礎，強調國民的自覺，要求每個人關心共同的利害，由此確立共同意識和自主意識。反映在國民性的討論上，則把國民的政治意義作爲國民性的重點。福澤諭吉的《勸學篇》可以說是日本的《新民說》，把國民的原則、任務和責任作爲論述的中心。首先，他認爲個人獨立是國家獨立的條件，政府與其束縛人民而獨自操心國事，不如解放人民而與人民同甘共苦。其次，他認爲「凡屬人民，均應一身兼負兩種職責：一方面應在政府的領導之下，充當一個公民，這是做客的立場，另一方面全國人民共同協商，結成一個稱爲國家的公司，制定法律，並付諸實施，這是當家作主的立場。」〔註27〕國民意識在自由民權運動中體現爲對自由權的要求，而其他關於日本國民性特點的論述，無論是道德觀念、個人品質以及現代的社會意識等等，也都是在什麼是合格的國民這一論題中

〔註26〕轉引自潘世聖：《關於魯迅早期論文及改造國民性思想》，《魯迅研究月刊》2002年第9期。

〔註27〕福澤諭吉：《勸學篇》，商務印書館1984年版，第38頁。

展開。關於國民性的論述，還有另外一個線索，強調民族獨特性的國粹主義。國粹主義針對鹿鳴館時代以來的歐化風潮。國粹一詞，從國民性（nationality）翻譯而來，強調國粹，主要是主張日本式開化，從日本的自然歷史、傳統和文化的獨特性出發，表現日本人的姿態和氣概。1891 年三宅雪嶺出版了其代表作《眞善美日本人》和《僞醜惡日本人》兩部著作，《眞善美日本人》被稱爲國粹主義的基本著作。雪嶺把日本人的本質規定爲日本這個歷史的有機體國家的一份子，通過把日本人的能力與其他國家的國民作比較研究，盛讚日本人的優秀性，告誡不要盲目崇拜外國人。這本書主要論述了日本人在眞善美方面的任務——大力發揚自己的特長，彌補白種人的缺陷，向極眞、極善、圓滿而幸福的世界前進。國粹主義的另一代表人物志賀重昂在名噪一時的《日本風景論》中，則把國粹歸結爲自然的造化。他認爲作爲大和民族現在未來進化改良的標準和基礎，恰恰就是要象生物一樣順應環境，這才是國粹的眞諦。在日本，以上兩種關於國民性的敘述，與日本民族主義產生的歷史語境有密切關係，日本民族主義產生的一個主要契機是外部壓力，民族主義不得不因爲民族獨立而向國民思想靠攏，向西方學習。同時，日本在近代迅速崛起，又使他們面向西方時產生了對自我獨特性的要求，也就是對西方的抵抗。民族主義的雙重歷史內涵決定了不同的國民性話語。事實上，倡導國民自覺的自由民權運動和國粹主義最後都走向了國家主義，這也是日本民族主義的一個特徵。

二、近代中國國民性問題與民族主義

近代中國的思想界，也經歷了民族主義的興起和國民的發現。最先使用民族主義一詞的是梁啓超，在《國家思想變遷異同論》中，他認爲國家思想的變遷已經進入到民族主義階段，「民族主義者，世界最光明正大公平之主義也，不使它族侵我之自由，其在於本國也，人之獨立；其在於世界也，國之獨立。」〔註 28〕在此他提出了國與國以及國內人民平等獨立的政治思想。民族主義思想的一個重要方面是對國民的發現和想像，國民思想將近代國家與傳統國家區別開來，民族主義的特徵充分體現在國民思想中。近代最早使用國民這一概念的是康有爲，而賦予國民現代含義的是梁啓超。1899 年在《論

〔註 28〕梁啓超：《國家思想變遷異同論》，張品興主編《梁啓超全集》（第一冊），北京出版社 1999 年版，第 459 頁。

近世國民競爭之大勢及中國前途》中，他對「國民」有所闡發：

> 國民者，以國爲人民公產之稱也，國者，積民而成，捨民之外，則無有國。以一國之民，治一國之事，定一國之法，謀一國之利，捍一國之患，其民不可得而侮，其國不可得而亡，是之謂國民。〔註 29〕

從梁啓超的論述來看，最初的國民概念主要指國家，也包含了國民是現代國家的主體的觀念。1901 年的《說國民》一文，進一步從現代民主政治的意義上給國民作了極爲明確的解釋：「所謂國民者，有參政治之權之謂也，所謂權也者，在君主之國須經君主與議員所承認，在民主之國須經國民全體代表所許可，定爲憲法布之通國。」〔註 30〕在現代國家，國民是政治的主體，並且受到憲政的保證。以民主憲政爲前提的國民思想的出現說明中國的民族主義思想越來越充實。由於國民的發現與想像也形成了關於國民「歷史」的敘述，白話道人在《國民意見書》中，通過對百姓、小民、愚民、頑民、亂民等一連串稱謂的嘲弄，確立了國民在層級關係中的價值，從「人」到「人民」再到「國民」的歷史演化中，國民被置於歷史發展的頂點。在類似於「原國」、「原民」的思考模式中，形成了一系列的對立——朝代／國家、奴隸／國民，君主／民主，正是依照這些彼此對立的範疇，也確定了歷史與現實甚至未來的意義。

對國民性的關注根源於國民的存在是國家存在的前提。從朝代到國家，從奴隸到國民，後者成爲現代性轉換的焦點。最早把國民視爲強國之本的是嚴復。甲午戰爭之後，日本嚴重威脅中國之際，嚴復在天津《直報》上連續發表《論事變之亟》《原強》等文章，將國民的精神素質視爲民族振興的根本。他認爲「收大權，練軍實」，只是救亡圖強的「標」，而「民智民力民德」三者，才是強國之「本」，其中民智尤爲重要。〔註 31〕梁啓超認爲，新民是中國第一急務，國民化是國家化的前提和基礎。「然則苟有新民，何患無新制度，無新政府，無新國家，非爾者，則雖今日變一法，明日易一人，東塗西抹，學步效顰，吾未見其能濟也，夫吾國言新法數十年而效不睹者，何也，則於新民之道未有留意者也。」〔註 32〕啓蒙思想家不遺餘力地鼓吹民族主義，把

〔註 29〕梁啓超：《論近世國民競爭之大勢及中國前途》，張品興主編《梁啓超全集》（第一冊），北京出版社 1999 年版，第 309 頁。

〔註 30〕《說國民》，《國民報》第 2 期，1901 年 6 月。

〔註 31〕嚴復：《嚴復集》（第一冊），中華書局 1986 年版，第 14 頁。

〔註 32〕張品興主編：《梁啓超全集》（第二冊），北京出版社 1999 年版，第 655 頁。

國民性的批評與重構作爲首要的任務。從民族主義與國民性話語的聯繫我們可以看出，國民性問題並不是一個孤立的理性主義的啓蒙話語。無論是它產生的邏輯理路，或是其基本內涵都被包裹在民族國家的歷史敘事之中，國民性與國家建設及其制度化具有同步同構的緊密關係。

在國民性問題研究中，許多論者都注意到了日本國民性話語的影響這一事實。固然，通過日本這個中介，當時的思想界接受了國民性理論，但對中國國民性及其他國家國民性的關注和民族主義是緊密相聯的。近代中國最早對國民性這一概念進行介紹且較爲充分的是梁啓勳。在《國民心理學與教育之關係》一文中，根據法國人李般的國民心理學，他論述了國民性的內涵：

> 博物學家類分種族，莫不觀察其遺傳之特性，以爲眞正特性有二，一屬生理，一屬心理。屬生理者若皮膚之色澤，若頭蓋骨之形狀容量足也，心理者盤踞各民族制度、技術、信仰、政治之中，而左右其進化者也，謂之道德與智力的特性，此道德與智力特性相結合成民族之精神，實其民族過去之總合而共同祖先之遺產也。於同一種族之中，專取一人而論之，雖其特性往往而大異，若舉其大多數，廣察其全體，則其例殆亦與生理上相同，確然有所謂公共之心理特性者存，取族中各人之心理而綜合之，即所謂國民性也，即一民族之平均模型也。〔註 33〕

梁啓勳的國民性理論主要淵源於國民心理學。國民心理學來自 19 世紀的群眾心理學，至世紀之交，大盛於日本，這個概念著眼的是「集體心理」。一直到 20 世紀 20 年代，受到新興的行爲主義批判才衰落，它的一個重要的分支是國民性研究。在中國變成了「國民心理學」，並由此衍生出「國民性」一詞。與此同時，社會心理學的興起，使民族性或「國民性」問題的更加「科學化」，即心理學化，如康白情采用現代心理學意義上的「氣質」一詞，依據多血質、膽汁質、黏液質、抑鬱質四種氣質類型作爲分析的理論依據。在概念的使用方面，則有直接使用「社會心理」一詞，或者如「共同概念」，即認爲一個社會或民族會形成大概一致的觀念與心理。但是，中國國民性的理論與實踐並非單純遵循了心理學的路線，從知識範疇看，呈現出多樣化的狀態，不僅有上述的心理學範疇，孟德斯鳩的社會哲學、德國浪漫主義的民族精神都有較

〔註 33〕梁啓勳：《國民心理學與國民教育之關係》，《新民叢報》第 25 號，1903 年 2 月。

大的影響。

概而言之，近代的國民性概念與理論在中國的實踐有三個方面的特徵：一、認爲各種因素的綜合，包括地理、氣候、種族、政治、風俗、宗教、政治、學術等等，都是形成國民性的因素。在方式上，個人決定了集體，集合個人而成集體的性格。儘管也有人認爲作爲一個民族整體的性格或氣質是不存在的，但也承認同一族群的性格具有同一性。二、就具體的實踐而言，指涉的對象和側重的範疇都不盡相同。就指涉對象而言，一般指「中華民族」，也有特指「漢族」的。從討論的範疇看，梁啓超側重國家思想、政治權利和法律思想，《東方雜誌》中多涉及社會心理，即社會習慣、道德風俗、傳統先例等，五四時期的國民性主要指傳統文化。三、國民性特徵的討論並不意味著這一主題在近代的展開或爲一個單純的「科學問題」和知識範疇。國民性實踐的主要內涵和功能在於它超出了國民性的識別與鑒賞，在歷史中發揮了特殊的功能，形成了自己獨特的意義策略，即認爲國民性和國家的形成與強大密切相聯，認爲國民的性質是國家盛衰強弱的代表，實踐上自覺地以國家的建設爲前提與歸宿。此外，和日本的情況大致相同，也有主張保存民族文化，強調獨特性，批判歐化抵制西方話語的傾向。

從王朝國家到民族國家，不僅意味著制度形態的轉變，同時也意味著「臣民」時代的結束，「國民」時代的開始。從法國大革命對「新人」的呼喚到近代日本、中國的「國民性」討論，都顯示了「國民性」和近代民族主義的深刻聯繫。民族主義的國民性話語，就其共同點而言，都經歷一個對傳統進行自我批評的過程，通過批評傳統，適應國家的需要新的國民性得以重構，所以，國民性話語具有強烈的民族主義意識形態性質。與此同時，因爲民族主義產生的語境與形態上的差異性，國民性話語的實踐也表現出一定的差異性。法國注重國民的法權意識與愛國主義感情的培養，公民教育的理論和實踐也形成了自己的傳統，成爲制度化與現實化的保證。日本和中國的民族主義都是外在壓力下產生的，由於民族主義自身的特點，國民性實踐不僅在傳統和現代之間展開，同時也在西方與東方的差異和對立的歷史語境中進行，這一點體現在不同類型的國民性話語之中。在日本和中國大致形成了兩種不同形態的國民性話語，一種以國家和國民觀念爲核心，通過自我批評重構國民性爲建立民族國家服務；一種主張民族的獨特性，表現爲對歐化的批判和對西方話語的抵制。如果說面對歷史狀況和西方的強勢話語，改造國民性是當時的主流話語，是歷史的必然選擇，通過自我的批判和重構完成民族主義的自我實踐。同時，也只有通過自我批判和重構才能抵禦外部的壓迫，這是民族主義和國民性話語的悖論所在。民族主義的自我批評和殖民主義的東方主義之間會存在某種表面上的相似性，但民族主義的內部視野和民族國家的關懷意識，使民族主義者不同於殖民主義者的外部視角和歐洲中心主義。在殖民主義者眼中，中國是他者，是一個外在於自己的民族，他們的認識是他者化的，是權力話語的一部分。民族主義者既是認知的主體也是客體，自我批評則是主體性的表現。不可否認，在中國也存在其他的話語實踐方式，陳季同、辜鴻銘以及國粹派的論述，由於其「保守性」往往被排除在人們的認識視線之外。如果撇開保守與激進的二元論模式，也可以被視爲民族主義的另外一副面孔，兩者在民族的獨立與自主這一前提上並沒有什麼分歧。日本也形成了大體相同的歷史經驗。值得注意的是，民族主義的國民性話語也可能在殖民主義的籠罩下走向歷史的歧途，殖民主義的內化與自我東方主義是其中的表現。所以，晚清至五四的國民性實踐應該被置於民族主義話語的歷史形態中才能得到全面而有力的理解。另外，關於國民性的知識涉及廣泛而模糊的範圍，國家形態、道德習俗、民族性格以及社會心理行爲似乎都成了討論的對象，但是這些關於民族的自我認識並不能看著是民族或國家的本質或終極意義上的認知。如果說民族國家是一個歷史性的範疇，那麼關於民族性、國民性的知識也應該被看作是歷史的產物，並非永久不變的某種本質。

第二章　國民性與民族國家想像

在辛亥革命之前，作爲文明敘事的結果之一，便是民族主義的興起，建立現代意義上的民族國家是這一時期重要的歷史任務和目標。國民作爲國家的基礎成了國民性認識、批判和重構的前提。在此，主要通過關於奴隸批判的探討，以及圍繞著「國民」和「國家」的國民性論述來呈現國民性問題與民族國家的歷史關聯，探究民族國家想像如何左右了國民性的具體實踐。

第一節　奴隸批判的政治與歷史含義

一、奴性十足的中國人

在晚清的思想世界裏，國民性是一個普遍使用的範疇，對國民性概念的倚重，從更深的意義上說明追求普遍性的啓蒙主義，最終不得不向民族性問題靠攏。許多致力於啓蒙的知識分子普遍認爲奴隸是中國人的本性。章士釗在《箴奴隸》一文中說：「奴隸非生而爲奴隸者也，而吾族人乃生而爲奴隸，蓋感受三千年奴隸之歷史，薰染數千載奴隸之風俗，只領之數輩奴隸之教育，揣摩若干種奴隸之學派，子復生子，孫復生孫，謬種流傳，演成根性。有此根性，而凡一舉一動，遂無不露其奴顔隸面之醜態，且以此醜態爲美觀，爲榮譽，加意修飾之，富貴富澤，一生享用不盡。於是奴隸遂爲一最普遍、最高尚之科學，人人趨之，人人難幾之，趨向既日盛一日，根性乃日牢一日，至於近傾，奴隸成爲萬古不磨之鐵案，無從推翻，遂乃組織一龐大無外之奴隸國。」〔註1〕

〔註1〕 章士釗：《箴奴隸》，《國民日日報彙編》第1集，1904年10月。

奴隸並非天生，但中國人卻被認爲生而爲奴隸，因爲經過三千年奴隸歷史的薰染和教育，奴隸已成爲中國人的「根性」。隨著現代科學知識的不斷傳入，現代心理學意義上的「氣質」概念也成爲描述民族性格的重要範疇，有人把中國人的氣質歸結爲黏液質，其特點是：「情難動而弱，氣餒而覺鈍，其弊也失之厭厭無生氣」，〔註2〕而這種黏液質的人則最適合做奴隸。

把奴性或奴隸根性視爲中國人普遍的心理和性格，在清末的新小說中也多有表現。《孽海花》第十回，畢葉對金雯青說：「這裡頭有個道理，不是我糟蹋貴國，實在是貴國的百姓彷彿比別人年紀還幼小，不大懂得世事，正是扶牆摸壁的時候，他只知道給皇帝管，那裡曉得天賦人權，萬物平等的道理。」這是當時外國人眼中的中國人，只知道做皇帝的順民與奴隸，而不知道做自由的國民，並認爲這是中國人的本性。《文明小史》第二十五回，濟川有感於家童怕他如同百姓怕官府，於是發了一通議論，「你也犯不著這般怕我，論理你也是個人，我也是個人，不過你生在小戶人家，比我窮些，所以才做我的家童，我不過比你多兩個錢，你同爲一樣的人，又不是父母生下來就應該做奴隸的。」濟川給家童講平等的道理，家童並不懂，濟川只好說，以後見了我不要拘定奴才的份就是了。濟川和家童之間的主奴關係，說明在中國存在嚴重的等級制度。《鄰女語》第一回寫到，庚子年義和團大敗之後，西宮倉猝而走。一霎時間，京城內外，無論大大小小的人家，都變成了外國人民，沒有一個不插上外國旗號的，只見迎風招展，藍的、花的、紅白相間的，世界上奇奇怪怪的旗子樣樣都有了。《新石頭記》十三回，也描述了庚子事變後京城百姓面對列強入侵，甘願爲奴的情形：寶玉看見路旁跪著十幾個人，衣領背後插著一面小旗子，也有寫大英順民的，也有寫大法順民的，大美、大德、大日本的都有。另外，有一首《奴才好》的樂府曾被《新中國未來記》和《革命軍》同時引用：

> 奴才好，奴才好，勿管內政與外交，大家鼓裏且睡覺。古人有句常言道，臣當忠，子當孝，大家切勿胡亂鬧。滿洲入關二百年，我的奴才做慣了，他的江山他的財，他要分人聽他好。轉瞬洋人來，依舊要奴才，他開礦產我做工，他開洋行我『細崽』，他要招兵我去當，他要通事我也會。內地還有甲必丹，收賦治獄榮巍巍，滿奴作了作洋奴，奴性相傳入腦胚。父詔兄勉說忠孝，此是忠孝他莫爲，

〔註2〕《黏液質之支那國民》，《大陸》，1903年。

什麼流血與革命，什麼自由與均財，狂悖都能害性命，倔強那肯就範圍，我輩奴僕當戒之，福澤所關愼所歸。大金、大元、大清朝，主人國號已屢改，何況大英、大法、大美國，換個國號任更載。奴才好，奴才樂，世有強者我便服，三分刁黠七分媚，世界何者爲齷齪，料理乾坤世有人，坐閱風雲多反覆，滅種復族事遙遙，此事解人已難索。堪笑維新諸少年，甘赴湯火蹈鼎鑊，達官震怒外人愁，身死名敗相繼僕，但識爭回自主權，豈知已非求己學。奴才好，奴才好，奴才到處皆爲家，何必保種與保國。

這首樂府詩充滿了對中國人面臨專制統治和外族壓迫時奴隸心理的諷刺和鞭撻。

20 世紀初，孟德斯鳩是晚清思想界最爲流行的思想家之一。雖說嚴復完成《論法的精神》的翻譯是在 1909 年。但在此之前，孟氏的學說及對中國的論述已廣爲流傳。1900 年末中國留學生刊行的《譯書彙編》以《萬法精理》爲題，開始翻譯連載。1901 年《國民報》第二冊刊有《歐洲近代哲學——孟德斯鳩的學說》，同時有專文輯錄了孟氏對中國的論述——《孟德斯鳩論支那》。1902 年梁啓超在《清議報》上發表了《法理學家孟德斯鳩之學說》。孟德斯鳩在《論法的精神》一書中強調奴隸的思想統治著亞洲，在一切歷史裏，連一段表現自由的記錄都不可能找到，除了極端的奴役之外，永遠看不見任何其他東西。他的這一認識也成爲當時的知識分子批判傳統專制制度的主要依據。關於造成亞洲奴役的原因，他認爲有兩個：一是由於氣候，氣候「使各民族勇敢的程度並不相同，在亞洲，強國和弱國是面對面的，好戰勇敢活潑的民族與懶惰怯懦的民族緊緊地毗連著，所以，一個民族勢必爲被征服者，另一個民族勢必成爲征服者。歐洲的情形正相反，強國與強國面對面，毗鄰的民族差不多一樣地勇敢。這就是亞洲之所以受奴役的重要原因」；二是亞洲由於有較大的平原，海洋所劃分出來的區域非常廣闊，而且它的位置偏南，山泉比較容易涸竭，山脈積雪較少，河流不那麼寬，給人的障礙較少，所以，它的權力就不能不趨於專制。因爲如果奴役的統治不是極端嚴酷的話，便會迅速形成一種專制割據的局面，這和它地理的性質不能相容。相反，在歐洲，天然的區域劃分，形成了許多大大小小的國家，這些國家裏，法治是有利於保國的。〔註 3〕用氣候和地理環境的狀況來解釋一個民族或國家文化的特點，

〔註 3〕孟德斯鳩：《論法的精神》（上冊），商務印書館 1961 年版，第 278～279 頁。

這是典型的地理環境決定論。

總之，晚清具有民族主義思想的知識分子普遍認爲「奴隸」是中國人的「天性」、「根性」，以此表達對「中國人」歷史和現實的強烈不滿。把奴隸性看作是中國人的特性，體現了近代中國知識分子思考問題的方式，普遍主義的啓蒙敘述卻體現爲民族獨特性的認識，國民性範疇提供了一個工具，也體現了其中的方法。

二、奴隸批判的歷史與政治含義

近代的國民性討論中，國民性幾乎等同於奴隸性或奴性，把「奴隸」作爲中國國民性的主要特徵到底意味著什麼呢？一般而言，奴隸是在一定的政治與社會關係中形成的身份的標誌。在中國古代，奴隸主要指那些因犯罪或戰敗的被剝奪人身自由，爲奴隸主無償提供勞動的人。在英語中，和奴隸含義相對應的詞是 slave，它來源於拉丁語，意指成爲別人的合法財產並被迫服從於別人的人。進入近代以來，隨著歐洲資產階級革命的興起和民主思想的傳播，slave 的含義也發生了變化，它不再專門指那些作爲他人合法財產並被迫服從於他人的人，而泛指那些辛苦工作卻得不到正當回報的人，以及過度地依賴其他人，或者被其他人或事所控制，失去自主性的人。清末，隨著現代「國民」思想的逐漸形成，常常把「奴隸」和「國民」對立起來，從具體討論的情形看，都不同程度地涉及權利和義務的問題，尤其是獨立、自由、權利等問題，這和中國古典意義上的奴隸已經有很大的不同〔註 4〕。清末奴隸和國民問題的提出及兩者的對立，主要著眼於人的權利和自由，「奴隸」的界定和對中國政治制度及其歷史的認識與批判密不可分。

首先，「奴隸」的發現是近代民族主義意識形態關於傳統政治歷史批判的重要表現。杜贊奇指出，民族主義的歷史敘述一方面承認具有同一性的民族構成了歷史的主體，同時，對民族歷史的敘述採用了啓蒙的敘述結構。在啓蒙的歷史敘事模式中，民族歷史的主體被分解爲過去和將來兩個完全不同的部分，社會達爾文的民族主義則承諾了民族國家的歷史，即現代性的歷史。〔註 5〕

〔註 4〕 郭雙林，龍國存：《「國民」與「奴隸」——對清末社會變遷過程中一組中堅概念的歷史考察》，《中國文化研究》2003 年第 1 期。

〔註 5〕 杜贊奇：《從民族國家拯救歷史——民族主義話語與中國現代史研究》，社會科學文獻出版社 2003 年版，第 36～37 頁。

在近代知識分子的認識中，奴隸是與國民相對的稱謂，國民是以現代民主制度作保障的有權利身份的社會成員，奴隸則是傳統社會身份的代表。「奴隸無權利，而國民有權利，奴隸無責任，而國民有責任，奴隸甘壓制，而國民享自由，奴隸尙尊卑，而國民主平等，奴隸好依傍，而國民尙獨立，此奴隸與國民之別也。」〔註 6〕所以他們認爲，傳統社會，自秦始皇以來專制制度下的人們是奴隸，就是三代之前，因爲並沒有國民的公權，所以也被看作是奴隸的時代。

因爲民族主義的歷史敘述主要採用了啓蒙的敘述結構，所以，從啓蒙的知識立場出發，一般認爲在中國奴隸極具普遍性，也就是說，幾乎人人都是奴隸。由於在君主專制制度下，剝奪了除君主之外的所有人的權利與自由，所謂「率土之濱，莫非王土，普天之下，莫非王臣。」即使那些士大夫或者官居高位的官吏，也被視爲奴隸，即君主專制政治奴役下的奴隸狀態。事實上，對傳統社會君主專制奴役歷史的認識，主要依據西方啓蒙運動以來關於中國專制制度的論說。孟德斯鳩認爲在中國的專制政體中，所有的土地都屬於君主，幾乎沒有任何關於土地所有權的民事法規，君主有繼承一切財產的權力，也沒有關於遺產的民事法規。因此，所有的人在可以肆意橫行的君主專制那裡都是一樣的毫無權利，結果是一種在專制君主面前的人人平等。這種平等與承認保護公民民事和政治權益的共和國的平等完全相反，在共和國，人人平等是因爲每一個人什麼都是，在專制國家，人人平等是因爲每一個人什麼都不是，人人都是奴隸。孟氏稱之爲「政治奴隸制」。〔註 7〕黑格爾也認爲在中國平等佔優勢，又沒有什麼自由，政府的形式必然是專制主義。「中國，既然所有的人在皇帝面前都是平等的，亦即所有的人都是一樣的卑微，因此奴隸與自由人必然是區別不大。」〔註 8〕在歐洲，人們只有在法律面前，在對個人財產的尊重面前，才是平等的。人們有很多利益和特殊利益，擁有自由時，它們必然得到保障。在中國帝國，這種利益是不被考慮的，中國人的平等不過是做奴隸的平等罷了。黑格爾稱中國的政治制度爲農奴制，認爲它是自秦始皇創立的。馬克思也認爲這是普遍的奴隸制。

〔註 6〕《說國民》，《國民報》第 2 期，張枬、王忍之編《辛亥革命前十年間時論選集》（第一卷上冊），生活・讀書・新知三聯書店 1960 年版，第 72 頁。

〔註 7〕孟德斯鳩：《論法德精神》（上冊），商務印書館 1961 年版，第 273 頁。

〔註 8〕黑格爾：《歷史哲學》，上海世紀出版集團 2001 年版，第 130 頁。

在近代中國，對奴隸普遍性的認識，一方面，如上所述，在專制的君主面前人人都是奴隸，同時，對奴隸的批判也指向中國社會內部的等級制度，等級制度使人人都處於奴隸的網絡之中。《國民報》有一篇《說國民》的文章，描述了中國奴隸現象的普遍性：

且夫官吏者，至貴之稱，本無有所謂奴隸者也，然中國之官，愈貴而愈賤。其出也，武夫前呵，從者塞途，非不赫乎，可畏也，然其逢迎於上官之前則如妓女，奔走於上官之門則如僕隸，其畏之如虎狼，敬之如鬼神，得上官一笑則作數日喜，遇上官一怒則作數日戚，甚至上官之皂妻，上官之雞犬，亦見而起敬，不敢少拂焉。且也，上官之更有上官，其於人者亦莫施之於人，位至督撫、尚書，其卑污垢賤，屈膝逢迎者，茲不少減焉。〔註 9〕

梁啓超也認爲在中國，奴隸的狀況極具普遍性：

州縣之視百姓，則奴隸矣，及其對道府以上，則自居於奴隸也，監司道府之視州縣則奴隸矣，及其對督撫，則自居於奴隸也，督撫視司道以下，皆奴隸矣，及其對君后，則自居於奴隸民，其甚者乃至對樞垣閣臣，或對至穢至賤宦寺宮妾，而亦往往自居奴隸也。若是乎，舉國之大，竟無一人不被視爲奴隸者，亦無一人自居奴隸者，而奴隸視人之人，亦即爲自居奴隸之人，豈不異哉，豈不痛哉！〔註 10〕

《鄰女語》第一回後的評語道：「今日中國，奴隸世界。」

對中國奴隸制度的批判固然以民主主義的自由平等理念作爲思想資源，更重要的是爲了實現民族主義的目標，民族歷史的啓蒙敘述與近代中國民族國家建設的歷史現實緊密相聯。杜贊奇批評民族主義的歷史敘述把現代性作爲唯一的標準，很多舊的歷史、敘述結構和通俗文化被拒之門外。但他也不得不承認民族啓蒙的歷史敘述在民族興起並通過競爭走向現代化的過程中，所起的作用是豐碑性的。

其次，由於中國近代民族和政治關係的複雜狀況，民族啓蒙的歷史敘述包含了多重的結構因素。維新派和革命派對待君主專制的態度是一致的，他

〔註 9〕《說國民》，《國民報》第 2 期，張枬、王忍之編《辛亥革命前十年間時論選集》（第一卷上冊），生活・讀書・新知三聯書店 1960 年版，第 76 頁。

〔註 10〕梁啓超：《中國積弱溯源論》，張品興主編《梁啓超全集》（第一冊），北京出版社 1999 年版，第 415 頁。

們都認爲在君主專制下中國人是「奴隸」。可是革命派主張反滿的民族主義，他們不僅認爲國人是專制的奴隸，漢族在滿族面前也是「奴隸」。漢族中心的民族主義者認爲自滿族人入主中原以後，中國就已不復存在，漢族已淪爲滿人的奴隸。在鄒容看來，滿人入主中國，漢人已經沒有國家，已經不是國民，是大清國的臣民或者奴隸，「中國黃龍旗下，有一種若國民非國民，若奴隸非奴隸，雜糅不一，以組織成一大種，謂其爲國民乎，吾敢謂群四萬萬人而居者，即具有完全之奴顏妾面，國民乎何有？尊之以國民，其污穢此優美之名詞也孰甚？若然，則以奴隸界之。」〔註 11〕鄒容指責曾國藩、李鴻章、左宗堂都是滿洲人的奴隸，是漢族的敗類。陳天華也認爲：「自滿洲入主中國，號稱中外一家，於是同向之稱他爲犬羊者，今皆俯首爲犬羊的奴隸了。」〔註 12〕漢族中心的民族主義在仇滿的同時，不斷強化漢族的自我認同，中國的歷史也呈現爲以漢族爲主體的連續性以及被異族的入侵奴役中斷的歷史過程。

維新派和革命派在對待滿洲人的態度上有所分歧，維新派認爲沒有反對滿洲人的必要，但他們對待帝國主義的態度則完全一致。近代中國由於帝國主義的不斷入侵，政治和軍事上連連失敗，使中國處於被欺凌被歧視甚至唾罵的境地，「亡國奴」的心理深深地刺激著每一個中國人。在民族主義的敘述裏，埃及、印度、波蘭、猶太人的命運總是作爲亡國奴的形象，以引起國人的警醒。有人從現代國家主權的觀念出發，說明中國的兵權、法權、統治權、財政權、交通權都爲他人把持，同時，土地又被割讓，所以是實足的「亡國」，國民則是白種人的奴隸。在種族主義的民族主義那裡，外國人的奴役和滿族人的奴役也被聯繫起來，因爲滿州人服從於白種人，滿洲人在白色人種下，而漢族又在滿洲之下，以此類推，漢族是連非洲、印度的奴隸地位也不如的民族，只能是二重奴隸。章太炎在《亡國二百四十二年紀念會敘》中說：

> 今日之漢種，無所謂國也，彼白人之視我也，則曰支那，支那之國何在也。而彼之所謂支那國者，則清國者，夫清國之者，一家之私產也，一族之私名也，而以吾漢種昌之乎。奴隸也，有內奴，有外奴，俄內奴也，印度外奴也，內外兼至，是惟眞奴，漢種是也。〔註 13〕

〔註 11〕鄒容：《革命軍》，張枬、王忍之編《辛亥革命前十年間時論選集》（第 1 卷下冊），生活・讀書・新知三聯書店 1960 年版，第 677 頁。

〔註 12〕陳天華：《猛回頭・警世鐘》，華夏出版社 2002 年版，第 9～10 頁。

〔註 13〕章太炎：《亡國二百四十二年紀念會敘》，《黃帝魂》，1903 年。

《湖北學生界》的《奴痛》一文記載了發生在美國留學生中間的眞實事件。有一留學生孫某和一美國學生交往甚好，有一天，美國朋友告訴孫某，我與你是朋友，但在街上相遇不可招呼，美國朋友並爲孫某講述了其中的原因。印度、非洲、西印度群島的黑人、棕色人種服從白種人，作爲奴隸尚屬直接，論人格則在白種人之下，論奴隸猶屬第一層，爲頭號奴隸。但中國人服從滿洲人種，滿洲人種乃游牧人種，與非洲人種同級，而滿洲人又服從於白種人，而中國人又服從於滿洲人，論人格，中國人爲第三層，論奴隸則爲二號奴隸，與動物相類似。孫某在聽完美國朋友的一番講述之後，當即口吐鮮血。後來，孫某在公園裏又一次遭受了同樣的羞辱，孫某最終氣絕身亡。〔註 14〕孫某遭遇「二重奴隸」的故事在陳天華的《警世鐘》中又得到重述。

在中國現代性的進程中，對奴隸的認識和批判實質是對中國政治與社會關係的多重揭示，不僅把矛頭指向了君主專制，也包含滿族的統治以及帝國主義的侵略和壓迫，表現爲民族批判和奴役政治批判的雙重形式。奴隸批判的目的是使國民從奴隸的狀態中擺脫出來，既要從君主專制的制度中擺脫出來，同時也要擺脫滿族人的統治和帝國主義的壓迫，成爲自由的國民。它是民族國家想像的一個重要步驟。但是，關於中國政治與社會的批判，卻越來越內卷化，把中國歷史和社會的狀況歸之於國民性或民族特性，歷史和社會的環境造成了奴隸的地位和心理，反過來，奴隸心理又要爲歷史和社會的狀況承擔責任。總之，以普遍性爲前提的政治批評卻表現爲對中國民族歷史與社會獨特性的認識。五四時期，在現實存在的意義上，共和國家已經建立。從政治活動的形式上看，既擺脫了作爲異族的滿族統治，也結束了兩千多年的專制制度，某種程度上已擺脫了政治的壓迫。但他們認爲雖然在政治制度上獲得了解放，作爲國家基礎的國民的思想意識並沒有獲得解放，仍然處於舊思想的束縛中，因此，奴隸性的批判不再是對奴役政治和異族壓迫的批判，主要是個人意識層面的文化批判。

三、奴隸現象與歷史批判的普遍性

無論具有民族主義思想的知識分子還是孟德斯鳩等人一致認爲奴隸性是中國人的本性，他們對這樣的判斷沒有絲毫的懷疑。把奴役或自由和一定的

〔註 14〕《奴痛》，《湖北學生界》第 5 期，1903 年。

區域與民族掛鉤，把社會政治歷史的產物視爲一個民族或國家的特性，完全是一種非歷史的本質主義。奴隸是不是中國人天然的根性呢？奴隸僅僅是一個民族或國家獨有的現象嗎？事實並非如此。

其實，奴隸現象是人類社會一個普遍性的存在，同時，又是一個歷史性的存在。在歐洲思想史上，黑格爾是孟德斯鳩政治啓蒙之後，關注奴隸主題的重要人物，在《精神現象學》中，他對「奴隸」做了精神現象學的分析。黑格爾認爲奴隸是依賴的自我意識，是在與主人的辯證關係中產生的，它的本質是爲對方而生活或爲對方而存在。主人和奴隸的辯證法作爲自我意識辯證法的寓言，是黑格爾關於自我意識獲得自由實現理性過程的一個「精神現象學」意義上的描述。「主人通過獨立存在間接地使自身與奴隸相關聯，因爲正是在這種關係裏，奴隸才成爲奴隸，這就是他在鬥爭中未能掙脫鎖鏈，並且因而證明他自己不是獨立的，只有在物的形式下他才有獨立性。」〔註15〕

黑格爾主人與奴隸的辯證關係以承認的矛盾爲前提：人們尋求且需要同伴的承認，爲了得到承認而鬥爭。因爲，只有通過這種方式，他們才能獲得圓滿。但鬥爭的結果卻是奴役的結局。「一方表示投降，承認自己對生命的留戀，並且臣服於另一方，勝利者恕宥了被打敗的一方，以便把他貶爲一個奴隸，於是雙方都活了下來。但是以不同的方式活了下來，勝利者達到了他的目的，對他來說，他達到了自爲存在的狀態，獲得了他的自我感，那種自我感是至關重要的，而生命本身反倒退居其次。不過對於奴隸來說，生命是至關最要的，屈尊於超出了他的控制能力的自我感現在反倒退居其次。」〔註16〕主人和奴隸產生於視野受限制發育尚不健全的兩個人之間的戰鬥，他們都沒有意識到他們與普遍的關係，僅僅是爲了贏得他們的自我感。但他們的自我仍然是一個特殊個體的自我，一個受限制的自我。黑格爾認爲由於對死亡的恐懼，通過勞動而把自身作爲自由的來把握，所以，奴隸在改造事物的力量中反而認識到了思想的力量，認識到了按照概念的力量塑造事物，作爲消費者的主人，因爲特權導致他處於一種遲鈍的自以爲是的狀態。因此，主人與奴隸的關係發生倒轉，僅僅屈從於物的存在的奴隸使局面逐漸發生了改變，通過把自身作爲普遍意識來進行肯定，奴隸改造了這種抗拒。當奴隸把他的改造視之爲他的屈從性的時候，這種倒轉便完成得更加徹底。

〔註15〕黑格爾：《精神現象學》（上），商務印書館1979年版，第128頁。
〔註16〕泰勒：《黑格爾》，譯林出版社2000年版，第236頁。

當然，黑格爾也指出主人和奴隸的辯證法也體現在人類普遍的精神現象和歷史形式之中。黑格爾之後，科耶夫則對黑格爾的主人和奴隸的辯證法作了富於「歷史化」的解讀。科耶夫把欲望看作人存在的前提，認爲人類的發生、自我意識的產生、以及人的實在性都源自於欲望，人的歷史也就是所欲求的欲望的歷史，而這種欲望和「承認」的欲望緊密地聯繫在一起。由於承認的欲望的緣故，人的存在才得以可能。在欲望對抗過程中，因爲兩個中的每一個都準備爲追求自己的滿足而奮鬥到底，甚至冒生命的危險，以便得到對方的承認。爲了人的實在性能成爲得到承認的實在性，兩個對手在鬥爭之後仍然必須活著，一個對手便放棄了自己的欲望，滿足了另一對手的欲望。結果是他承認了對手，卻沒有得到對手的承認，這樣的承認使對手成爲主人，自己成爲了奴隸。科耶夫認爲，在這個意義上，人的存在並不是單純的，人要麼是主人，要麼是奴隸，體現在社會關係中，就是主人身份和奴隸身份。歷史也是主人身份和奴隸身份之間相互關係的歷史，歷史的辯證法就是主人與奴隸的辯證法。

黑格爾和科耶夫都賦予勞動重要的意義，認爲勞動培養教育人，使之與動物分離，通過勞動而完善和滿足的人必然是奴隸。人類歷史是勞動的歷史，是奴隸的勞動創造了一個文化的、歷史的、人的世界。當然，沒有主人也就沒有奴隸，反之亦然。因此，科耶夫說：「主人是歷史的、人類發生過程的催化，他自己沒有主動地參與這個過程；但是，如果沒有他，如果沒有他的在場，那麼這個過程將是不可能的。」〔註 17〕儘管欲望必須得到滿足，科耶夫相信因爲歷史的辯證法、人類發展的頂點以及必須具備一種最終和普遍有效的眞理價值等因素的存在，主人和奴隸的相互關係最終必須被揚棄。主人將和這個世界一起毀滅，奴隸則有可能從其中獲得自由。世界歷史的進程也證明了這一點，啓蒙運動以來，對專制制度的批判，使「奴隸」獲得解放成爲現代性標誌之一。

從世界歷史發展的經驗看，關於奴隸的批判也具有普遍性。把「奴隸」作爲國民性的一部分，是民族主義的啓蒙敘述的必然結果。法國歷來被視爲民族主義的典範，法國大革命之前，法國的啓蒙運動已經產生了系統的民族主義理論。啓蒙思想家在對君主制度的批判中，確立了共和政體和民主政治的基本理念。法國大革命的意義，不僅在於推翻了封建王朝，建立

〔註 17〕科耶夫：《黑格爾導讀》，譯林出版社 2005 年版，第 27 頁。

了現代意義上的民族國家，革命進程中關於公民教育的理論和實踐也非常引人注目。一方面，他們不僅要奪取政權，擺脫專制政治的奴役，另一方面，必須把舊制度下的臣民轉變爲新制度下的公民，使法國人變成「新人」。強調必須拋棄傳統的偏見和服從的奴隸意識以及其他的種種頑疾。對奴隸性的討論和重塑在亞洲民族主義的發展中也得到了充分地體現。日本明治時期，所謂國民性的覺醒，形成民族國家，使國民具有國家思想這些現代範疇逐漸形成並產生巨大的影響。日本的知識分子普遍認爲必須改善人民的奴隸性質，促使傳統社會的臣民向現代社會國民轉變。從法國和日本的民族主義歷史實踐可以看出，民族主義關於奴役政治以及奴隸性的國民性批評是一個普遍的歷史現象。

由此可知，一個重要的事實是無論亞洲和歐洲都經歷了政治奴役的歷史，啓蒙主義和民族主義對「奴隸」的批判也具有歷史的普遍性。儘管如此，如果比較世界範圍內民族主義啓蒙敘述的具體情形，我們會發現，在其他國家和地區的國民性批評中，也會包含對專制制度下奴隸心理和行爲的批判，在具體的修辭上也會使用譬如「奴隸根性」這樣的字眼，但是，似乎沒有那個國家，像中國這樣把「奴隸」看作是中國人的「根性」，是「天生的」，看作是一個民族的「本性」。這種本質化傾向是非常少見的。那麼，在中國爲什麼會是這樣一番景象呢。筆者以爲有以下三個方面的原因：

首先，日益嚴重的民族與政治危機的刺激。自鴉片戰爭以來，民族危機日益嚴重，尤其是甲午戰爭後，亡國滅種的危險更是深深地刺激著每一個中國人的神經。與此同時，由於資產階級民主思想的影響，改良派和革命派在批判封建專制主義同時，革命派還特別強調了滿洲貴族的黑暗統治。所以，人們自然會對國民性中的「奴性」進行反省，並傾向於把造成歷史和現實狀況原因歸結爲奴性。

其次，造成這種現象的重要原因還在於東方主義的巨大影響。近代以來，西方的傳教士、官員、思想家、普通民眾等都熱衷於對中國人的性格進行描述，史密斯的《中國人的性格》就其中最具代表性著作。他們往往從歐洲中心的立場出發，把奴隸看著是中國人的「天性」。不可否認，中國知識分子的自我認識自然也受到了這些論述的影響。魯迅和史密斯的影響關係受到了許多研究者的關注。因此，正如劉禾所言：中國的知識分子「不得不屈從於歐洲人用來維繫自己種族優勢的話語——國民性理論，這是當時他們的困境，也是後來許多思考民族國家問題的中國知識分子所共有的困境」〔註 18〕，當然，我也不贊同把中國的國民性批判完全看著是東方主義的顛倒，是殖民主義的種族主義話語的簡單挪用。

最後，把奴隸視爲中國人的本性源於民族主義在知識上的健忘症。日本學者柄谷行人在《日本現代文學的起源》一書中指出，把曾經是不存在的東西使之成爲不證自明的，彷彿從前就有了這樣的東西，其實這是一種顛倒，他稱爲「風景的發現」。風景的發現是由於一種現代性的認識裝置，「風景」才得以發現，但是，這個裝置一旦形成出現，其起源便被掩蓋了起來。聯繫到關於國民與奴隸的歷史敘述，也存在這樣一種顛倒。正是有了民族主義和民族國家這一裝置，國民才得以發現，所以「國民（nation）應該理解爲由脫離了此種血緣地緣共同體的諸個人（市民）而構成的，另一方面，在封建或極權主義國家也不會有 nation 的存在，因爲 nation 的成立是在經過資產階級革命，這樣的等級制度得到民主化之後」。但是民族主義興起之後，「人們將以往的歷史也視爲國民的歷史來敘述，這是對國民起源的敘事，其實，國民的起源並非那麼遙遠，毋寧說就存在於對舊體制的否定中」。然而，在民族主義思想那裡，這一點卻被忘卻了，關於國民起源的歷史被掩蓋起來了。從國民的立場出發，關於奴隸歷史的敘述卻一再被本質化了。尤其在中國國民性的討論中，民族主義者完全遺忘了國民的歷史起源，他們把「奴隸」當作是中國人的本性，這實在是一個極大的歷史誤解。

第二節　國民：國民性的批判與重構

晚清國民性批判和重構的目的在於形成現代意義上的國民。國民性重構的設想最初體現在嚴復關於民德、民智、民力三種國民素質的闡釋中，隨後諸如梁啓超的《國民十大元氣論》《十種德性相反相成論》以及孫中山的《三民主義》等，都在共同思考一個問題——什麼是眞正意義上的「國民」。國民性重構的內容主要包括公德、私德、權利與自由等諸方面。《新民說》作爲討論國民性的經典文本，代表了那個時代關於國民思想認識的最高成就。

〔註 18〕劉禾：《跨語際實踐——文學、民族文化與被譯介的現代性（中國，1900～1937）》，生活・讀書・新知三聯書店 2002 年版，第 77 頁。

一、民族主義的道德批評

「公德」一詞是日本明治維新時的產物，最早出現在思想家福澤諭吉的《文明概略論》中。〔註 19〕在福澤諭吉的用法裏，「公德」的涵義非常廣泛，可指一切顯露在社會生活中的德行，與外界接觸而表現於社交行爲的如廉恥、公平、正直、勇敢等都可視爲公德。1900 年，「公德」一詞進入日本的法令，在《小學校令施行規則》中，第二條論修身課之宗旨云：修身乃基於教育敕語之旨趣，主旨在於涵養兒童德性，指導道德實踐，培養對社會國家的責任，鼓勵進取，崇尚公德，忠君愛國。《小學校令施行規則》中說修身課的指導原則是《教育敕語》，《教育敕語》發表於 1890 年（明治二十三年），這是日本近代教育史和政治史上的一件大事。此敕語以天皇的名義，宣示了當時政治領導階層對國民道德走向的指導方針，由此可以看出，「公德」在日本具有集體主義和國家主義的意味。在近代中國，「公德」一詞可能最早出現在梁啓超的著作中，在梁啓超那裡，公德也同樣是一個寬泛的概念，都是本於道德，但是卻是向外的行爲，與私德相對，「人人獨善其身謂之私德，以相善其君謂之公德」。

中國傳統社會的公德觀念相對匱乏。梁啓超認爲中國的道德應該說比較發達，但是偏於私德，公德卻是缺席的。他把中國的倫理與西方的倫理作了比較，儒家的父子、夫妻、兄弟實際上相當於西方的家庭倫理，朋友倫理可歸於西方的社會倫理，君臣倫理屬於國家倫理的範疇。通過比較他發現中國倫理範疇存在缺陷，朋友關係不能包括西方的社會倫理，人的社會關係並不在朋友之間而已，即使與外界隔絕，不與人交往，仍對社會應負有責任。至於將國家的政治關係限於君臣這樣狹隘的範疇，也是十分荒謬。公德、私德同爲道德的一部分，爲何「公德」的觀念如此缺乏。梁啓超認爲原因在於「吾國數千年來，束身寡過主義，實爲德育之中心，範圍既日縮日小。其間有言論行事，出此範圍外，欲爲本群本國之公利公益有所盡力者，彼曲士賤儒動輒援『不在其位，不謀其政』等偏義，以非笑之擠排之，謬種流傳，習非勝是，而國民益不知公德爲何物。」〔註 20〕在批判傳統思想世界缺陷的同時，梁啓超也樹立了公德作爲群或國家賴以成立的要素的觀念。「人群之所以爲

〔註 19〕陳若水：《公共意識與中國文化》，新星出版社 2006 年版，第 9 頁。
〔註 20〕梁啓超：《新民説》，張品興主編《梁啓超全集》（第二冊），北京出版社 1999 年版，第 661 頁。

群，國家之所以爲國，賴此德以成立者也，人也者，善群之動物也，人而不群，禽獸奚擇？而非徒言高論『群之』，『群之』，而遂能有功者也，必有一物焉，貫注而聯絡之，然後群之實乃舉，若此者謂之公德。」〔註21〕公德被看作是群或國家賴以成立的必要條件，換言之，既使大家的個人道德都無可挑剔，但沒有公德仍然無法建立國家。《新民說》從第六節開始，除論私德、自尊、毅力三節外，分別爲國家思想、進取冒險、權利思想、自由、進步、合群、生利分利、義務、尚武、民氣、政治能力，共十一節，都可以歸於公德的範疇。因此，公德一節是整個論述的綱領，梁啓超說：「公德的目的，即在新群，而萬千條理由即由是生焉，本論以後各子目，殆皆可以利群二字爲綱，一貫之者也，故本節論公德之急務，而實行公德之方法，則別著於下方。」〔註22〕「新民」是「新群」的手段，公德其實是民族主義理論的重要組成部分。

在當時很多知識分子也把公德和國家強盛聯繫在一起，認爲國家的強弱繫於公德之上。公德的批判與重構無疑是民族國家想像的一部分。他們認爲中國人公德心最薄弱，國民性中最缺乏的便是公德，所以國家目下衰弱，因此，救中國，必先培養國民的公德。譬如陳天華大聲疾呼：

> 列位，你看我們中國人到這個地步，豈不是大家都不講公德，只圖自利嗎？你不管別人，別人也就不管你，你一個人怎麼做得去呢？若是大家都講公德，凡公共的事件，盡心去做，別人固然有益，你也是有益，比如當他人窮困的時候，我救了他，我到了貧困的時候，他又來救我，豈不是自救嗎？我看外國人，沒有一個不講公德的，所以強盛得很，即如商業一項，誠實無欺，人人信得過他，不比中國人做生意，奸盜僞詐齊生，沒有人敢照顧，爲己斷不能有異於己的。若還不講公德，只講自私，不要他人來滅，恐怕自己也要滅的。〔註23〕

陳天華認爲個人的生存不能離開社會，個人應該對社會及其他的人抱有公益心和義務感，他把有無公德和民族存亡聯繫在一起。《論國民之責任》一文指出：

〔註21〕梁啓超：《新民說》，張品興主編《梁啓超全集》（第二冊），北京出版社1999年版，第660頁。

〔註22〕梁啓超：《新民說》，張品興主編《梁啓超全集》（第二冊），北京出版社1999年版，第662頁。

〔註23〕陳天華：《猛回頭・警世鐘》，華夏出版社2002年版，第34頁。

我們於公眾事業漫不經心，終日奔走營謀，除個人家庭外無所計，其或道路修橋樑圮毀，則於社會之交際，公眾之衛生均大有妨礙，其或學校不立，工廠不興。則富者因無教而放闢，貧者因無養而流盜賊，凡此匪惟不利於社會，即有所不利於己。我民當破除舊習，力求改良，則所以培養國脈，挽回利權，即在是矣曰：公德。〔註24〕

在現代國家的意義上，文章論及的道路、橋樑、工廠、學校和公共衛生，實際指國家應該提供公共服務，所以，與其說是對「國民」的批評，還不如說是對國家的批評，國家不能提供這些服務被看作是一個「民族」的缺陷，是民族性或國民性的弱點。

清末來華的傳教士在論及中國人的書中，也表達了他們的觀察和看法。史密斯的《中國人的素質》一書，第十三章專門論述了中國人缺乏公共精神的一面，這一章被翻譯刊載於1903年《新民從報》27號，題爲中國人無公共心。史密斯認爲中國人只要自己的個人財產不受損失，不關心或沒有責任去關心公共財產。中國人不僅對公眾的東西不感興趣，而且若防範不嚴，很容易成爲偷竊的對象。他還敘述了許多細節，比如有人裝卸貨物，便把馬車停在馬路當中，任何想要使用這條道路的人，只有等他幹完，才能再往前走；如果一個人碰巧要砍倒一棵樹，會讓樹橫躺在路上，趕路的人只能等他砍完搬走；擁擠的街道上擺滿了原不應該擺設的貨攤，婦女甚至會把被褥抱在當街晾曬；他還認爲中國人沒有愛國主義。總之，中國人在極大的程度上普遍對不屬於自己負責的事情不感興趣，即使有所謂的愛國主義或公正精神，也和盎格魯——撒克遜人不同。在批評中國民眾的同時，史密斯認爲中國政府和民眾一樣忽視公共事務，在道路的維護管理和使用方面極爲典型。史密斯對中國人公共精神的批評，相當於今天的社會公德、愛國精神和公共事務等。

對中國人公德的評判方面，西方成了一個有力的參照，進一步講，認識的方式和結論都是建立在和西方文明比較的基礎上，中西對比的模式比比皆是，西方人成了講公德的典範，而中國人則不知公德爲何物：

歐美人民最重公德，其對於公共之物，皆能守義務心，其大者毋論矣，而其小者，如公園花木之互相保護，道路清潔之共同維持。我國人則不然，其對於公共地方，如茶樓，如會館，肆意損壞，無

〔註24〕《論國民之責任》，《東方雜誌》第4卷8期，1907年。

> 所顧戀。而其不潔之處，有不堪入目者，其對於人群亦然，但計一己之滿足，不計他人之損失。凡若此者，均足以賤人格而污品性，我國民亦可以反省矣。〔註 25〕

《中國人之性質談》一文中說：

> 人之所能立於人群者，豈有他哉，亦曰賴有公共思想以維持之而已，是以歐美諸國，雖三尺之童，於公家器物絕不肯有所摧殘，於公共建築絕不肯任意污穢，彼豈有嚴刑峻法以威赫之乎？蓋其固有之性質，固知夫公共所有之物，人人皆有保護之責也。我中國人之性質，不遇公共之事物則已，如其遇之，於錢財必隨意揮霍，於什物則必任情毀壞。蓋以此等之物，其保存與否，絕無於吾一身一家之事，吾何爲而代爲之保持也哉。〔註 26〕

文章對中國人公德心的缺乏做了誇張的描述，將中西的差別看著是中西固有的性質，將這些特點看著是中國人的本性。所以，作者認爲，「彼西人待我華人誠哉其爲酷毒，然亦我中國人有以自取而至於此也，此種性質不改，則國家永不得有道德心矣。」如果說有無公德是固有的性質，那麼是否能改變呢？

作爲國家基礎的國民除了必須具備公德之外，還必須具有私德。梁啓超認爲公德不倡的原因在於私德，所以要鑄造眞正的國民，必須以培養個人私德爲第一要務。因爲「公德者私德之推也，知私德而不知公德，所缺者只在一推。蔑私德而謬託公德，則並所以推之具而不存也。故養成私德，而德育之事過半矣」。〔註 27〕晚清對中國人道德品質的批評最爲激烈，是國民性批判的焦點之一。很多知識分子覺得中國私德墮落已達到了極點。在《中國積弱溯源論》中，梁啓超列舉了六個方面：奴性、愚昧、爲我、好僞、怯懦、無動。在私德的批判中，對自私和虛僞的批評尤其突出，中國自古就有「各人自掃門前雪，不管他人瓦上霜」的處世名言，「利之所在，不異犧牲一切以爲之，蓋猥瑣齷齪，卑怯劣弱，詐僞狹猾，陰險傾軋，偷惰淫溢，凡諸惡德，罔不具備。」〔註 28〕由於自私導致缺乏責任心和愛國心，梁啓超稱之爲旁觀

〔註 25〕《論中國人的責任》，《東方雜誌》3 卷 8 號，1906 年。

〔註 26〕《中國人之性質談》，《大公報》1905 年 1 月 7 日。

〔註 27〕梁啓超：《新民說》，張品興主編《梁啓超全集》（第二冊），北京出版社 1999 年版，第 714 頁。

〔註 28〕梁啓超：《中國前途之希望與國民之責任》，張品興主編《梁啓超全集》（第三冊），北京出版社 1999 年版，第 2393 頁。

者。「吾嘗遊遼東半島，見其沿道人民，察其情態，彼等於國家存亡危機，如不自知者；彼等之待日本軍隊，不見爲敵人，而見爲商店之主顧；彼等心目中，不知有遼東半島割歸日本與否之問題，惟知有日本銀色與紋銀兌換補水幾何之問題。」〔註 29〕通過親身的經歷和觀察，他認爲道德的墮落應該爲民族狀況承擔責任。還有普遍認爲虛僞也是國民性中普遍的弱點，「君之使其臣，臣之事其君，長之率其屬，屬之奉其長，富之治其民，民之事其官，士之結其耦，友之交其朋，無論何人，無論何事，無論何時，無論何地，而皆以僞之一字行之。奏章之所報者，無一非僞事，條告之所頒者，無一非僞文，應對之所接者，無一僞語。」梁啓超不無誇張的說，中國國民「好僞之極，眞天下希聞，古今所未有也」。〔註 30〕

晚清以來西方關於中國人性格的描述，道德品質的評價也是極爲突出的一個方面，美國人馬森在《西方的中華帝國觀》中概括了 1840～1876 年期間西方人關於中國人性格的描述。發現西方人對中國人有各種各樣的看法，有的說是世界上最邪惡的人，有的認爲是世界上最好的人，中國人的性格中也有值得稱道的地方，比如溫和、善良、適應能力強、勤勉、寬宏大量。但總體上講，在西方人看來，中國人的性格方面很少有值得稱道的地方，他們以撒謊而著名，除此以外，他們有殘暴的天性和虛僞無恥的惡名。〔註 31〕衛三畏在《中國總論》中認爲中國人儘管有優良的品質，但仍然有更多的陰暗面。「由於沒有法律，他們就是他們自己的法律，他們說的總是比做的好，由於人們一般尊重表面上的仁慈，他們行爲的無恥和語言的骯髒達到了令人吃驚的程度，他們的談話中充斥著下流的詞語，生活中充滿了不潔的行爲。」「比肉體的罪惡更難以消除的是中國人的虛僞和可恥的忘恩負義，他們對眞理的蔑視或許比任何其他過錯更能降低他們的品德。」對中國人道德品質的描述方面，問題並不在他們對中國人的缺點提出了批評，關鍵是他們把這些道德上的缺陷看著是一個民族的本質，並且認爲這些缺陷是如此特殊，只有依靠基督教才能獲得拯救。如衛三畏所言：「他們試圖通過法律的限制和教育的普及來矯治其性格中的缺陷，他們無疑有幸發現了正確的行爲規範，由於他們

〔註 29〕梁啓超：《呵旁觀者文》，張品興主編《梁啓超全集》（第一冊），北京出版社，1999 年版，第 445 頁。

〔註 30〕梁啓超：《中國積弱溯源論》，張品興主編《梁啓超全集》（第一冊），北京出版社 1999 年版，第 417 頁。

〔註 31〕馬森：《西方的中華帝國觀》，時事出版社 1999 年版，第 197～201。

性格缺點的特殊性，那麼當福音幫助統治者和臣民提高整個民族道德的時候，以上兩種做法肯定是無效的。」〔註 32〕格雷指出，「關於中國人的道德品質，很難公正地做出評價，中國人的道德是一本用奇怪的文字寫成的書，對於另一個種族、宗教和言語的人來說，破譯一本書比解釋他們自己的單一文字系統更複雜更艱難。在同一個體裏，美德與邪惡，很明顯地不相協調，但卻同時並存，逆來順受，溫和軟弱，乖巧柔順，勤奮艱苦，知足常樂，歡快活潑，服從長者，孝敬父母，尊重老人，都存在於同一個人身上，與之相伴的是不誠實、說謊、奉承、欺詐、殘忍、忘恩負義和缺乏信任等品質。」〔註 33〕格雷認爲認識一個民族的性格和認識一個人的性格一樣困難，還有一個問題便是道德上不好的例子很多，並不只限於中國人。但是，人們卻過多地強調了中國人性格中的陰暗面。馬森對此現象批評到：那些對中國人的優點和缺陷有所認識的西方人，實實在在地把中國人當成人來刻畫，而那些急功近利之徒，爲了眼前利益和譁眾取寵的目的，不惜醜化中國的每一件事情。〔註 34〕顯而易見，西方對中國人道德品質的描述存在東方主義的傾向，對其他民族的描述總是使對象非道德化。

在關於中國國民性批判方面，中國的知識分子和西方的殖民主義的東方主義之間有著驚人的相似，這也爲學術界所關注。有學者對國民性話語的來源提出質疑，認爲中國的民族主義者是從西方的殖民主義者手中接過了他們的東方主義。其實從這種表面的相似性，並不能斷定他們是東方主義的顚倒和內化。確實在民族主義者那裡，同西方的東方主義者一樣，中國人的道德也被認爲是不可救藥的，他們對西方的批評某種程度上也持認同的態度。然而，民族主義的國民性話語在形成國民思想的歷史場域中展開，關於國民性的論述以國家建設爲前提，以國民觀念爲中心，以西方的思想資源作爲借鑒，目的是在國家基礎的意義上形成關於「國民」的思想，就是梁啓超所說的「新民」，顧名思義，可以理解爲今天的「新的公民」。因此，國民性的歷史實踐具有多重的歷史內涵，一方面是對中國人固有的某些缺點的批評，從表象上看，表現爲對殖民主義者的某些觀念的認同。但啓蒙思想家認爲，沒有經過

〔註 32〕約・羅伯茨編：《十九世紀西方人眼中的中國人》，時事出版社 1999 年版，第 203～204 頁。

〔註 33〕約・羅伯茨編：《十九世紀西方人眼中的中國人》，時事出版社 1999 年版，第 202 頁。

〔註 34〕馬森：《西方的中華帝國觀》，時事出版社 1999 年版，第 201 頁。

自我批判的現代意義上的國民誕生，也就不會有現代意義上的國家，從而對抗帝國主義和他們知識上的貶斥。另一方面，這種認同與批判又包含著一種屈辱的民族的情感，激發了他們的民族主義情緒，是主體意識覺醒的表現。唐才常的說法具有代表性：

> 痛乎西人訕我、詬我、病夫我，曰頑鈍無恥，曰痛痺不仁，曰無教之國，何其悍然不顧平等之義至斯極也？才常始汗且喘，奔走告我支那之士，則其不髮指眥裂，涕唾交頤，欲刺刃言者之腹而後快心。才常韙之曰：壯哉壯哉，雖然吾子之氣，客氣也，不可久也。《春秋》先治己而治人，《論語》曰：『躬自厚而薄責於人』，子而奮不有身也者，盍擴充斯義，而矢願合大群，從事救世同仁之學，以智其民、新其國矣。〔註35〕

因此，民族主義自我批評的主體意識從根本上使他們有別於殖民主義者的東方主義，進一步講，只有通過這樣的批評才能有力地抵抗殖民主義和東方主義。總之，對中國近代的民族主義而言，公德和私德的養成是形成現代國民的必由之路。在帝國主義時代，中國要實現民族主義，邁向文明之途，就必須以「新民」爲目標，也就是說，對外作爲國家存在的中國，在其內部也必須能夠與民族帝國主義者比肩。換言之，面對列強，中國在對內外兩方面就需不同的對應，在內外條件不同的二重性的歷史條件下，所構想的新民必須能夠承擔這種雙重的任務。

二、民族主義背景下的權利自由論

在國民思想的構成中，權利與自由無疑是整個結構的核心。有無權利與自由是奴隸與國民的標誌性區別，「奴隸無權利，而國民有權利，奴隸無責任，而國民有責任，奴隸甘壓制，而國民喜自由，奴隸尚尊卑，而國民言平等，奴隸好依傍，而國民尚獨立，此奴隸與國民之別也。」梁啓超將權利看著人格的一個基本內容，認爲權利是誰也無法干涉與剝奪的天賦。《新民說》中，他把權利和國家的危亡興盛聯繫在一起：

> 國民者，一私人之所結集也，國權者，一私人之權利所團成也，故欲求國民之思想之感覺之行爲，捨其分子之各私人之思想感覺行

〔註35〕唐才常：《論熱力（上）》，中共中央黨校文史教研室中國近代史組編《中國近代政治思想論著選輯》（上冊），中華書局1986年版，第471頁。

爲終不可得見。其民強者謂之強國，其民弱者謂之弱國，其民富者謂之富國，其民貧者謂之貧國，其民有權者謂之有權國，其民無恥者謂之無恥國。

欲使吾國之國權與他國之國權平等，必先使吾國固有之權皆平等，必先使吾國民在我國所享之權利，與他國民在彼國所享之權利相平等。〔註36〕

梁啓超的權利觀念並不僅僅是個人的利益受到保護，實際上主要的是個人對於「公群」應有義務，只有擁有權利的國民的國家才能在世界的國家之中擁有平等獨立的機會。總之，梁啓超對權利思想做了富於集體主義色彩的詮釋。

1900 年在一封給康有爲的信中，梁啓超力勸康有爲承認中國的國民性需要盧梭的自由思想，「中國數千年之腐敗，其禍極於今日，推其大原，皆必自奴隸而來，不除此性，中國萬不能立於萬國之間，而自由之者，正使人自知其本性，而不受箝於他人，今日非施此藥，萬不能愈此病。」〔註 37〕自由觀念的匱乏被看作是國民性的缺陷，國家衰弱的根源。在《自由書》《十種德性相反相成論》中，梁啓超也曾闡述了關於自由的思想，但最爲集中而明確的則是《新民說》中的《自由思想》。他根據西方自由主義的發展，認爲自由應該包括四個方面：政治自由、宗教自由、民族自由、經濟自由。政治自由又可分爲三個方面，一是平民對於貴族而保其自由，二是國民全體對於政府而保其自由，三是殖民地對於母國而保其自由。由自由精神而產生的結果有六個方面：平等問題、參政權問題、屬地自治問題、信仰問題、民族建國問題、公群問題。梁啓超認爲這六個方面並不都與中國有關。平等問題，與中國沒有關係，因爲早在戰國時代貴族制度就被廢除了，階級的劃分在中國也已消滅；因爲中國沒有殖民地，殖民地自治的問題對中國也不存在；中國也不是一個宗教的國家，歷史上從不爲宗教衝突困擾，所以宗教自由也不存在；分工問題，將來可能會變得突出，但鑒於中國目前經濟落後，也非當務之急。在梁啓超看來，只有兩種自由與中國相關，即人民參政問題與民族建國問題。關於自由觀念，對團體、國家與民族的優先性的強調成爲當時思想界的特點

〔註36〕梁啓超：《新民說》，《梁啓超全集》（第二冊），北京出版社 1999 年版，第 675 頁。

〔註37〕丁文江，趙豐年：《梁啓超先生年譜長編》，上海人民出版社 1983 年版，第 235 頁。

和共識。嚴復批評斯賓塞等西方啓蒙思想家過分強調個性自由，而忽視社會秩序的自由，他指出，假設按照斯賓塞的思想行動，「夫苟其民需，各備其私，則其群將渙，以將渙之群，而與鷙悍多智，愛國保種之民遇，小則虜辱，大則死亡。」〔註 38〕嚴復認爲沒有限度的個人自由不但不可能，而且十分危險，所以，針對中國的現狀，國家的自由是最重要的，「特觀吾國今處之形，則小己自由，尙非所急，而所以去異族之侵橫，求立於天地之間，斯其刻不容緩之事，故所急者，乃國群自由，非小己之自由。」〔註 39〕孫中山也認爲自由並不能用於個人，而只能用於國家。

圍繞著國民性重構中的民族主義和國家主義傾向，素來批評不斷。某些研究者認爲，清末國民性改造強烈的民族主義，決定了這一時期的國民性改造把重心放在公德心、愛國心的培養上，而從根本上忽視了人的生命價值、尊嚴等個體性質的內容。甚至認爲個人從家庭與專制的束縛中掙脫出來，馬上又陷入了民族國家的桎梏之中。學術界關於梁啓超的個人、集體與國家的關係的研究也成爲一大熱點，許多研究者將梁啓超重視國權的思想加以發揮，將其界定爲國家主義者。列文森認爲梁啓超的思想經歷了一個從文化主義到國家主義的過程。張灝也討論了梁啓超的權利自由觀念，他認爲梁缺乏個人獨立意義上的自由觀念，他並沒有理解「西洋式的自由主義精神。」問題在於他強調「群」這一團體的自由。〔註 40〕美國學者納桑也認爲梁啓超從未想到被承認的諸個人權利是作爲與國家利益相對抗的工具這一問題，他的大腦裏不存在對立這一西方思想中非常重要的概念，而且還認爲梁絲毫沒有警覺到牢不可破的國家可能對個人利益構成危害。梁啓超及其同時代的人們在評價諸如政治權利的時候，只是認爲市民擁有了這些權利就能爲國家做出貢獻，而沒有考慮到市民擁有了這些權利亦能保護自身的利益。〔註 41〕上述的研究者基本上都是從西方式的自由主義角度把梁啓超定位於「國家主義」，黃克武則對梁做了同情的理解，他認爲「正是因爲梁一方面尊重個人自由與

〔註 38〕嚴復：《原強修訂稿》，王栻編《嚴復集》（第一冊），中華書局 1986 年版，第 18 頁。

〔註 39〕嚴復：《〈法意〉按語八十二》，王栻編《嚴復集》（第四冊），中華書局 1986 年版，第 981 頁。

〔註 40〕張灝：《梁啓超與中國思想的過渡（1890～1907）》，江蘇人民出版社 1997 年版，第 136 頁。

〔註 41〕轉引土屋英雄：《梁啓超的西洋攝取與權利——自由論》，狹間直樹編《梁啓超·明治日本·西方》，社會科學文獻出版社 2001 年版，第 122 頁。

尊嚴，另一方面又希望達到集體利益與個人利益的平衡，因而他的觀念與西方的個人主義不同，也與後來毛澤東提倡的集體主義和雷鋒思想有根本的差異」。〔註 42〕

日本學者土屋英雄的看法也許更具啓發性，他認爲梁啓超前後思想的變化並不是原理性的或者是立場性的：

> 面對時代以及國內外的現實狀況，梁不斷地改變權利自由的位置並不與他的思想結構相矛盾，在這個意義上，他原有的思想基礎與西方的思想理論的結合是因時而宜的，有選擇性的多層次的，這種結合帶來了權利自由論的變化，這個變化可以稱之爲表徵性變遷。對於梁而言，權利自由不是與民主結合的牢不可破的觀念，而是一個緊緊扣住了救國命題的靈活性概念，這是梁的思想的持續性所在，這來源於他的歷史時代觀，而這個歷史時代觀又同時作爲中國的方向瞄準了民主，這一點是不容置疑的。〔註 43〕

土屋英雄的理解與詮釋不僅在結論上，而且在方法上更具獨特的意義。美國學者本傑明・史華茲曾經指出：「人們可以假定這些觀念最終會被嚴復認爲是有價值的觀念，也可以假定嚴復具有理解人類幸福的基本想像力，然而，在嚴復的關注中，占突出地位的仍是對國家存亡的憂慮，如果假定普遍性的最終希望比這個眼前目的在決定嚴復的思想方面更重要，將是一個可悲的誤解。」〔註 44〕其實這種誤解同樣也體現在國民思想那裡，因此，我們並不能從一些現成的普遍的觀念出發，以此來衡量這些歷史人物及他們的觀念與這種普遍觀念的距離，最終爲他們定位，或者去批評某一歷史時期的思想狀況如何偏離了這些觀念。

在此我想以梁啓超爲例，就他的權利自由觀念做進一步的探討。在對梁啓超權利自由觀念的理解方面，有三個問題是值得關注的，一是梁啓超對自由與制裁關係的認識；二是個人自由與團體自由的關係在梁那裡是否是對立的；最後我們如何從團體自由或國家的角度理解個人自由問題，而不是把個人自由放在國家自由的對立面上。在討論自由和制裁的關係之前，先來就自

〔註 42〕黃克武：《一個被放棄的選擇——梁啓超調適思想之研究》，新星出版社 2006 年版，第 89 頁。

〔註 43〕土屋英雄：《梁啓超的西洋攝取與權利——自由論》，狹間直樹編《梁啓超・明治日本・西方》，社會科學文獻出版社 2001 年，第 148～152 頁。

〔註 44〕本傑明・史華茲：《嚴復與西方》，江蘇人民出版社 1996 年版，第 61 頁。

由問題，看看當時的知識分子對中國歷史與現狀的評價。嚴復認爲中國並不存在西方意義上的自由，但中國擁有另外一種自由。如果說自由是人人有自主之權，中國似乎人人也有自主之權，「其學也，國家聽之，其不學也，國家也聽之，其富也，國家聽之，其貧也，轉乎溝洫，國家亦聽之，其散而之四方也，國家聽之，甚至四方之谥困也，國家亦聽之。」〔註 45〕嚴復認爲這種自由給中國帶來的只有危害，而原因在於政教的退化。孫中山認爲中國不是自由不足，而是自由過剩，所以民眾像一盤散沙。梁啓超也同樣認爲中國人已經享有了充分的自由。這樣的認識也可以在某些西方人對中國的觀察中得到支持：

> 中國人與政府之間是人民享有幾乎無與倫比的自由，而政府在國民生活中微不足道，這是最大的事實，強調這一點非常重要，因爲不瞭解中國的人常常有一種相反的看法。中國人有完全的工商業自由，有遷徙自由，娛樂自由，信教自由，而且各種限制和保持並非由議會以立法的形式來實施，政府也完全不介入，他們靠的是完全的自願的聯合，政府不受理這些事，儘管有時會與他們發生衝突，但從來不會犧牲民間機構的利益。〔註 46〕

中國人眞的已經很自由了嗎？在此我們應該區別君主國的自由和民主國的自由。如果把自由僅僅看作是不受干涉，以機械論的物體的自由運動來理解自由，則有可能忽視政治自由。霍布斯曾經不無嘲諷的說：「現在路加城的塔樓上大書特書『自由』二字，但是任何人都不能據此做出推論說，那裡的人比君士坦丁堡的人具有更多的自由，或者更多地免除了國家的徭役，無論一個國家是民主國或者是君主國，自由總是一樣的。」〔註 47〕自由不僅意味著不受干涉，自由的主要原則在於要保證個人的權利與自由，所以，哈林頓批駁了霍布斯的說法。哈林頓認爲事實上土耳其即使最富有的官僚也是個佃農，他本人和他的財產都得聽任他的主子擺佈，而擁有土地的路加人則是人身和土地的主人，除了法律之外，他們不受任何約束。法律是人人參與制定

〔註 45〕嚴復：《論中國教化之退》，王栻編《嚴復集》（第二冊），中華書局 1986 年版，第 483 頁。

〔註 46〕約·羅伯茨編：《十九世紀西方人眼中的中國人》，時事出版社 1999 年版，第 39 頁。

〔註 47〕霍布斯：《利維坦》，商務印書館 1985 年版，第 167 頁。

的，它能保證每個人的自由。〔註 48〕因此，中國歷史或現實中存在的自由，只是君主統治下一定程度的不受干涉，談不上什麼個人的權利和自由。

對中國歷史中存在的自由的性質，梁啓超的認識是比較深刻的。梁啓超認為以上諸如此類的自由只能是野蠻的自由，而非文明的自由，如果從文明人的角度看，這是天下最不自由的事情。眞正的自由必定是能夠服從法律，法律由人人參與制定，既能保護個人的自由，同時也限制了個人的自由。在梁啓超看來，在所有的民族中，英國人最富於這種自由的精神。同時，他還從俗與德的角度區別了兩種不同的自由，中國也不能說沒有自由，「則交通之自由，官吏不禁也，住居行動之自由，官吏不禁也，置管產業之自由，官吏不禁也，書信秘密之自由，官吏不禁也，集會言論之自由，官吏不禁也，信教之自由，官吏不禁也。凡各國憲法所定形式上之自由，幾皆有之。」雖然如此，梁啓超說這並不能稱之為自由，為什麼呢？原因在於有自由之俗，而無自由之德。眞正的自由應該是任何人也不能剝奪的權利，並且必須是國民依靠自己的力量爭取獲得。「中國則不然，今所以幸得此習俗之自由者，恃官吏之不禁，一旦有禁之者，則其自由亦可消滅而無復蹤影，而官吏之所以不禁者，亦非尊重人權而不敢禁也，不過其權術拙劣，其事務廢馳，無暇及此之耳，官吏無日不可以禁，自由無日不可以亡，若是者謂之奴隸之自由。」〔註 49〕所以，孫中山以及西方人稱道的中國人擁有的自由只是自由之俗，而沒有自由之德，表面上有所謂的自由，也只能說是「奴隸的自由」，正如魯迅所言，「是做穩了奴隸的時代」。眞正的自由是權利與自由的制度化，人人自由，但是以不侵犯他人的自由為界限。眞正自由的國民，常常要服從公理、法律、多數之決議。梁啓超認為自由以服從和制裁為前提，這和孫中山、嚴復對脫離團體的自由感到恐懼不同。對自由與服從或制裁關係的認識，使梁啓超的權利自由論觸及到了自由觀念中極為深刻的一面，這構成了梁啓超權利自由論的基礎。

另外，在梁啓超的論述裏，個人自由作為團體自由的基礎並不是從屬關係而是對立關係。如果僅憑「自由者，團體之自由，非個人之自由也」而斷定梁是國家主義者，也許過於武斷，梁接著又說「然則自由主義，意不可以

〔註 48〕哈林頓：《大洋國》，商務印書館 1963 年版，第 21 頁。

〔註 49〕梁啓超：《十種德形相反相成義》，張品興主編《梁啓超全集》（第一冊），北京出版社 1999 年版，第 429 頁。

行於個人乎，曰惡，是何言，團體自由者，個人自由之積也，人不能離團體，而自生存，團體不能保其自由，則將有他團焉，自外而侵之，壓之，奪之，則個人自由更何者也。」〔註 50〕梁啓超一直把個人作爲國家的基礎來看待，這一點在他的思想裏非常突出，不僅體現在現代國家觀念的「民約論」中，也同樣體現在「合群」的觀念中，「合群」的觀念是與亡國的危機意識聯繫在一起的。因爲人格化的國民是一種基礎性的存在，所以他把國民性問題和國家、合群聯繫起來。個人的獨立被看作是國家獨立的基礎，「吾中國所以不成爲獨立國者，以國民乏獨立之德而已，故今日欲言獨立，當先言個人之獨立，乃能言全體之獨立，先言道德上之獨立，乃能言形勢上之獨立。」〔註 51〕關於個人在團體或國家中的基礎性地位的觀念原則，在個人自由與團體自由中也得到了貫徹與體現，也就是說，個人自由是國家自由的前提。

許多研究者都注意到了梁啓超接受了伯倫智理的國家思想這一事實。1902 年在《論學術之勢力左右世界》一文中，他介紹了伯倫智理的國家學說，「伯倫智理之學說，與盧梭相反對者也，雖然，盧氏立於十八世紀，而爲十九世紀之母，伯氏立於十九世紀而爲二十世紀之母。自伯氏出，然後定國家之界說，知國家之性質、精神作用爲何物，於是國家主義乃大興於世，前之謂國家爲人民而生者，今則轉而云人民爲國家而生者焉，使國民皆以愛國爲第一義務，而盛強之國乃立。」〔註 52〕如果說在此梁啓超把伯倫智理視爲國家主義者，1903 年的《政治學家伯倫智理的學說》一文中，這一認識則有所修正。首先，伯倫智理並非是支持人民爲國家的國家主義者。伯倫智理認爲論述國家目的的有兩派，一派是古希臘羅馬，以國家自身爲目的，國家是人民的主人，人民不得不犧牲利益以供國家；另一派是近代的日耳曼民族，以爲國家不過是一個器具，以供個人使用而已。前一種說法認爲人民是爲國家而生的，後者則認爲國家是爲人民而設的，伯倫智理認爲「兩者之說皆是也，而亦皆非也」。所以，很難說伯倫智理是以人民爲國家的國家主義者。根據梁的理解，伯氏是傾向於以國家自身爲目的，「伯氏之意，則認爲國家者，

〔註 50〕梁啓超：《新民說》，張品興主編《梁啓超全集》（第二冊），北京出版社 1999 年版，第 679 頁。

〔註 51〕梁啓超：《十種德形相反相成義》，張品興主編《梁啓超全集》（第一冊），北京出版社 1999 年版，第 428 頁。

〔註 52〕梁啓超：《論學術之勢力左右世界》，張品興主編《梁啓超全集》（第二冊），北京出版社 1999 年版，第 558 頁。

雖盡舉各私人之生命以救濟其本身可也。」但伯倫智理同樣認爲個人有權利保護其權利與自由，「故亦認爲苟非遇大變故，則國家不能濫用此權，苟濫用之，則各私人亦有對於國家而自保護其自由之權利云。」因此，伯倫智理並非人民爲國家的國家主義者，那麼，梁從伯氏那裡接受了國家主義將成爲不鑿之論。

其實，梁從伯倫智理那裡受到的影響並不在國家主義，而是「國家有機體說」。伯倫智理認爲國家並非由人民積聚而成，而是自有其行動和意志，所以他稱之爲「有機體」。梁啓超接受了有機體的觀念，從而改變了他思考國家的方式。「故我中國今日所最缺而急需者，在有機之統一與有力之秩序，而自由平等直其次耳。何也，必先鑄部民使成國民，故以此論藥歐洲當時干涉過度之病，固見其效，而移植於散無友紀之中國，未知其利益之足以償否也。」當梁啓超把國家本身作爲思考的對象的時候，自由權利的位置確實在他那裡下降了，但是這只是方法論上的轉換，並非認識論的變化。〔註 53〕梁在此之前寄希望由國民的自由而最後實現國家的自由，但他逐漸認識到：「思想過度，而能力不足之副之」，「故人人皆以己意進退，而無復法權之統屬，無復公眾之制裁，乃至並所謂服從多數之義務，而亦弁髦之，」「以此資格，而欲創造一國家，以立於此物竟最劇之世界，能耶，否耶。」〔註 54〕因此，梁啓超認爲爲了使部民變成國民，有機的統一和秩序的統一是必不可少的。對國家有機體的接受並不能說明他是一個國家主義者，也就是說，把國家置於社會與個人的存在之上，對統一秩序的關注和國家的危亡這樣的現實需求緊密關聯。在近代關於國民思想的建構中，權利自由觀念並不是一個靜態的純粹理念化的結果，而是不斷地依據現實的需要不斷變化的應對性方案，其中支配性的力量是對國家危亡的關注與思考。

清末往往把個人看作社會與國家的基礎，儘管個人的權利和自由並沒有被作爲終極的或者優先的目標看待，反過來說，對國家自由的強調是否一定就構成了對個人的壓抑呢。如果作爲獨立存在的個人的時代還沒有到來的情況下，國家的自由對個人自由來說意味著什麼呢？黑格爾認爲完善的國家把

〔註 53〕土屋英雄：《梁啓超的西洋攝取與權利——自由論》，狹間直樹編《梁啓超・明治日本・西方》，社會科學文獻出版社 2001 年版，第 154 頁。

〔註 54〕梁啓超：《政治學家伯倫智理之學說》，張品興主編《梁啓超全集》（第二冊），北京出版社 1999 年版，第 1066 頁。

它的普遍的目的與公民的私人利益結合起來，它是個人擁有並享受自由的現實，人的一切都歸之於國家。人們具有的一切價值，一切精神的現實性只有通過國家才具有，因此，國家是自由從中獲得客觀存在的世界和歷史中更爲精確的對象。沒有國家，自由只不過是人的命運，沒有國家，自由是不現實的。顯然，黑格爾是一個國家主義者，但是他也揭示了國家自由對個人的意義。對中國近代的「歷史」而言，建立現代民族國家顯得意義重大，一方面，中國將成爲一個具有獨立政權的政治實體，從個人的角度看，在「公民」的意義上實現了個人自由，從傳統的專制體制中擺脫出來。如果國家的自由不能保證，個人的自由顯然無從談起，這是國家自由對現代歷史中的個人所具有的現實意義。梁啓超等人的國民思想體現了實現這種自由的努力。面對傳統的專制體制及民族帝國主義，關於國民權利自由的思考與時代氛圍緊密相關，因此，如果我們僅僅從某些現成的觀念出發，以此來判定它與這個觀念的距離，將會對歷史人物和他的思想造成誤解。總之，在國民思想的構造中，無論是公德或個人道德行爲與國家強盛的關係的思考，以及自由權利觀念中的民族主義色彩，都反映了在帝國主義時代民族主義的滲透，這對具有悠久封建專制歷史的國家擺脫專制統治，在國際社會獲得政治解放更具現實意義。

第三節　作爲國民性的「國家」

在晚清的討論中，國民性話語包含了五花八門的關於中國的知識，然而使這些知識得以產生的則是一系列的現代認知裝置。「無論它是以民間社會應當的形式出現，還是以官方的政治法律經濟改革的形式出現，抑或是以感情的文學的信仰的形式出現，都以一種普遍主義的世界觀和知識體系爲前提。」〔註 55〕正是這樣的認識裝置和知識體系暴露了民族性或國民性的缺陷，形成了傳統與現代、新與舊的修辭敘述，重構了關於自我的知識系統。圍繞著「國家」的歷史和政治的敘述就是重要的一例。

一、從「天下」到國家

晚清國民性話語中一個重要的方面是有關「中國」形象的論述。在許多

〔註 55〕汪暉：《現代中國思想的興起》（上卷第一部），生活·讀書·新知三聯書店 2004 年版，第 47 頁。

關心中國前途和命運的知識分子的討論中，首先給我們描述了一個積弱的中國。關於積弱的特徵，與其說是發現，還不如說是中國現實處境的說明。自從鴉片戰爭以來，中國一連串的失敗足以說明它的積弱，所謂久弱成病，所以，中國往往被比喻成爲一個沉屙在身的病體。在《中國積弱溯源論》中，梁啓超將中國的積弱比喻爲患癆病——「譬有患癆病者，其臟腑之損壞，其經血之竭蹶，已非一日」。〔註 56〕關於國家病態與醫治的觀念在晚清至五四是一個極爲普遍的表達，這樣的表述常常見於致力於政治與社會變革的知識分子的政論文中，同時也成爲文學想像的重要方式。魯迅在拋棄了眞正的醫學之後，把文學作爲療救和醫治的重要方式，醫治的對象則是整個國家和國民。晚清小說中突出地表現國家之病的是劉鶚的《老殘遊記》。小說第一回寫江湖遊醫老殘爲黃大戶治病，就有明顯的寓意。黃大戶得了一種奇病，「渾身潰爛，每年總要潰幾個窟窿，今年治好這個，明年別處又潰幾個窟窿，經歷多年，沒有人能治得，這病每發都在夏天，一過秋分就不要緊了」。這種描述似乎更符合黃河泛濫的情形，劉鶚本人善於治河，曾經因治河有功，被舉以知府。《老殘遊記》敘述的事件包含的意義，遠遠大於黃河泛濫這一具體的事件，用劉鶚在《自敘》中的話說，他之所以寫作《老殘遊記》，是因爲「有身世之感情，有家國之感情，有社會之感情，有種教之感情」。此外，黃大戶很容易使人聯想到黃種人，所以，黃大戶之病，可以理解爲中國之病。歷史的現狀在隨後關於破船的寓言中得到進一步揭示，「這船雖有二十三四丈長，可是破壞的地方不少，東邊有一塊，約有三丈長短，已經破壞，浪花直灌進去，那旁，仍在東邊，又有一塊，約長一丈，水波亦漸漸侵入，其餘的地方無一處沒有傷痕。」但是，船上管帆的人，各人管各人的帆，彼此並不關照，可惡的是水手大肆搜刮，蹂躪乘客。老殘和朋友帶了外國羅盤和幾件行船要用的東西，想救大船，卻因爲他們用的是外國的羅盤而被視爲漢奸、天主教徒。破船的命運和船上發生的衝突其實是中國這條千瘡百孔的「大船」命運與衝突的寫照。戊戌變法之前，因爲封閉造成了許多弊端，西方的入侵更加重了這種局面，民族危機使各種的缺陷暴露無遺。病態、破敗與危險都預示著中國自身的危機，主要是找到其中的原因。無論是劉鶚的《老殘遊記》，或是李伯元的《官場現形記》以及吳趼人的《二十年目睹之怪現狀》都把官僚體制作爲遣

〔註 56〕梁啓超：《中國積弱溯源論》，張品興主編《梁啓超全集》（第一冊），北京出版社 1999 年版，第 412 頁。

責的對象，對政治現狀的批評與試圖改造的努力是那一代知識分子的主要選擇。從「師夷長技以制夷」到規模較大的洋務運動，以及「變法」改良的設想，都企圖挽救社會與政治的危機，抵抗西方的入侵。

梁啓超是那個時代最具影響力的思想家。1900 年在著名的《中國積弱溯源論》中，比較全面地探尋了積弱的原因，並欲尋找到病態的根源。他認爲中國積弱的原因是由於理想、風俗、政術、近事四個方面。和其他人相比，他同樣把政治批評放在重要的位置，認爲官僚體制與近來的政治活動都是導致中國積弱的原因。但在這篇文章中，梁啓超表達了一種全新的觀念與認識，他認爲這四者原因之中缺乏愛國心，實爲積弱的最大根源，病源之源。愛國心的薄弱，推究其根源是由於理念的謬誤，具體的講，有三個方面：一、不知國家與天下之差別；二、不知國家與朝廷之界限；三、不知國家與國民的關係。梁啓超認爲，眞正意義上的「中國」並不存在，對於世界而言，中國「自古一統，環列皆小蠻夷，無有文物，無有政體，不成其爲國，吾民亦不以平等之國視之，故吾中國數千年來，常處於獨立之勢，吾民之稱禹域也，謂之爲天下，而不謂之國，既無國矣，何愛云云」。〔註 57〕最爲奇怪的是以數百兆人立國於世界數千年，至今，竟然無法爲自己的國家起一個名字，雖有支那、震旦等稱謂，但並非來自中國人自己。甚至「中國」一詞，都是他族對我們的稱呼，夏、商、秦漢，宋、元、明、清皆是朝代的名稱，而不是國家的名稱。習慣用朝代而非國家來指代歷史共同體，說明「國家」的缺失，這是民族性格中最致命的缺陷。梁啓超在之後的文章中總是重複這一斷言。梁啓超之所以說「國家」的缺失是中國人致命的缺陷，是以現代民族國家觀念爲前提，正是具備了這樣的思想裝置，他才透視了中國的「病症」所在。

19 世紀之前，中國人並沒有類似於今天民族國家的觀念。古代中國人大多秉持「中華居中」，四面皆是低等「夷人」的「天下」觀念，在康有爲和梁啓超的敘述中都有「環列皆小蠻夷」的說法。這種論述一方面說明以文化爲標準的中心與邊緣的等級秩序，也反映了對世界地理空間的認識只限於以「我」爲中心的相對較小的範圍。以文化上的優劣差異來區別民族及相應的地域，而國的概念也不同於今天的國家。「國」字從構造上來看，指的是地域上的概念，而不是後來通行的政治上的概念。《說文解字》段玉載注云：邦也，

〔註 57〕梁啓超：《愛國論》，張品興主編《梁啓超全集》（第一冊），北京出版社 1999 年版，第 270 頁。

《周禮注》曰：大曰邦，小曰國，邦之所居亦曰國，從口從或。日本學者川島眞根據清末的檔案材料，考察了中國自稱名詞的演變。在乾隆到道光時期的外交史料中，從使用的頻率上講，「天朝」使用的頻率最高，其次是中國或中華。道光年間的外交史料《清代外交史料〈道光朝〉》中，道光最初十年，「天朝」五十多次（不包括我朝，聖朝），「中國」不滿十次。但是到了咸豐和光緒年間，天朝逐漸減少，尤其是光緒年間（1875～1909），「天朝」雖然不是絕對沒有，但可以說幾乎不用了，「天朝」減少後，史料中的自稱主要是「大清國」和「中國」。〔註58〕自稱名稱的歷史演變，從一個側面反映了近代民族國家意識的形成過程。

從魏源的《海國圖志》、徐繼畬的《瀛寰志略》開始，整個社會的知識系統發生了一定的變化。一方面具有了比較詳備的世界地理知識，同時，在政治的想像中，中國只是世界上許多「國」中的一個，一種新的關於「世界」的觀念開始形成。王韜在《變法》中寫道：

> 至今日而泰西大小各國，無不通和立約，扣關而求互市，舉海外數十國，悉聚於一中國之中，見所未見，聞所未聞，秦漢以來之天下，至此而又一變。嗚呼，至今日而欲辨天下事，必自歐洲始，以歐洲大國爲富強之綱領，製作之樞紐，捨此，無以師其長而成一變之道。〔註59〕

這是新的「世界」觀念在晚清一個有代表性的敘述。對「世界」的重新認識包含了兩個重要的方面，一是打破了華夏中心的天下觀，承認中國是世界中的一國，並將自己納入世界體系之中；二是開始從利益衝突的角度，而不是文化的層面來理解「國」與「國」的關係。梁啓超在《論國家思想》中說：「國家者，對外之名詞也，使世界僅有一國，國家之名不能成立，故身與身相併而有我身，家與家相接而有我家，國與國相峙而有我國。」並且這種對峙往往是利益衝突的結果。

> 人類自千萬年以前，分孳各地，各自發達，自言語風俗，以至思想法制，形質異，精神異，而有不得不自國其國者焉。循物競天

〔註58〕川島眞：《從「天朝」到「國家」》，復旦大學歷史系，復旦大學中外現代化進程研究中心編《近代中國的國家形象與國家認同》，上海古籍出版社 2003 年版，第 269～270 頁。

〔註59〕王韜：《變法（中）》，《弢園文錄外編》，上海書店 2000 年版，第 11 頁。

擇之公例，則人與人不能不衝突，國與國不能不衝突，國家之名，立之以應他群者也。故眞愛國者，雖有外國之神聖大哲，而必不願服從其於主權之下，寧使全國之人流血粉身、靡有孑遺，而必不肯以絲毫之權力讓於他族。〔註 60〕

把「國家的缺失」作爲民族特性的認識是民族主義思想的表現之一。從天下到國家，反映出了知識系統的歷史性變化。然而這種歷史變化又和救國與革命等一系列民族主義運動結合在一起，比如梁啓超覺得現在的世界是民族帝國主義的時代，唯有實行民族主義才能抵擋列強的入侵，挽救浩劫拯救生靈。

二、從專制到民主

國家思想的認同使他們承認了列國並立的世界格局，最核心的是對國家形態本身的理解發生了質的變化。在朝廷與國家的對立，國家與國民一體化的認識中，傳統的「國家」成了批判的對象，這是近代民族主義最具革命性的一面。1901 年梁啓超在《國家思想變遷異同論》中，根據德國政治學家伯倫智理的《國家學》，把歐洲舊思想與中國舊思想以及歐洲新思想作了比較，列表描述了十一個方面。對中國傳統統治特點的認識與討論，「君主專制」是當時思想家對中國政體的定位，直到今天，這樣的評價仍然沒有改變。對中國專制政體的認識和關於世界史的知識緊密相聯。在甲午戰爭之前，許多知識分子都理所當然的認爲，清朝不僅不是專制政體，反而是世界少有的以德治主義爲原理的政治體制，專制一詞本身也不存在。專制和其他許多專門用語一樣，都是 20 世紀初從日本引進來的。20 世紀初，將從秦始皇到 20 世紀初延綿不絕的政治制度都視爲專制政體。

日本學者佐藤愼一認爲，對中國政體的認識最早開始於王韜、鄭觀應這些 1880 年前後開始著述活動的條約港知識分子。〔註 61〕他們將西方的政體分成君主之國、民主之國、君民共主之國，這種分類基於當時中國人認爲國家是由「君」與「民」構成這一常識，出於國家的決策權由誰掌握這一問題而

〔註 60〕梁啓超：《新民説》，張品興主編《梁啓超全集》（第二冊），北京出版社 1999 年版，第 663 頁。

〔註 61〕佐藤愼一：《近代知識分子與文明》，江蘇人民出版社 2006 年版，第 238～239 頁。

形成。國家決策由「君」決定就是君主之國，由民決定就是「民主之國」，由君與民共同決定就是君民共主之國。關於中國的政體類型，當時的知識分子有以下兩方面的認識：第一，古代封建時代的中國是君民共主之國，因爲那時國家統治的規模很小，君民的關係非常密切；第二，隨著郡縣制的成立，中國則變成了君主之國，統一帝國這一廣大的政治空間的出現，使君和民之間的距離，不僅在水平方向上，而且在垂直方向上拉長了，君民之間的關係變得疏遠了，清朝在本質上是君主之國。早期主張變法的知識分子也主張要改革中國的政體制度，認爲自始皇帝以來的君主之國脫離了「君民共主之國」，改革的核心是將「君主之國」改變爲「君民共主之國」。他們的改革以「君民共主之國」爲目標，以復古的形式展開。無論如何，在君主、民主和君民共主的政體類型框架中認識中國的政體爲 19 世紀八九十年代的許多中國人接受。1901 年，梁啓超在《清議報》上發表了《立憲法議》一文，他認爲世界的政體有三種，一是君主專制政體，二是君主立憲政體，三是民主立憲政體，然後在附注中說：「三種政體，舊譯爲君主，民主，君民共主，名義不合，故更定今名。」〔註 62〕由早期知識分子所形成的三種分類轉換成了梁啓超的三種新分類，此前稱呼的君主之國被稱爲「君主專制政體」。寫作此文時，梁啓超已因爲戊戌變法的失敗而流亡日本，開始創辦《清議報》。流亡日本之後，他閱讀了大量的日譯西方書籍和日本研究者所寫的西方研究著作，介紹伯倫智理和波倫哈克的國家學說，區分新舊國家思想的差別，同時，也譯介孟德斯鳩的關於政體分類的論述。

20 世紀初，以民主化原則爲內涵的國家思想和關於政體類型的知識爲前提，中國的歷史與現狀都被視爲君主專制政體。對中國專制政體的認識和評價，孟德斯鳩的論斷是一個非常重要的方面。20 世紀初，孟氏的學說及對中國的論述廣爲流傳。1902 年梁啓超在《清議報》上發表了《法理學家孟德斯鳩之學說》。孟德斯鳩認爲有三種政體：專制政體、君主政體和共和政體。「共和政體的性質是人民全體或某些家族在那裡握有最高的權力，君主政體的性質是君主在那裡握有最高的權力，但是他依據既成的法律行使這一權力，專制政體的性質是一個單獨的個人依據他的意志和反覆無常的愛好在那裡治

〔註 62〕梁啓超：《立憲法議》，張品興主編《梁啓超全集》（第一冊），北京出版社 1999 年版，第 405 頁。

國。」〔註 63〕三種政體分別遵循品德、榮譽和畏懼的原則。孟德斯鳩認爲中華帝國是一個君主專制的國家，它的原則是恐怖。對中國政體的評價方面，他也曾經從傳教士那裡得知中華帝國是可稱讚的，畏懼、品德和榮譽兼而有之。但他堅持認爲自己建立的三種政體原則，在對中國的評價上並非毫無意義，一方面，專制的國家沒有法律，被尊重的只是習慣，而非法律，另外，專制和德行及法律並行不悖的現象在他看來，是不可能的。「人們曾經想使法律和專制並行，但是，任何東西和專制主義聯繫起來，便失掉了自己的力量，中國的專制主義，在禍患無窮的壓力之下，雖然曾經願意給自己帶上鎖鏈，但卻徒勞無益，他用自己的鎖鏈武裝了自己，而變得更爲兇暴。」〔註 64〕孟德斯鳩關於中國專制政治的認識是在啓蒙運動自由民主的思想氛圍中形成，孟氏關於政體分類的方法及對中國的評價爲中國人所接受，對以後關於中國政治制度的認識與評價有很大的影響，成爲專制政治批判的重要依據。

其實，關於中國政治制度的認識，在西方也經歷了一個不斷變化的歷史過程。在啓蒙運動之前的一段時間裏，由馬可・波羅那一代旅行家開創的理想化的富強的中華帝國形象，通過 17、18 世紀耶穌會傳教士的書簡一直延續到啓蒙運動。耶穌會士利瑪竇日記中所描繪的中國形象以及對中國的評價，不僅影響了當時歐洲對中國的認識，即使後世的傳教士向歐洲描述中國時，無不具有他的色彩。他的日記被另一位傳教士金尼閣由意大利文譯成拉丁文，並借助利瑪竇所寫的其他文字改編敘述了在華傳教團的活動，於 1615 年出版。1625 年其摘錄部分《耶穌會士利瑪竇神甫的基督教遠征中國史》一書出版，並當即被譯成了歐洲一些主要語言。1953 年完整的英文譯本問世，譯著在歐洲對文學、科學、哲學、宗教以及生活方式的影響，可能比 17 世紀的其他任何歷史著作都要大。關於中國的政治制度他持贊許的態度，中國的君主被看作拍拉圖《理想國》中哲人王的化身，世間君主的楷模，老百姓也知書達禮。「標誌著與西方非常值得注意的，不同的另一重要事實是，整個帝國是由文人學者階層即通常稱作哲學家的人進行治理。」〔註 65〕萊布尼茲也根據傳教士的描述，對中國的君主讚譽有加：「有誰不對這樣一個帝國的君主感到驚訝，他的偉大幾乎超越了人的可能，他被視爲人間的上帝，人們對他的

〔註 63〕孟德斯鳩：《論法的精神》（上冊），商務印書館 1961 年版，第 19 頁。
〔註 64〕孟德斯鳩：《論法的精神》（上冊），商務印書館 1961 年版，第 129 頁。
〔註 65〕雷蒙・道森：《中國變色龍》，時事出版社，海南出版社 1999 年版，第 257 頁。

旨意奉行無違，儘管如此，他卻習慣於如此地培養自身的道德與智慧，位居人極，卻以爲在遵紀守法，禮賢下士方面超過臣民才是自己的本職。」〔註66〕

從啓蒙運動開始，圍繞孟德斯鳩對中國的認識與評價，展開了辯論。伏爾泰認爲關於中國的政治，旅行者和傳教士對專制制度的評價只是從表面現象判斷一切。他指出中國不僅有法律作爲皇帝的限制，而且在他的眼中，皇帝是全國首屈一指的哲學家，是德行治理國家的典範。值得注意的是，孟德斯鳩在斷定中國是一個專制的國度的同時，也承認這種政體其中也有值得稱道的地方：

> 中國的政體是一種混雜政體，其中專制的成份較多，因爲中國君主的權力強大無比，也有少許共和制的成分，因爲中國存在彈劾制度和某種建立在情愛和孝道基礎之上的道德，當然還有君主制的成分，因爲中國擁有固定的法律以及以威嚴清晰著稱由榮譽支配的法庭機構。這三種溫情的因素加之相適宜的自然條件使得中國的政體延續至今。因而，如果說帝國的強盛使其成爲一個專制主義的政體，那麼也許是所有專制制度中最好的了。〔註67〕

1763 年，尼古拉·布朗傑的《東方專制制度的起源》出版，他認爲在中國漫長的歷史上，自始至終都是專制主義。中國的國土廣闊，高山、沙漠和海洋將它與世界其他地方隔離開來，環境決定了它的專制統治不僅是極端化的，而且具有原始的神權色彩。因爲與世隔絕的自然環境使中國人的精神停滯在原始蒙昧狀態，不可能產生理性的法律精神，中國的皇帝既是人權的統治者，又是神權的統治者，擁有絕對的權威。《東方專制制度的起源》出版 4 年後，魁奈又出版了《中國君主專制論》，再次以「開明君主專制」爲中國辯護。魁奈認爲中國的法律建立在倫理道德的原則之上，完全符合自然的法則，中國的君主賢明勤政，大臣忠誠盡職，帝國的所有法律都是以維護統治形式爲惟一目的，沒有任何權力高於法律。

啓蒙運動中，關於中國的政治制度的辯論，反映了民主自由思想對君主政體的曖昧態度。他們從民主的立場批判專制政體，同時又對開明君主政治抱有同情，甚至幻想。隨著啓蒙運動的深入和法國社會矛盾的進一步激化，爭論的焦點已經不是要不要君主的問題。啓蒙思想家爲了最終確立民主與自

〔註66〕萊布尼茲：《中國近事》，大象出版社 2005 年版，第 3～4 頁。

〔註67〕轉引自艾田蒲：《中國之歐洲》，河南人民出版社 1994 年版，第 26 頁。

由的政治原則，他們無情地批判君主專制。霍爾巴赫認爲專制主義是「人類最大的災難，沒有自由，無論國王也好，臣民也好，都不能享受長久的幸福」。〔註 68〕在批判專制的同時，開明專制也同樣被視爲一種罪惡的政體。法國大革命爆發後，孔多塞將中國當作專制暴政與愚昧的典型。他不無誇張地說如果想知道專制的恐懼與迷信將人類的能力摧殘到什麼程度，就去看看中國吧。德國思想家也把中國的政治制度歸入專制制度，赫爾德在《人類歷史哲學》中指出，中國的皇帝不過是東方的暴君，西方人一度佩服得五體投地的中國道德，不過是培養奴才的哲學，至於所謂的哲學家，不過是軟弱虛僞、順從的工具：

> 中華帝國的道德學說與其現實的歷史是矛盾的，在這個帝國中兒子們多少次篡奪了父親的王位，父親又多少次對兒子大發雷霆，那些貪官污吏使得千百萬人飢寒交迫，可他們的劣跡一旦被父親般的上司覺察，便要受到棍杖的毒刑，像個無力反抗的孩子。所以，現實生活中，沒有什麼男子漢的氣概與尊嚴可言，他們僅存於對英雄豪傑的描述之中，尊嚴成了孩子的義務，氣概變成了躲避笞刑的才幹。因此，根本不存在氣宇軒昂的駿馬，而只有溫順聽話的蠢驢，他們在履行公職的時候從早到晚都扮演著狐狸的角色。〔註 69〕

在歐洲思想史的鏈條上，一個重要的人物是黑格爾。啓蒙運動以來關於專制的討論對黑格爾有一定影響，但黑格爾的論述有他的獨特之處。他把世界歷史的運動看作自由精神在世界與歷史中的運動，而自由精神的自我實現又體現爲國家的自由精神。自由精神在空間與時間上則體現爲東方與西方的層次關係，並在各自的政體中體現出來。「東方從古到今知道只有『一個』是自由的，希臘、羅馬知道『有些』是自由的，日耳曼世界知道『全體』是自由的。所以，我們從歷史上看到的第一種形式是專制政體，第二種是民主政體和貴族政體，第三種是君主政體。」〔註 70〕自由精神與世界史的邏輯體系是黑格爾關於中國論述的理論依據。他認爲，在中國，「精神」還沒有取得內在性，表面上依舊沒有脫離「天然」的精神狀態，外在的和內在的東西，法律和知識還是一個東西。其次，對中國來說，因爲沒有界定各個人和各個國

〔註 68〕霍爾巴赫：《自然政治論》，商務印書館 1994 年版，第 236 頁。
〔註 69〕夏瑞春：《德國思想家論中國》，江蘇人民出版社 1995 年版，第 88 頁。
〔註 70〕黑格爾：《歷史哲學》，上海世紀出版集團 2001 年版，第 106 頁。

體將有獨立的權利，也不能說有一部憲法，在法律上沒有體現出自己的意志，卻服從一個全然陌生的意志，便是皇帝的意志。「中國，皇帝好像大家長，地位最高，國家的法律一部分是民事的敕令，一部分是道德的規定。所以，雖然那種內心的法律——個人方面對於他的意志力的內容，認爲他個人的最內在的自己，也被訂爲外在的、法定的條例。既然道德的法律是被當作立法的條例，而法律本身又具有一種倫理的形態，內在性的範圍就不能在中國得到成熟。凡是我們稱爲內在性的一切都集中在國家元首身上，這位元首從他的立法上照顧全體的健康、財富和福利。」〔註 71〕因此，在中國，惟一的自我意識便是那個實體的東西，就是皇帝本人，也就是權威。因爲無法取得自我反省，取得主觀性，而實體的東西以道德的身份出現，所以，它的統治並不是個人的識見，而是君主的專制政體。總之，黑格爾認爲，在中國的政治生活中，所有的個體都從屬於一個實體性的存在，沒有形成單獨的實存的個體，無法在其主觀自由中審視自身。因此，雖然已經實現了合理的自由，但它自身的發展並沒有走向主觀自由，也不可能產生創造性的歷史進程，東方的困境也正在於此，只能說是歷史的童年。

從馬可・波羅到黑格爾，關於中國政治制度的討論經歷了一個從肯定讚美到否定批判，從德治主義君主統治的典範到暴虐的君主專制的過程。這一歷史性的變化該作如何理解呢？首先，這一歷史性的變化並不能說是一個逐步東方主義化的過程，如果否定是東方主義的表現，那麼讚譽則又意味著什麼呢？其次，討論這些論述的眞實程度也將是無功而返。也許就某一時間某一個人物的論述，由於各種各樣的原因，可能和所謂的歷史「眞實」相違背。但從整個思想史中關於中國論述的線索看，從肯定到否定，那一個更眞實呢？再次，這種歷史性的變化必須從歐洲思想變化的歷史脈絡尋找答案。馬可・波羅、耶穌會士的傳教士、萊布尼茲之所以熱衷於中國政治的溢美之詞，主要原因是無論是歐洲或中國，民主政治的時代遠遠沒有到來，仁慈的專制主義是那個時代人們最高的政治理想，中國政治的某些特徵確實可能反而成爲對歐洲的批評與補充。但是，啓蒙運動時代，歐洲則迎來了一個民主自由的時代，對中國的專制的定位與批判是民主政治思想的一個必然表現。最後，從具體的歷史實踐看，這也是東西方歷史時差的體現，某種程度上，是「歷史眞實」的反映。英國的君主立憲與法國的大革命，都建立了民主化的國家

〔註 71〕黑格爾：《歷史哲學》，上海世紀出版集團 2001 年版，第 114 頁。

形態。當歐洲已經建立了民主化的國家形態，對於中國來說，則可能處於「停滯」狀態，還沒有完成這一歷史性的過程。

20 世紀初，以民主政治爲依據的政體分類的原則基本上成了當時知識分子普遍性的知識。對中國專制制度的批判性認識和按照民主化的政治原則建立國家，構成了現代思想進程中的兩個方面。晚清思想界比較早地批判君主專制的是譚嗣同。譚嗣同從平等的理想主義出發，痛斥二千年來的君統，認爲天下爲君主的私產已數千年了，傳統的君臣一倫，曲解了「君」的眞正意義，違背了仁的精神。受西方民主思想的影響，他提出了新的君主觀念：

> 生民之初，本無所謂君臣，則皆民也，民不能相治，亦不暇治，於是共舉一民爲君，夫曰共舉之，則非君擇民也，而民擇君也，夫曰共舉之，君末也，民本也，天下無有因末而累及本者，亦豈可因君而累及民哉，夫曰共舉之，則必可共廢之。君也者，爲民辦事者也，臣也者，助民辦事者也，賦稅之取於民所以爲民辦事之資也，如此而事猶不辦，事不辦而易其人，亦天下之通也。〔註 72〕

張灝認爲譚嗣同對君主專制的批判，受民主思想的影響，是「仁」所代表的道德理想主義觀點，而非當時一般知識分子基於富國強兵的功利主義立場。〔註 73〕19 世紀末，從民主的立場對中國的政治統治進行批判的是嚴復。1895 年嚴復在《直報》上發表了《闢韓》一文，尖銳地指出中國幾千年來的封建君主都是奴役與壓迫人民的竊國大盜，人民才應該是眞正的主人。西洋的人民尊貴過於王侯將相，「而我中國之民，其卑且賤，皆奴產子也，設有戰鬥者，彼其民爲公產公利自爲鬥也，而中國則奴爲其主鬥耳。」嚴復雖然認爲中國是君主專制，但當時的中國並不能拋棄君臣之道，因爲「其時未至，其俗未成，其民不足以自治也」。〔註 74〕

無論是主張君主立憲的梁啓超或是主張民主共和的革命派，都從一種全新的民主化的國家立場來認識傳統的君主專制。他們的政治批判與重構是近代民族主義的主要組成部分，也反映了近代國家觀念形成的一個側面。梁啓超的《中國專制政治進化史論》從進化論的角度論證了君主專制在中國的形

〔註 72〕譚嗣同：《譚嗣同全集》（下），中華書局 1981 年版，第 339 頁。

〔註 73〕張灝：《烈士精神與批判意識》，廣西師範大學出版社 2004 年版，第 82～84 頁。

〔註 74〕嚴復：《闢韓》，牛仰山選注《嚴覆文選》，百花文藝出版社 2006 年版，第 51～53 頁。

成過程。他認爲從周的封建時代到秦始皇的統一天下，是中國君主專制的形成時期，所以，中國的君主專制已經持續了兩千多年。梁啓超把中國的專制制度和歐洲相比較，認爲歐洲是有形之專制，中國是無形之專制，歐洲是直接之專制，中國是間接專制。在梁啓超看來，儘管說中國專制君主的權力非常強大，但實際上，廣闊的國土和龐大的人口不過是由官僚機構來統治。由於統治能力有物理性的界限，這種統治並不能深入到民眾日常生活的各個角落，所以，中國民眾享有一定的自由和平等：

> 今歲蓽門一酸儒，來歲可以金馬玉堂矣。今日市門一駔儈，明日可以拖青紆紫矣。彼其受政府之朘削，官吏之笞辱也，不日吾將何術以相捍禦，而日吾將歸而攻八股，吾將出而買財票，尚幸而獲中，則今日人之所以朘削我笞辱我者，我旋可還以朘削人笞辱人也，謂其不自由耶，吾欲爲遊乎，政府不問也，吾欲爲盜賊，政府不問也，吾欲爲棍騙，政府不問也，吾欲爲餓殍，政府不問也。〔註 75〕

歐洲君主壓制之下，又有貴族，所以最不自由也極不平等。正因爲極爲渴望平等與自由，所以革命才發生，而中國相反，專制制度卻得以維持。儘管如此，梁啓超對專制政體持批判態度，認爲專制政體是國民的公敵，是數千年來破家亡國的總根源。

值得指出的是，梁啓超在否定君主專制的同時，並沒有否定君主的存在。他認爲專制政體是一回事，君主又是另外一回事，兩者性質不同，範圍不同，不能籠統的把這兩者混淆在一起。他認爲觀察歐洲，歐洲十餘國中，除法蘭西外，都有君主，關於這一點也可以通過閱讀歷史得知。對君主的保留態度一方面來自歷史經驗的觀察，主要與他對政體形式的選擇有關。在亡命日本之前，梁啓超試圖通過變法使中國從被帝國主義列強瓜分的危機中擺脫出來。但他認爲中國處於「民智未開」，而世界又充斥著生存競爭的時代，如果倡導革命，勢必造成中國的分裂。因此，他提倡以保皇爲手段，反對推翻清朝的革命，主張君主立憲。與此同時，在 1897 年冬的一段時間裏，在一些私下的場合，他又主張以徹底革命洞開民智，以種族革命爲本位。到戊戌變法爲止，在公開的場合上，原則上他還是堅持漸進式的君主立憲論。到亡命日本之後，接受了伯倫智理的學說，他發現了民主政體的弔詭，意識到民主政

〔註 75〕梁啓超：《中國專制政治進化史論》，張品興主編《梁啓超全集》（第二冊），北京出版社 1999 年版，第 783 頁。

治有可能走向民主專制。民主專制是由政治家煽動操縱民眾，肆意用暴力破壞既存的社會秩序，而創造出無秩序的狀態，而且可以以民意為名使其正當化，並不存在抑制暴力的手段，這是民主政治的弊端。最終他還是選擇了君主立憲。其中一段陳述表明了他放棄共和政體的心跡：「吾心醉共和政體也有年，國中愛國踸踔之士之一部分，其與吾相印契而心醉共和政體者，亦既有年，吾今讀伯、波兩博士所論，不禁冷水澆背。」〔註 76〕他只好忍痛告別共和，挑戰昔日的自己。

革命派的目標是共和政體，同樣表達了對專制政體的批判性認識。孫中山認為中國君主專制政體的目標在於保全自己的地位。如果人民的行動危及了皇帝，就會遭到徹底的鎮壓，如果人民不侵犯皇位，無論他們做什麼事，皇帝便不理會。「中國人向來不懂得什麼自由平等，當中原因，就是中國的專制和歐洲的比較，實在沒有什麼厲害，人民便不覺得什麼痛苦。」〔註 77〕他說中國的專制政體是溫和的充滿自由的，這一點和梁啓超的認識有相似之處。當然，專制統治下的中國民眾並非沒有痛苦，但是這種苦惱與歐洲專制君主統治下民眾所體會到的不自由不同。在中國，自由是很充分的，不是自由不足，而是自由過度，民眾像一盤散沙，缺乏民族的凝聚力。在孫中山看來，中國人所受的苦難的根源，就在這種自由的過剩而導致的凝聚力的欠缺。革命之所以必要，不是為了實現自由，而是為了消除過剩的自由。孫中山對專制認識的獨特性必須根據他民族主義建國的需要來理解。事實上，中國專制制度下的自由並非是自由過剩，沒有制度保障的自由並不能說是真正的自由。在此，必須區別君主國的自由和民主國的自由。在革命派中對專制的抨擊影響較大的當屬鄒容的《革命軍》。鄒容認為自由與平等是「天賦的權利」，君主的出現，自秦始皇統一天下，「奴其民，為專制政體，多援符瑞不經之說，愚異黔首，矯誣天命，攙國人所有而獨有之。」〔註 78〕在鄒容看來，革命應該是「除奴隸而為主人」，使人人享有自由平等，恢復天賦的權利。此外，陳天華的《論中國宜改創民主政體》也主張打倒專制政體，實現共和政體這一最美最宜的政體。

〔註 76〕梁啓超：《政治學家伯倫智理之學說》，張品興主編《梁啓超全集》（第二冊），北京出版社 1999 年版，第 1074 頁。

〔註 77〕孫中山：《孫中山選集》，人民出版社 1981 年版，第 714 頁。

〔註 78〕鄒容：《革命軍》，張枬，王忍之編《辛亥革命前十年間時論選集》（第一卷下冊），生活・讀書・新知三聯書店 1960 年版，第 652 頁。

改良派和革命派圍繞著共和制和君主立憲曾展開了激烈的爭論，但對專制政體的批判卻是一致的。日本學者佐藤慎一認爲：

看上去兩大陣營只有對立面，而實際上共通之點也絕不少，特別是關於體制構想的問題，在最核心的部分，兩大陣營是有共同點的。其一，革命派與梁啓超都將中國的現狀視爲君主專制政體；其二，革命派與梁啓超都將共和制作爲中國體制改造的終極目標，比如梁啓超在其小說《新中國未來記》中，描寫60年之後的中國將爲共和制，他是以共和制作爲終極目標的。就是說，革命派與梁啓超在關於中國政治體制的現狀與終極目標上是有共通的認識，兩者的對立，是圍繞著以什麼樣的方式來聯結現狀與終極目標這一問題而發生的。革命派主張通過暴力革命打倒君主專制而直接轉換成共和政體，而梁啓超則主張中間應該有一個君主立憲的階段，因此不是革命而是有必要實行改良。〔註79〕

總之，從天下到國家，從君主專制到民主政治，這是一個認識和重建「國民性」的過程，也是一個理解自己「獨特性」的過程。西方的思想資源成了重要的理論依據。

〔註79〕佐藤慎一：《近代知識分子與文明》，江蘇人民出版社2006年版，第322頁。

第三章　國民性與民族文化認同

以民族國家想像爲前提的國民性話語旨在爲國家提供嶄新的政治基礎和的形式，主要表現爲民族的自我批判。和民族主義的自我批判不同，在近代國民性話語實踐中，有一種民族文化認同的傾向。民族文化認同的動因和方式不盡相同，和西方的國民性話語之間的關係也是饒有意味的事情，話語實踐的複雜和矛盾表徵了近代中國政治和文化的諸多困境。本章主要圍繞陳季同、辜鴻銘、國粹派的言論及關於種族的爭論，探討在國民性問題上民族文化認同的傾向及其複雜和曲折之處。

第一節　政治與文化視閾中的「種族」論

中國近代的國民性討論中，種族作爲國民性的一個構成要素，對它的論述也倍受關注。關於人種的認識和論述深受種族觀念、政治權力等因素的影響，實際上，對種族的認識成了文化與政治較量的場所。

一、種族主義和民族主義的種族論

種族（racial）的概念 16 世紀出現在英文裏，〔註 1〕對它的使用可以上溯到孟德斯鳩的《論法的精神》。啓蒙運動時期，形成了種族遺傳決定一個民族性格的觀念。對中國人的描述，也常常會體現在人種方面。赫爾德在《人類歷史哲學》中認爲中國人的形象充滿了奇異和不可思議。「一個生來就是小眼

〔註 1〕 雷蒙・威廉斯：《關鍵詞——文化與社會的詞匯》，生活・讀書・新知三聯書店 2005 年版，第 375 頁。

睛、短鼻子、平額頭、少髫鬚、大耳朵、鼓肚子的民族，他們的有機體造成了什麼樣，這個民族便是什麼樣，無法對它要求更多」。並且種族的自然形狀是無法改變的，與生俱來的。〔註2〕19世紀中葉，歐洲中心的種族主義觀念由於受到進化論的人類學的支持，基本上成爲知識界的共識，普遍認爲種族決定文化，一個族群的社會、文化、道德上的狀況同時可以在自然和生物的層面上有所反映，種族優勢也會成就文化的優勢。格力高利·布魯曾經就近代西方社會思想對中國的論述，談到了許多人種學研究的事例和結論。蘇格蘭解剖學家諾克斯曾直言不諱的指出，東方的種族自亞歷山大大帝之後就不曾進步，其根本的原因無疑就是種族，野蠻的種族似乎無法文明化。戈比諾認爲黃種人的特徵是完全缺乏想像力，只關懷自然需求的滿足，一心一意追求平庸或荒唐的理念，極少或毫不活動，毫無精神上的好奇心。1830年到1840年代，默頓致力於對各種人進行頭顱測量，他開展了一條重要的新趨向，設法設計了一套根據腦容量大小的「種族」高低排序：高加索種、蒙古種、馬來亞種、美洲種，這套排序表面看起來非常「準確」。1894年，一篇題爲《對中國人腦的觀察》的科學作品刊登在很有名望的神經學會的機關刊物《腦》，該文的發現幾乎馬上在《自然》和《華北日報》上被報導。文章用現代科學方法分析處理了八顆中國人腦，基於不到一打的樣件，作者認爲一個中國人腦比起一個正常人來說，更接近一個黑猩猩的腦。更有甚者，根據種族與個體病理學中的平行退化理論，道恩醫師將今日稱爲唐氏症的染色體異常命名爲「蒙古癡呆症」。雖然這個名稱不久即受到爭議，但仍然沿用至今。〔註3〕從以上一系列人種研究的結論可以看出，在人種和文化進化序列上，白種人被排在頂端，被他們征服的黃種人則排在底端。歐洲中心的種族主義者之所以能夠贏得眾多的追隨者，也因爲它是19世紀下半葉直到20世紀主要由自然科學家們發揚的意識形態，種族進化和種族競爭的社會達爾文主義在「科學」的支持下更加令人信服。

由自然科學家發揚的種族主義的意識形態，也滲透在19世紀以來有關中國國民性的大眾化寫作當中。德庇時在《中國人》中認爲，歐洲人對中國人

〔註2〕轉引自雷蒙·道森：《中國變色龍》，時事出版社，海南出版社1999年版，第284頁。

〔註3〕格力高利·布魯：《「中國」與近代西方社會思想》卜正民，格力高利·布魯主編《中國與歷史資本主義——漢學知識的系譜學》，新星出版社2005年版，第96～100頁。

的體貌特徵印象一直被奇怪地誤導。他以南方人爲對象描述了中國人的體貌特徵，「生活在南方的中國人的體貌特徵，不如生長在北方的中國人，更具韃靼人面部所有的突出的棱角，那些不經常做室外活動的人們，其面部的膚色與西班牙人和葡萄牙人的白皙相比，完全相同。」〔註4〕德庇時的描述並沒有明顯的貶義，只是證明了中國人並沒有歐洲人想像的那樣奇異。如果體貌特徵無關緊要，那麼關於種族的智力則關係到中國人種「質」的問題。19 世紀末有關中國人性格的描述方面影響最大的傳教士史密斯認爲，從整體上看，中國人心智混亂。「由於中國的教育局限在非常狹小的圈子裏，那些受過不完善教育的人，或者那些根本沒有受過教育的人，有許多地方說明他們是心智混亂。」「數以百萬計的人貧困而無知，如此的命運使眼界狹窄，心智也就必然會混亂，他們的處境不過是井底之蛙。」〔註5〕丁韙良聲稱中國人的心智也許會逐漸接近我們，但還是差了一截。衛三畏在《中國總論》的序言中，概括了西方人對中國人的總體印象：「中國人是一個了無興趣的、不自然和不文明的長著豬眼的民族，他們極度無知驕傲，而且幾乎是不長進的民族。」〔註6〕衛三畏承認這幾乎是歐洲人普遍的認識。從人種學的科學研究到大眾化的準人類學的寫作，中國人種的低劣是歐洲的共識，這也爲文化的落後和野蠻提供了生物學上的依據。按照優勝劣汰的自然法則，低劣的種族將最終滅絕，優秀的種族將統治這個世界，種族主義的意識形態最終爲殖民主義的擴張提供了合理性。

實際上，每個文明都有種族中心主義的幻象。馮客在《近代中國的種族觀念》中指出，在中國，「19 世紀歐洲人到來之前，一種種族意識的原初形式且已存在。」〔註7〕中國傳統的種族觀念中，中國被置於世界的中心，外圍的人群被稱爲四夷。這種觀念主要是基於文化與生理差別的區分，也是對文明的中心與野蠻的邊緣的世界格局的想像。但是，到了近代中國，這種華夏中心的幻象因爲西方的入侵而被打破，並且由於中國在西方的打擊面前節節敗退而更加徹底。近代中國，外國人常常被稱爲「番鬼」。但是，美國人亨特聲

〔註4〕約・羅伯茨編著：《十九世紀西方人眼中的中國》，時事出版社 1999 年版，第 23 頁。

〔註5〕明恩溥：《中國人的素質》，學林出版社 2001 年版，第 76～77 頁。

〔註6〕約・羅伯茨編著：《十九世紀西方人眼中的中國》，時事出版社 1999 年版，第 194 頁。

〔註7〕馮客：《近代中國的種族觀念》，江蘇人民出版社 1999 年版，第 4 頁。

稱，番鬼這一類人，到《南京條約》簽訂之日已不復存在。這個條約的生效，意味著這一類人消失了。他認爲關於「番鬼」的種種描述，也只有在公元 1640 年至 1842 年簽訂條約爲止這段時間存在過，此後會從此在地球上消失。〔註 8〕其實有關「番鬼」的描述並不會就此從中國人的頭腦中消失。亨特的敘述只是在表明一個事實，曾經一度被污蔑和野獸化的白種人戰勝了華夏中心的中國人，所以中國種族中心的幻象也應該結束了。

由於世界格局的變化，華夏中心的種族觀念被逐漸改寫，隨著進化論觀念在知識分子中的傳播，又被置於社會達爾文主義的話語系統之中。1898 年，嚴復翻譯了赫胥黎的《進化論與倫理學》，即著名的《天演論》。嚴復在其中主要闡發了斯賓塞的社會進化論思想，即所謂的「物競天擇論」。他把社會進化的思想和民族及種族的選擇和進化聯繫起來：

> 物競者，物爭自存也；天擇者，存其宜種也。意謂民物於世，樊然並生，同食天地自然之利矣，然與接爲搆，民民物物，各爭有以自存。其始也，種與種爭，群與群爭，弱者常爲強肉，愚者常爲智役，及其有以自存而遺種也，則必強忍魁桀，驕捷巧慧，而與其一時之天時地利人事最其相宜者也。〔註 9〕

嚴復認爲種族競爭是自然法則和公理，種族競爭的結果是一部分種族將會滅絕。受進化論思想的影響，種族競爭與滅絕的危機意識成爲許多知識分子的共識。康有爲認爲，人類在早期有很多的種族，由於優勝劣汰的道理，到今天存留下來的只有歐洲的白種、亞洲的黃種、非洲的黑種，以及太平洋、南洋各島的棕色人種。〔註 10〕梁啓超在環遊美國時思索著自己國家的未來，在訪問夏威夷期間，他發現原來的居民只占總人口的 1／5，那些土著，絕種之禍，即在眉睫，非洲的黑人和太平洋的褐色人種也將在數十年後，種族滅絕。〔註 11〕

種族滅絕的危機意識催生了保國保種的種族意識。面對殖民者的現實壓迫和人種論的語言暴力，無論是維新派或是革命派，都同時表達了對種族前途的信心和樂觀。首先，他們最樂意的是在新的等級分類中重新找回種族的

〔註 8〕亨特：《舊中國雜記》第一版序言，廣東人民出版社 1992 年版，第 14 頁。
〔註 9〕牛仰山選注：《嚴復文選》，百花文藝出版社 2006 年版，第 12 頁。
〔註 10〕康有爲：《大同書》，華夏出版社 2002 年版，第 144 頁。
〔註 11〕張品興主編：《梁啓超全集》（第二冊），北京出版社 1999 年版，第 1222 頁。

自信。唐才常認爲「黃白智，紅黑愚，黃白主、紅黑奴、黃白萃、紅黑散」，〔註 12〕這種種族等級分類旨在強調黃色人種是優秀的人種。鄒容認爲世界上只有黃白二種是優秀的，將成爲進化中的主角。「地球之有黃白二種，乃天予之大聰明才武，兩不相下之本質，使之發揚蹈厲，交戰於天演界中，爲亙古角力較智之大市場，即爲終古物競進化之大舞臺。」〔註 13〕值得指出的是，在種族等級排序過程中，在強調黃種人優越性的同時，又陷入了另一種種族主義的怪圈之中，白種人的優越性並沒有受到懷疑，黃色人種居中，有色人種次之的西方中心的種族主義模式基本上全部被接受下來，有色人種不斷受到貶斥。梁啓超否認了與有色人種之間的平等，「彼夫印度之不留，限於種也，凡黑色、紅色、棕色之種人，其血管中之微生物與其腦之角度，皆視白人相去懸絕，惟黃與白殆不甚遠。〔註 14〕康有爲認爲黑人「鐵面銀牙，斜頷若豬，直視如牛，滿胸長毛，手足深黑，蠢若羊豸，望之生畏」。〔註 15〕從進化論和種族主義的立場出發，在他的大同世界中，要用遷地、雜婚、改食、沙汰等方法淘汰黑色人種，只留下白人和黃人。和上述的種族序列認識不同，章太炎將世界範圍內的人種狀況納入華夷模式之中，認爲中國與西方之間種族是平等的，白種人與黃種人一樣有德性和智慧，「皆爲有德慧術智之氓」，但是，無論是在亞洲，還是歐洲和非洲都存在夷狄。〔註 16〕

在種族序列的比較中，中國人種的種種特質也逐漸被發掘出來，成了民族主義的有力佐證。1899 年，梁啓超在《論中國人種之將來》一文中，全面論述了中國人種的特質，並預言 20 世紀中國必是世界上最有勢力的人種。他認爲中國人種有四個方面的特質：一、富於自治能力。與其他人種相比，中國人幾千年來一直表現出很強的自治能力。「其在村落也，一族有一族之自治，一鄉有一鄉之自治，一堡有一堡之自治，其在市集也，一市有一市之自治，一坊有一坊之自治，一行有一行之自治。」從鄉紳到族長，從鄉紳到巡丁，從祖祠到鄉局和社學，凡此種種構成了鄉村的自治體制。如果以此作爲

〔註 12〕唐才常：《覺顚冥言內言》，文海出版社 1968 年版，第 468 頁。

〔註 13〕鄒容：《革命軍》，張枬，王忍之編《辛亥革命前十年間時論選集》（第一卷上冊），生活・讀書・新知三聯書店 1960 年版，第 668 頁。

〔註 14〕梁啓超：《論中國之將強》，張品興主編《梁啓超全集》（第一冊），北京出版社 1999 年版，第 100 頁。

〔註 15〕康有爲：《大同書》，華夏出版社 2002 年版，第 145 頁。

〔註 16〕章太炎：《訄書・原人第十一》，《章太炎全集》（三），上海人民出版社 1985 年版，第 21 頁。

基礎，採用西方的政體，必定有可驚喜的成就。二、有冒險獨立的性質。梁啓超認爲，歐洲人雄居世界，是因爲他們喜歡冒險遠遊，況且這些特點受到政府的保護和獎勵。在中國，在國家歷來禁止殖民拓荒的情形下，「而自殖民於世界，南洋英屬荷屬諸島，爲中國人最初發現者十居五六，我民與土番戰，奪其地墾而居之。」這說明中國人也具有冒險精神。三、長於學問，思想發達。梁啓超認爲，從周開始形成的諸子文化是東洋思想的淵源，可以和西方的希臘相匹配。「中國人的腦力，不讓於歐西，他日歐學入中國，消化於中國人腦中，必當更發奇彩，照耀於全世界，自成一種中國歐學，此中國人擅長也。」中國人擅長於思想學問，這是半開化的人種無法企及的。四、人民眾多，物產豐富，善經商而工價低廉，將握全世界工商大權。梁啓超認爲白種人試圖壟斷全球工業，但由於經濟競爭的大權實際掌握在工人手中。因爲人口增加的速度終究趕不上消費品增長的速度，所以勞動力處於不足的態勢。但是中國人數眾多，耐勞苦而工價廉，「以中國四百兆人之資本勞力插入全世界經濟競爭之勢，迭相補助，然後畸輕畸重之間，不至大相懸絕，而社會之危險乃可以免，此乃二十世紀全世界一大進化的根源，然則此進化之關鍵，惟我中國人種得而掌握之。」有了這四個原因，「規以地勢，參以氣運，則中國人於未來世紀必爲世界上最有勢力之人種。」〔註 17〕

以上種種以進化論爲基礎的關於中國人種優勢的論述，具有突出的民族主義特徵。然而，進化的方向體現爲帶有兩極的時間軸：進化與退化，進化與退化相反相對。在對進步狂熱信仰的同時，由於民族與種族的危機，關於種族退化和生存的問題也受到人們的注意，兩者形成了對照。《東方雜誌》18 卷 21 號有一篇題爲《民族之衰頽》的文章，作者由個體的衰老與死亡推及民族與種族，認爲從地質史上看，多數物類在地球上滅絕了，大多是笨大遲鈍的物種，種族也如個體有衰老死亡的現象。但民族的衰亡，原因並不在生理上，大部分是社會的原因造成。「蓋當文明漸進之時，社會之風俗習慣，而已脫蠻荒之習，而一面未經合理之批評與修改，任其積滯其間，有阻止之功也」，「往昔精神產物，若後世不能修進，亦能漸歸於無用，陳倉米穀，雖足以表明舊家之財產，然滋養一失，價值亦隨之而失。」作者指出，中國古代也有許多發明，如火藥、指南針，但都沒有得到很好的運用，火藥只能用來造爆

〔註 17〕梁啓超：《論中國人種之將來》，張品興主編《梁啓超全集》（第一冊），北京出版社 1999 年版，第 259～262 頁。

竹，指南針僅供勘輿家使用，眞是有負發明者。〔註 18〕周建人在《論個體與種族的衰老》一文中，也從個體論及種族的衰老，認爲進化是天演的公理，退化衰老同生物的衰老一樣也是自然的法則。種族的衰老得到了民族心理學的支持，所以顯得更加眞實自然。「民族心理學承認民族的全體與個體一般，也有青年期、壯年期、老年期的分別，一個民族的文化發展過了全期之後，或者在被壓迫之後，便出現衰老的徵象。」中國民族在歷史上有過光榮的歷史，現在卻如此萎靡不振，這是因爲太老了。周建人同樣認爲種族的衰老主要是社會學上的，社會在某一時期運用的道德、習慣、觀念之類，到另一時期便須改變，如果不改變，便發生弊病，阻礙進步，使民族呈衰老的現象，種族或因此而滅絕。〔註 19〕以上的論述都在強調社會文化變革的必要，如果不做改進，將會走向退化衰老以至滅絕。種族的退化意味著滅絕，中國無疑處於滅絕的邊緣。但種族競爭的思想又重新燃起種族生存的欲望，要麼因爲衰頹而滅亡，要麼因爲種族的競爭而使適者生存下來。進化與退化的觀念都激發了民族主義者對種族命運的關切。

二、黃禍論及在中國的反響

西方的種族主義者在貶斥中國人種低劣的同時，因爲把中國視爲潛在的威脅，於是，種族鬥爭與生存競爭中臆想的黃種人的威脅——黃禍，便成爲19 世紀到 20 世紀初很長一段時間裏流行於西方的種族主義神話。黃禍是一個由白種人構造出來的令人恐怖的黃種人的形象，並且主要是針對中國人的。無論中國的強大或衰弱，無論是優點或缺點，無論是政治、經濟、種族、文化的方方面面，都構成了威脅。對他們來說，黃種人的存在就是一種威脅，這是一套基於種族排斥而編就的話語系統。

1900 年，義和團運動在西方世界引起巨大的恐慌。赫德由此預言了中國的覺醒將是巨大的威脅：「五十年以後，將有千百萬團民排成密集的隊列，穿戴全副盔甲，聽候中國政府的號召，這一點是毫不容置疑的，如果中國政府繼續存在下去，它將鼓勵支持並且發展這個中華民族的運動，這個運動將對於世界其餘各國不是吉祥之兆。」〔註 20〕另外，19 世紀末及 20 世紀初的世紀

〔註 18〕《民族之衰頹》，《東方雜誌》第 18 卷 21 號。
〔註 19〕周建人：《論個體與種族的衰老》，《東方雜誌》第 19 卷 10 號。
〔註 20〕赫德：《論義和團運動及防止「黃禍」之策（其一）》，呂浦等編譯《「黃禍論」

之交，是一個令西方世界倍感焦慮的年代，日本人已開始現代化。1894 年～1895 年間，在瓜分中國與西方對峙中，日本露出了它的帝國主義野心。1904～1905 年日俄戰爭，黃種的日本人戰勝了白種的斯拉夫人。一個亞洲軍事強國第一次打敗了白種的斯拉夫人，整個西方爲之震驚，來自黃種人可怕的種族威脅變得更加「眞實」。中國人雖然還很軟弱，但那一時期也表現出抵抗西方的傾向。中國人的軍事能力被一再誇大渲染，在西方流行著恐怖的景象，具有巨大人數優勢的本性殘忍麻木、冷漠、對死亡無動於衷的黃種人，在更爲聰明更有紀律的日本同類的領導下將進行一場征服世界的行動。懷特・海德說：

> 自黃禍蹂躪東歐，到現在不過幾百年，有誰能擔保千百萬的中國人不會被日本的榜樣所激發，開辦軍事學校、採用現代的戰爭方法呢？可能出現某個眞正偉大的群眾領袖，把帝國的不可勝數的部隊組織起來，以便恢復它已失去的領土，我們應該記住，中國的人口並不比歐洲的全部人口少。〔註 21〕

西方認爲在將來的戰爭中，中國人將會戰勝白種人，佔領這個星球的主要地區。西方的種族主義者在貶斥中國人種低劣的同時，因爲把中國視爲潛在的威脅，於是認爲人種的某些因素具有潛在的軍事威脅。和對中國人的弱點肆意貶低形成鮮明對照，中國人被賦予了少有的生命活力。史密斯在《中國人的素質》中強調，中華民族具有很強的再生能力，對不同環境的適應能力、長壽以及康復能力，生命的活力構成了中國人其他特點的重要背景。史密斯擔心，「如果一個民族能有像中國人那樣的身體能力，就可以戰勝疾荒、瘟疫和鴉片的作用而生存下來，我們就有理由相信，單是這樣一個民族，就可以佔領這個星球的主要地區，乃至更多的地區，」〔註 22〕與其說中國人具有生命活力，還不如說中國人首先被視爲一個可能佔領全球的民族，那麼體力上的特徵便被臆想出來。美國社會學家羅斯在中國做了一年的社會調查。1911 年出版了《變化中的中國人》一書，第二章專門討論了中國人的身體素質，最後他得出結論，認爲中國人在長期而嚴酷的優勝劣汰的自然進化過程

歷史資料選輯》，中國社會科學出版社 1979 年版，第 148 頁。

〔註 21〕懷特海德：《論義和團後的「中國問題」與「黃禍」》，呂浦等編譯《「黃禍論」歷史資料選輯》，中國社會科學出版社 1979 年版，第 162 頁。

〔註 22〕明恩溥：《中國人的素質》學林出版社 2001 年版，第 130 頁。

中，形成了某種特殊的種族生命力或基因，一定程度上鑄就了中國人堅韌的精神。與北歐的祖先所經歷的自野蠻進入文明的歷史階段相比，中國人經歷的時間更長，優勝劣汰的程度更嚴格。這種自然選擇的結果，反而增加了他們受傷後復原的能力，抵禦疾病傳染的能力，以及適應不衛生的生活環境和生活條件的能力。羅斯認爲中國人體格堅韌的性格蘊藏著軍事的潛力，對西方人來說，是極其不利的。他擔心在殘酷的戰鬥中，中國軍隊會給裝備精良的白種人帶來致命的打擊。「雖然今天的人們不會去打一些毫無準備的戰爭，但是，如果物資供應短缺，生活條件艱苦的情況下，士兵們會長期處於睡眠不足，疲憊行軍，風餐露宿，飲用水短缺，焦躁不安的狀況，白種人更容易喪失戰鬥力。假若遇到白刃戰，頑強的中國人即使在技術上稍落後於白種人，仍然能夠戰勝忍耐力較差的白種軍隊。」〔註 23〕史密斯和羅斯都強調中國人身體中潛在的軍事威脅。

除了軍事上的黃禍，他們還預言由於中國人的樸素、馴良、聰明、儉省、勤勉、耐勞，可能導致一種商業上的黃禍。濮蘭德認爲眞正的黃禍「來自一個衰弱而混亂的中國。」〔註 24〕科士達則說：「只要種族仇恨支配著中國人，世界和平就處於危險之中。」〔註 25〕種族混血退化的理論又使他們相信和中國人通婚會造成種族退化。「中國人是劣等的種族，所以同中國人接觸就會使我們退化，並且阻礙我們的成長，或許永遠會威脅我們和影響我們。」〔註 26〕從上述形形色色關於「黃禍」的描述我們可以看出，對「黃禍」的宣揚自然可以歸之於政治、經濟和國際環境的因素，但從根本上說，主要還是文化與種族方面的原因。白人種族及其文明固有的優越性是黃禍論的重要前提。他們認爲亞洲人可能擁有數量，但是基督教世界擁有質量，從道理上講，應該是質量居上。亞洲人及其文明是可鄙的和低劣的，由他們來統治這個世界，將是一場災難。再者，由於基督教世界用武力贏得了世界範圍的霸權，這種霸權也應當用武力來保持，而不允許反抗。正如馬漢所言：「一個由我們提供

〔註 23〕E・A・羅斯：《E・A・羅斯眼中的中國》，重慶出版社 2004 年版，第 29～30 頁。

〔註 24〕濮蘭德：《論「黃禍」之有無》，呂浦等編譯《「黃禍論」歷史資料選輯》，中國社會科學出版社 1979 年版，第 182 頁。

〔註 25〕科士達：《論中國人的所謂種族仇恨》，呂浦等編譯《「黃禍論」歷史資料選輯》，中國社會科學出版社 1979 年版，第 201 頁。

〔註 26〕《皮克斯利的證詞（1876 年 10 月 28 日）》，呂浦等編譯《「黃禍論」歷史資料選輯》，中國社會科學出版社 1979 年版，第 34 頁。

的物質利益所豐富和加強，但在使用這些物質利益時，並不受對我們的精神力量的任何清楚和瞭解所控制的中國，對我們自己和它自己危險就大得沒有止境。」〔註 27〕有關「黃禍」的話語是一種典型的東方主義，是西方殖民主義者在殖民擴張過程中，爲了維護自己既有的勢力地位，傳播基督教文明而製造出來的藉口和措辭，是殖民主義者在武力的現實之外編就的知識霸權。他們建立了一種必須由高貴的白種人來統治這個世界的謊言，劣等的種族不是被控制就是被消滅的對象，超出白人控制的世界，在他們看來是無法想像的，不可思議的。

歐洲種族主義的黃禍形象在中國激起了不同的反響，可以說都是出於民族主義的立場，卻表現爲不同的面相，這是饒有意味的事情。如果說黃禍是西方種族主義者帶有污蔑性的稱謂，但這一稱謂卻被接受和承認，內化爲自我形象的一部分，成爲民族抵抗的力量。黃禍預言了黃種人的威脅和侵略的可能性，民族主義者則從這一形象中找到了種族復興的希望和力量，世界歷史被描述爲黃白兩種鬥爭的歷史。「白人文化武力，萬非黃人所及，然優劣勝敗之終局，吾究未敢預決」。作者認爲，從歷史的發展看，種族鬥爭往往呈現爲更迭衰替的過程，「夫黃人之戰勝白人，自蒙古爲新勝之國外，其他如月氏，其他如匈奴，如柔然，如突厥，則皆殘敗之餘也。」〔註 28〕種族鬥爭的歷史證明，最終黃色人種的武力勝過白人，日俄戰爭也成了中國人可以興起的證明。除了在黃禍形象中發現民族鬥爭的力量之外，有人還把黃禍和政治與社會的變革相提並論：

> 雖然，吾國而終古不振，長此雌伏也，則亦已耳，使德皇之言，不幸而中，而猶有雄飛宇內之期，終有賴於勇健活潑之民氣矣。吾國民氣，方始萌芽，偭規矩而越範圍，斯固事之所不能免，惟恃在上者有以化其偏頗，而納之軌物，不必因噎廢食，抑制而摧折之也。奚以化其偏頗？則普及教育是也，奚以納之軌物，則早開議會是也。教育之事，委曲繁重，且非本論之所範圍，且今略而弗論。若夫開國會以通輿論，此眞今日外交之後盾，而轉弱爲強之機要，未可更

〔註 27〕馬漢：《論中國物質發展方面近代化的危險及美國爭奪在華勢力應採取的方法（其二）》，呂浦等編譯《「黃禍論」歷史資料選輯》，中國社會科學出版社 1979 年版，第 198 頁。

〔註 28〕《歷史上黃白兩種之競爭》，《東方雜誌》第 3 卷 13 號。

淹之歲月者矣。〔註29〕

對黃禍的反應也表現為同文同種的種族認同，即中國人與日本人聯合的泛亞洲主義。黃遵憲在美國經歷了種族歧視與激烈的反華人情形之後，認為五大洲的和諧不可實現，黑種人與紅種人已被白種人羞辱，現在白種害怕黃禍，黃禍就是亞洲人。黃試圖用同文同種在中國人和日本人之間建構一種虛幻的血肉聯繫，在他看來，日本人是漢人的後代，並對他們忽略不提中國祖先而加以指責。〔註30〕清朝駐意大利的公使1909年在奏摺中提出，中國應該在同種問題上多加考慮，「黃禍說，遂遍於歐美，適日俄交戰，而又黃勝白敗，而東方更為所深忌，同種不同種之嚴如此，臣願我國亦於同種上再三加意。」〔註31〕梁啓超也曾受同文同種的泛亞洲主義的影響，在《清議報》中介紹泛亞洲主義，建議「發明東亞學術，以保存亞粹」。然而他很快就認識到這一觀念的虛幻性，所謂亞洲主義只是從屬於日本的軍事擴張。此後不到一年，在《清議報》出第一百期的時候，泛亞洲主義的原則不再提起。

無論是把黃禍作為民族獨立的希望與力量，或者是泛亞洲主義同文同種的虛幻的亞洲認同，其實都是以「黃禍」的眞實性為前提，這一逆轉性的接受並沒有逃出種族主義的話語系統。諷刺的是污蔑成了自豪的理由，威脅的恐怖成了力量與能力的證明。對黃禍論的批判方面，孫中山和魯迅非常具有代表性，他們都有力地反駁了西方種族主義話語的東方主義性質，表達了民主主義的民族主義立場。孫中山從政治、經濟和民族性三個方面批判了黃禍的謬誤。他認為從政治上講，「一國是否應該希望一國衰亡呢？」這樣的政治觀念不僅本身是錯誤的，即使在道德上也站不住腳；從經濟的觀點看，中國人的覺醒以及開明政府的建立，不但對中國人對全世界都有好處，全國即可開放對外貿易，鐵路即可修建，天然資源即可開發，人民即可日漸富裕，他們的生活水準即可逐漸提高，對外國貨物的需求即可增多，從而國際商務會逐步提高；另外，從中國人的本性看，是一個勤奮、和平和守法的民族，絕不是一個好侵略的種族，如果他們確實進行戰爭，那只是為了自衛。〔註32〕

〔註29〕《讀西人黃禍說感言》，呂浦等編譯《「黃禍論」歷史資料選輯》，中國社會科學出版社1979年版，第395頁。

〔註30〕黃遵憲：《人境廬詩草箋注》，上海古籍出版社1981年版，第238～239頁。

〔註31〕《清駐意大利公使錢恂論德皇之黃禍圖》，呂浦等編譯《「黃禍論」歷史資料選輯》，中國社會科學出版社1979年版，第396頁。

〔註32〕孫中山：《中國問題之眞解決》，《孫中山選集》，人民出版社1981年版，第67頁。

孫中山既批評了西方種族主義的謬誤，也表達了民族獨立與發展的合理性。

魯迅在東京留學期間，「黃禍」一詞也正在東京的中國留學生中間廣爲傳播。對大多數具有民族主義情緒的留學生而言，黃禍反而成了他們引以自豪的事情。歷史被宣揚爲種族鬥爭的競技場，黃種人主宰世界的神話甚囂塵上。魯迅批評了「愛國志士」接受黃禍的方式，同時闡明了民族自由的原則與立場：

> 故總度今日佳兵之士，自屈於強暴久，日漸成奴子之性，忘本來而崇侵略者最下，人云亦云，不持自見者上也。間亦有不隸二類，而偶反其爲人類前之性者，吾嘗一云見於詩歌，其大旨在援德皇威廉二世黃禍之說以自豪，厲聲而嗥，欲毀倫敦而覆羅馬，巴黎一地則以供淫遊焉。倡黃禍者雖擬黃人以獸，顧其烈未至於此矣，今茲敢告華士壯者曰：勇健有力，果毅不怯鬥，固人生宜有事，特此則以自臧，而非用以搏噬無辜之國。使其自樹其固，有餘勇焉，則當如波蘭武士貝謨之輔匈牙利，英吉利詩人裴倫之助希臘，爲自由張其元氣，顛僕壓制，去諸兩間，凡有危幫，咸與扶掖，先起友國，次及其他，令人間自由具足，眈眈晰種失去臣奴，則黃禍始以實現，若夫今日，其可收豔羨強暴之心，而說自衛之要矣。嗚呼，吾華土亦一受侵略國也，而不自省乎。〔註33〕

魯迅主要批評了一些人豔羨強暴的心理，他指出中國也是一個受侵略國的事實。如果有所謂「黃禍」，也只能說是自衛。1933年，魯迅再次撰文批判了西方的黃禍論和中國人接受黃禍的喜悅心態。縱觀魯迅前後的批判，他的理念是一貫的。首先，他認爲黃禍論是一種種族主義的排斥思想，和自由平等的原則是相違背的。其次，他關注最多的是中國人自己的喜悅心態和中國在國際關係中的地位與現狀之間的悖論。他指出如果有人喜滋滋地準備去做歐洲的主子，中國人有可能會被西方所利用，而被奴役的處境並沒有改變多少。「黃禍可以轉而爲福，醒了的獅子也會做戲的，歐洲大戰時，我們有替人拼命的工人，青島被佔了，我們有可以倒提的孩子。」魯迅對中國及中國人的尷尬處境給予了諷刺。再次，魯迅一直持守民族獨立的原則與立場。「但倘說，二十世紀的舞臺上沒有我們的份，是不合理的。」〔註34〕

〔註33〕 魯迅：《破惡聲論》，《魯迅全集》第8卷，人民文學出版社1981年版，第33～34頁。

〔註34〕 魯迅：《黃禍》，《魯迅全集》第5卷，人民文學出版社1981年版，第336～337頁。

一個世紀已經過去，人種優劣的科學主義的意識形態，已經被扔進了歷史的垃圾堆，不值一提。種族主義也已得到了有力的遏制，但不能說已經完全銷聲匿跡了，時至今日，它的幽靈仍然在人間游蕩。而黃禍論也不時的以其他的形式借屍還魂，「中國威脅論」的論調也許是他陰魂不散的明證。

第二節　民族文化認同的策略與矛盾

截至 19 世紀中葉之前，西方對中國的認識也經歷了一個「變色龍」般變化的過程。從 13 世紀馬可·波羅的遊記所描述的富足而繁榮龐大的帝國開始，在以後的幾百年間，中國一直是歐洲人心目中的烏托邦。16 世紀耶酥會傳教士的報告給中國的強大和政治的修明以極大讚美，歐洲的思想家把中國的政治制度譽爲人類精神所能夠設想出的最良好的政府，他們對據說在中國存在的宗教寬容也推崇備至。從 17 世紀開始，中國的器皿、絲綢及藝術品開始進入歐洲中上層社會的日常社會，這一切最終都促成了 18 世紀中葉的「中國熱」。然而，就在「中國熱」風靡歐洲的時候，也出現了一些對中國表示否定的聲音，孟德斯鳩批評中國是十足的專制政體，英國的笛福在 1719 年出版的長篇小說《魯濱遜漂流記》中，把中國人描寫成了一個「可悲的民族」。如果 18 世紀關於中國的形象還是毀譽參半，那麼，19 世紀隨著工業革命的開始，西方與中國的關係也翻開了新的一頁。爲了擴大海外市場，進行殖民活動，西方人對中國的主導觀念也發生了變化，他們不再引用伏爾泰的讚語了。1792 年馬戛爾尼伯爵率領使團前往中國，這次使團的主要目的是與中國建立外交關係，希望獲准進入中國其他口岸，這次訪問的徹底失敗使他們相信，中國最終將被迫改變對西方的態度。鴉片戰爭的失敗使中國軍事、政治、經濟上的虛弱暴露無遺，這場戰爭使西方人意識到「中央王國」並不像他們相信的那樣不可動搖，凝固且毫無生氣，與歐洲蓬勃發展的資本主義相比，中國已明顯落在了後面。

「1840 年也是西方人舊的中國觀念瓦解，新的觀念認識形成的一個轉折點。」〔註 35〕歐洲中心成了他們看待其他民族和文化的基本的方法與態度。中華民族被普遍認爲是一個墮落的、不道德的民族，他們是世界上最邪惡的

〔註 35〕M·C·馬森：《西方的中華帝國觀（1840～1876）》，時事出版社 1999 年版，第 1 頁。

人。衛三畏在《中國總論》中指出，中國應該被視爲「中間王國」，因爲中國人在文明與野蠻之間佔據中間的位置，這個帝國早就處於停滯的狀態，社會的智力已經停止了若干個世紀，在這種狀態下，進步是不可能的。他們目前的地位，就知識和文明的程度而言，不僅遠遠落後於西方世界，事實上並不比一千年前進步多少。〔註 36〕面對西方殖民主義東方主義的國民性論述，在接受了民族主義思想的人們那裡，激發了自我改造的熱情，他們相信沒有現代意義上的「新民」誕生，也就不會有現代意義上的國家，從而對抗帝國主義時代的弱肉強食。可是，面對充滿了偏見和誤解的中國國民性的描述，也激起了一部人辯護的熱情，努力試圖破除西方的偏見，把一個正面的中國與中國人的形象介紹給歐洲。陳季同和辜鴻銘就是其中的代表，他們的著作分別用法文和英文寫成，主要讀者也是外國人。陳季同 1874 年至 1891 年在歐洲生活十多年，《中國人自畫像》(1884)《中國人的快樂》(1890)《吾國》(1892)是他向歐洲介紹中國政治與社會風俗的代表性作品，辜鴻銘的代表性作品是 1915 年出版的《中國人的精神》。

一、努力破除西方的偏見

陳季同和辜鴻銘爲了破除西方關於中國國民性的偏見和錯誤，他們做出了種種努力。西方人對中國的語言頗有微詞，認爲它是世界上最難的「語言」。馬森曾經概括了那個時代西方對漢語的基本看法：

> 19 世紀以來，歐洲人認爲漢語有明顯的不足之處，它的語法極其有限，沒有規則，字形變化無常，或者說膠著現象較多，在一個句子中，字與字之間的聯繫是由它們在句子中的位置確定的。漢語的另一個缺陷是時間表達上的模糊性，它們應當用許多詞匯來表達過去、現在或將來時態，但是漢語寫作者們爲了表達的準確性，拋棄了他們自認爲不必要的詞匯，特別是那些指代時間的詞匯。對漢語的許多優點極爲推崇的多馬斯・當東認爲，漢語缺乏邏輯上的精確性和歸納推理。英國記者柯克把它説成是世界上某個民族發展起來的最複雜、最難懂的、最笨拙的思維工具。〔註 37〕

〔註 36〕轉引自 M・C・馬森：《西方的中華帝國觀（1840～1876）》，時事出版社 1999 年版，第 113 頁。

〔註 37〕M・C・馬森：《西方的中華帝國觀（1840～1876）》，時事出版社 1999 年版，第 256 頁。

很明顯，對漢語的種種認識以西方的表音文字系統為準繩，而漢語作為表意的文字系統無法被納入他們的文字系統，所以，這種以西方的尺度來衡量中國語言的做法很不公正。陳季同批評了歐洲語言中心的偏見，認為不同的民族有不同的語言，它們都形成了自己的特點和歷史，中國的書面文字比荷馬史詩還要早兩千年，並且漢字作為表意的文字，也有許多的優點。「每個字幾乎都是一幅標誌某種意義的微型圖畫，這些在各個方向上相互交叉的線條筆劃，有曲有直，粗細相間，表達了豐富多彩的思想，是完美的藝術品。」〔註38〕辜鴻銘也為漢語難懂的問題進行辯護，他認為漢語難懂不是因為它複雜，「難在深奧，難在能用簡明的語句表達深沉的情感，漢語難懂的奧秘也正在這裡。」因為「漢語是一種心靈的語言，一種詩的語言，它具有詩意和韻味，這便是為什麼即便是古代中國人的一封散文體短信，讀起來也仍然是首詩的緣故，所以要懂得書面漢語，尤其是我所謂的高度優雅的漢語，你就必須使你的全部天賦，心靈和頭腦、靈魂與智慧的發展齊頭並進」。〔註39〕

西方對中國人的指責，論及較多的是棄嬰問題。通常認為中國殺害嬰兒的行為屢見不鮮，他們強調這種事情在中國比世界上任何其他地方都普遍，同時，把這一違背自然的行為歸之於殘忍無情的民族特性。棄嬰的現象在當時確實存在，原因主要是極度的貧困和重男輕女的傳統習俗，並非什麼殘忍的民族特性。陳季同針對西方人的指責，介紹了中國社會養育孩子的真實狀況，以及中國法律對棄嬰行為的懲罰。他認為中國人與後代之間的關係是非常親密的。關於棄嬰問題，英國傳教士麥華陀在《在遙遠中國的中國人》一書中，對這一現象有較為公允的認識與評論：

> 多數英國人認為中國是一個殺害嬰兒的民族，這主要是因為那些好奇的觀光客，甚至那些謹慎的旅行家帶回的故事，這些故事說的也許是聳立在諸城鎮邊上的『孩兒塔』，池塘和溝渠裏那些可疑的小包裹，說的是沿街收拾棄嬰屍首的馬車，還有擺陳在野地裏的小棺材等等，這無疑會引起他們的注意。但如果語言過關，這些留意者也許會去問問中國人，他們是怎樣或為什麼用這種方式處理死者遺體。如果他們這麼做的話，他們將會明白這些遺棄物絕不都是，甚至大多數都不是被遺棄和被殺死的嬰兒。中國人認為小孩子不到

〔註38〕陳季同：《中國人自畫像》，貴州人民出版社1998年版，第41頁。
〔註39〕黃興濤等譯編：《辜鴻銘文集》（下），海南出版社1996年版，第94頁。

> 一定的年齡便不能有正式墳冢。大多數情況下，事實並非如人們所說的那樣非此即彼，走向兩個極端，而是居中，有些城市和地區有殺死的習俗，我認爲同某些歐洲城鎮盛行的陋習相比，在大多數城市裏這種行爲並不算什麼，害處也並不比歐洲大。〔註 40〕

麥華陀對棄嬰現象的認識，有兩點是值得注意的，一是這些棄置的嬰兒大多數並非是被遺棄或被殺害，而是夭折。另外，如果能從這一現象可以看出某個民族的特性來，就是他們處理這件事情的方式——沒有爲孩子造的墳冢，並不是什麼殘忍的民族特性。

近代以來男人在婦女問題上所持的立場，也被看作是性格的標誌。一般認爲女性在社會中的狀況都是一條合適的公正的標準，能反映那個國家達到的文明程度。當把這個標準用於中國的時候，中國則被列爲等級很低的國家。因爲，在中國，「婦女們總是被各種各樣的法規戒律、遺風陋俗所束縛和限制，不能越雷池一步，他們沒有受教育的權利，得不到社會的認可，至多不過是比僕人的地位稍高一些的人物。」〔註 41〕在西方人的想像中，中國的婦女是可憐的生物，他們幾乎不能走路，身邊只有傭人和小妾。在當時的中國，婦女的地位確實比較低下，也有許多的戒律和束縛。但是西方的錯誤在於他們把中國的婦女當成愚昧古怪的生物，認爲她們默默無聞，到人間來只是爲了生兒育女。陳季同批評了把中國婦女非人化的傾向，認爲在對中國婦女的認識方面存在著錯誤的誤解，中國的婦女不但能走，而且能跑。「中國的婦女有其獨特之處，雖然有別於西方婦女，但他們畢竟也是女人，有著無法言傳的全部女人的特點，二者之間儘管存在細微的差別，但都是夏娃的女兒。」〔註 42〕

對一向備受指責的納妾制度，陳和辜都做了辯護。陳季同把中國的妾和歐洲的情婦相比較，認爲歐洲把私生子拋向社會，使他們身上帶著無法抹去的污點，無依無靠，這種罪惡比納妾制度的殘忍更加深重。他解釋說，納妾是因爲中國的社會制度關注下一代的前途，非婚而生的孩子散居在外便違背了傳統的習俗。辜鴻銘也通過中國和歐洲的比較，試圖證明納妾比歐洲在道

〔註 40〕約・羅伯茨：《十九世紀西方人眼中的中國》，時事出版社 1999 年版，第 111 頁。

〔註 41〕何天爵：《眞正的中國佬》，光明日報出版社 1998 年版，第 60 頁。

〔註 42〕陳季同：《中國人自畫像》，貴州人民出版社 1998 年版，第 33 頁。

德上更具優越性。他認爲那些歐洲人從馬路上撿回一個無依無靠的婦人供自己消遣一夜之後，又將其重新拋棄在馬路上更加自私和不道德。他還有一個奇怪的理由：「正是中國婦女的那種無私無我，使得納妾在中國不僅成爲可能，而且並非不道德。」〔註 43〕陳與辜的辯護儘管在破除歐洲的偏見和錯誤觀念方面做了一定的努力，揭示了部分眞相，但對中國確實存在的陋習並沒有引起他們的反省。對婦女的纏足，並不認爲這一陋習確實對女性的身體造成了損害，應加以廢止；對納妾制度，主要是通過和歐洲的比較表明其道德性，認爲納妾是爲了家族的人丁興旺，而辜的說法更有些強詞奪理。

西方關於中國國民性的論述除了在某些主題或細節上存在著偏見和錯誤的認識之外，主要在於它的東方主義性質。薩義德認爲東方主義首先是一種思維方式，「在部分時間裏，東方和西方是相對而言的，東方學的思維方式即以二者之間這一本體論和認識論意義上的區分爲基礎」。「歐洲文化正是通過這一學科，以政治的、社會學的、軍事的、意識形態的、科學的以及想像的方式來處理——甚至創造東方的」。〔註 44〕陳季同發現歐洲在關於中國的問題上，常常會荒誕不經，那些描述中國的書籍，把中國人往往看作是類人的動物，他們早已經在中國與歐洲之間劃出了一道界限，對中國的知識大多都來自於想像和偏見。陳季同顯然已意識到了這種東方主義的思維方式，也爲此感到困惑：

> 人們可能把中國人想像成了一種被馴化了的類人動物，在動物園裏表演著各種滑稽動作，他們總喜歡將我們置於幻燈之中，我們完全瞭解這種通常都伴隨著展覽的所謂眞實描繪意味著什麼，在展覽中，中國人的形象大如屏風上面畫著的人物，小如糖漿上浮著的梅乾，這就是四萬萬中國人。〔註 45〕

在他看來，那些所謂遊記的生產方式更是令人難以容忍。「沒有什麼東西比旅行筆記更不完備和不可靠的了，對旅行者來說，第一個遇到的傻瓜往往就代表了一個民族的眾生相，一個失去了地位的流浪者的一番談話，很可能被當作寶貴的資料，他還可能會替一名不滿、懷疑和詆毀本階級的失意者發洩自己的私憤，所有的這些筆記都將因此受到致命錯誤的歪曲和污染，毫無眞實

〔註 43〕黄興濤等譯編：《辜鴻銘文集》（下），海南出版社 1996 年版，第 77 頁。
〔註 44〕薩義德：《東方學》，生活·讀書·新知三聯書店 1999 年版，第 3～4 頁。
〔註 45〕陳季同：《中國人自畫像》，貴州人民出版社 1998 年版，第 3 頁。

與準確可言。」〔註 46〕並且實際的情況常常是，旅行尚未進行，而書已經寫好。原因很簡單，旅行的目的就是為了出書，只求弄出 300 頁的印刷品，管它眞實不眞實。相反，為了好賣，其中必須摻些調味的佐料，諸如奇聞、恐怖、社會罪惡、惡意的誹謗或令人作嘔的細節。陳季同揭露了歐洲的東方主義和功利主義行徑。

把東方作為西方的對立面本質化，並加以貶低是東方主義一貫的做法。亞歷克西斯在《遠東：它的歷史問題》中寫道：「全部問題的癥結，在於鑒別那東方精神的眞正本質，東方人觀察事物不僅與西方人有不同的立場，而且他的整個思維途徑和推理方式也與西方不同，那種根植於亞洲人中的獨特的感知，同我們所賦予的感知正相違反。」對這種極端地誇大中西方的差異將其本質化的行為，辜鴻銘給予了有力的嘲諷，「在中國，一個讀過上述引文中最末一句的英國人，假如他聽從了邏輯不通的亞歷克西斯先生的勸告，那麼他想要一張白紙的時候，將不得不對他的兒子說，孩子，去給我拿一張黑紙來。」〔註 47〕當然，辜氏也承認東西方的差異，但他認為東西方之間的問題是一個 a＋b＝c 式的方程式，它的解答非常複雜和困難，因為存在著許多未知數，不僅東方的孔子、康有為先生和端方之間有著不同的理解，而且在西方的莎士比亞、歌德、約翰・史密斯也存在差別。實際上的情況是當你專門解答 a＋b＝c 的方程時，你將發現在東方的孔子和西方的莎士比亞之間，只存在著微乎其微的差別，而倒是在西方的理雅各博士和西方的阿瑟・史密斯牧師之間，反面存在著大量的不同。辜氏用方程式的比喻旨在說明東西方的差異並非如某此東方學家的所認為的東西是不可逾越的鴻溝，其實就如方程式一樣充滿了無數的可能性，所以他諷刺說，今天都是一些並不眞正懂得 a＋b＝c 這樣的代數的約翰・史密斯，他們只具有 2＋2＝4 這樣的算術型智商。辜鴻銘尖銳地批評了西方對東方的偏見和根深蒂固的思維方式，認為必須拋棄關於東方本質的論調。

薩義德指出東方主義不僅在於它是一種思維方式，而且它還體現了一種權力關係，它是一種「對有關東方的觀點進行權威裁判，對東方進行描述、教授、殖民統治等方式來處理東方的一種機制，簡言之，東方學是西方用以

〔註 46〕陳季同：《中國人自畫像》，貴州人民出版社 1998 年版，第 4 頁。
〔註 47〕黃興濤等譯編：《辜鴻銘文集》（下），海南出版社 1996 年版，第 103 頁。

控制、重建和君臨的一種方式」。〔註 48〕因此，有關國民性的論述實際在為帝國主義的殖民侵略提供理論的支持。在西方人討論中國國民性的著作中，影響最大的是阿瑟・史密斯的《中國人的素質》，史密斯是一個具有在中國工作經歷的傳教士，這本書比較系統地討論了中國的國民性，作為關於中國人本性的一些廣泛觀念的來源，在許多年中一直是一部標準的著作。史密斯在序言中曾經說，他的文章的宗旨，並不是一個傳教士的觀點，而是展現了一個不帶任何先入之見的觀察者的所見所聞，由於這個原因，沒有提出任何關於中國人的素質可以用基督教進行改造的結論。實際上，史密斯的描述並不是什麼客觀的觀察，在他的著作中，也許有些許微弱的尊敬感，但是最終幾乎完全被浸沒在惱怒和憤怒彌漫的情緒之中。主要是針對不可理解的邪惡和惡劣性格的憤怒，以及中國人行事方式和性格的迷惑。從一些章節的標題可以看出這種情緒如何主宰了史密斯的整個敘述：漠視時間，漠視精確，天性誤解，拐彎抹角，柔順固執，心智混亂，麻木不仁，缺乏公共精神，缺乏同情，互相猜疑，言而無信等等。史密斯看法的基調是厭惡和悲哀，是沮喪和憤怒，認為這是一些剛愎自用、懈怠、難以對付的人。最後他得出的結論是：他們的優秀品質絕不會占主導地位，除非他們最終使他們自己徹底地採納這些外國人帶來的福音。因為中國的每一個個人，每一個家庭以及社會，都需要一種新的生活。我們發現，中國的各種需要只是一種需要，只有基督教文明，才能永恆而又完整地給以滿足。〔註 49〕所以他首先違背了自己標榜的所謂客觀立場，對中國人的性格做了權威的裁定，同時，與其說他要指出其中的缺陷，還不如說這些論述成了他向中國教授基督教的理由和方式之一，史密斯的論述實際上是近代殖民主義權力話語的一個標本。

辜鴻銘對殖民主義的東方主義的權力話語給予有力批評。他揭示了關於中國國民性的知識實際是建立在中國與西方不平等的權力關係之上，關於中國的知識和態度是帝國主義和殖民主義用以控制中國的事實。在《約翰・史密斯在中國》一文中，他主要批評了史密斯的《中國人的素質》這本著作，在中國，約翰・史密斯們極想成為凌駕於中國人之上的優越者，而阿瑟・史密斯牧師則為此寫了一部書，最終證明他們確實比中國人優越得多，於是阿瑟・史密斯牧師自然成為約翰・史密斯非常親愛之人，《中國人的素質》也就

〔註 48〕薩義德：《東方學》，生活・讀書・新知三聯書店 1999 年版，第 4 頁。
〔註 49〕明恩溥：《中國人的素質》，學林出版社 2001 年版，第 293 頁。

成了約翰・史密斯的一部聖經。〔註 50〕約翰・史密斯也就是那些在中國的英國人，或者可以指所有在中國的其他國家的殖民者。在辜鴻銘看來，《中國人的素質》是殖民主義的產物，無疑爲殖民主義的殖民擴張提供了知識上的證據。無論是那些研究中國或者是在中國的外國人，必須拋棄那種凌駕於東方之上，試圖用西方的觀念改造控制中國的態度和做法。

二、理想化的中國和中國人形象

陳和辜爲中國國民性做辯護，批評東方主義的同時，也致力於向西方展示一個正面的中國和中國人形象。陳季同的《中國人的自畫像》《吾國》《中國人的快樂》三部著作，主要介紹了中國的政治和社會習俗，目的是向西方展示一個「眞正的中國」。陳季同以「風俗」作爲敘述的對象，他相信風俗代表了對以往歷史的總結，是經過漫長的歲月累積的結果，要想理解這些風俗，就應該去瞭解傳統漫長的歷程，由此才能看出這個民族的特性。因此，他總是從中國社會生活的日常習俗出發，以此來表現中華民族的性格。在《中國旅行記》的演講中，他引導聽眾從沿海到內陸以旅行的方式對中國的社會生活做了全景式的描繪。主要對內陸農村的田園風光作了細緻的描繪，突出了一個個富足祥和而平靜的社會生活場景，尤其是一個農家的晚餐，更是極盡豐盛之能事。對中國農民餐桌的豐盛的描寫，顯然是爲了反駁西方人關於中國人食物古怪的偏見。對中國歡快風俗的介紹，集中在《中國人的快樂》一書中，描寫了一系列的儀式、節慶和各種遊戲活動。陳季同在描述這些日常習俗時，總會引述一些詩篇佳句，渲染出一種詩情畫意交相映襯的生活氛圍，給中國人的生活賦予藝術化的特點。

陳季同認爲在中國的政治與社會家族生活中，五倫即忠君愛國、尊敬父母、夫妻和睦、兄友弟恭、朋友相信構成了基本的原則，這些原則是經過數千年來漫長艱苦的努力創造的一系列信條，非常能體現出這個民族的特性。這些信條爲我們民族的幸福命運提供了保證，使我們民族在艱難的精神和肉體需要方面得到滿足，使我們在勞動中獲得和平和繁榮，它們保證了我們國家的團結和領土的完整。他要西方人以公正的態度評價這個具有古老文明的國度，「我們三千年來的發明，我們許許多多勤勞堅韌的人民，由於無可比擬

〔註 50〕黃興濤等譯編：《辜鴻銘文集》（下），海南出版社 1996 年版，第 99～100 頁。

的長久經驗而適合我們需要的社會政治制度；由聖人撰著的經書，已成為我們民族教育不可或缺的一部分，這些書以平和、謙恭和寬容的精神教導了一代又一代的中國人，它們首要關注的是人內心的完善，在一種高尚的道德上建立中國社會牢不可破的基礎。」〔註51〕陳季同向西方介紹中國形象的時候，正如他自己已經意識到的，「在揭示眞相，拒絕趣味方面，我已經盡力了，如果有時受到論題的影響，我竟至於表現出對自己祖國的偏愛，在此請求大家原諒，請求所有熱愛自己祖國的人們原諒。」〔註52〕所謂「眞正的中國」，其實是作者理想化的結果，是和歐洲的「中國形象」互動的結果，是一個文化民族主義的產物。

辜鴻銘在《中國人的精神》中，闡發了他的「眞正的中國人」的觀念。所謂「眞正的中國人」，是辜氏自己的一個發明，並不僅指中國人的性格或特徵，因為在他看來，迄今為止，尚未有人能勾畫出中國人內在特質的整體面貌，本民族特有的賴以生存的，區別於另一民族的某種本質性特徵，尤其是現代歐美人的心靈、性情和情感，所以他又稱之為「中國式的人（chinese type of humanity）或典型的中國人」。他認為眞正的中國人給人留下的印象是「溫良」，他的身上不會有絲毫的蠻橫、粗野和殘暴的成分，當然也絕不意味著懦弱或者軟弱的服從，也不是精神頹變和被閹割的馴良。他是這樣描述的：

> 在眞正的中國式的人中，你能發現一種溫和平靜莊重老成的神態，正如你在一塊冶煉適度的金屬製品中所能看到的那樣，儘管眞正的中國人在物質上和精神上有這樣或那樣的不是，但其不足都受到溫良之性的消彌和補救。〔註53〕

辜氏認為中國人溫良的特性是同情和智慧相結合的產物，同情的智慧既不是本能，也不是推理，而是來自於同情。那麼同情的力量又來自何方呢？主要因為中國人幾乎完全過著一種心靈的生活。「中國人的全部生活是一種情感的生活，這種情感既不來源於感官直覺意義上的那種情感，也不是來源於你們所說的神經系統奔流的情慾那種意義上的情感，而是一種產生於我們人性的深處——心靈的激情或人類之愛那種意義上的情感。」〔註54〕

〔註51〕陳季同：《吾國》，廣西師範大學出版社2006年版，第16頁。
〔註52〕陳季同：《中國人自畫像》，貴州人民出版社1998年版，第6頁。
〔註53〕黃興濤等譯編：《辜鴻銘文集》（下），海南出版社1996年版，第28頁。
〔註54〕黃興濤等譯編：《辜鴻銘文集》（下），海南出版社1996年版，第30頁。

辜鴻銘認爲中國人的心腸好、重感情、語言的特點、記憶力強、重禮貌和不求精確的習慣，都是中國人過著心靈生活的有力證據。中國的語言是一種心靈的語言，所以那些生活在中國的外國人、兒童和未受教育者，學習中文比成年人或受過教育者要容易得多，原因在於兒童和未受教育者是用心靈來思考和使用語言。相反，受過教育者，特別是受過理性教育的現代歐洲人，他們是用大腦和智力來思考和使用語言。其次，中國人具有驚人的記憶力，因爲中國人用心，而非用腦去記憶，用具有同情力量的心靈記事，能夠起如膠似膝的作用，而後者是枯燥乏味的。中國的禮貌，本質上也是感情作用的結果，是體諒照顧他人感情的結果，中國人瞭解自己的這份感情，很容易將心比心，推己及人，顯示出體諒照顧他人的特性。辜氏反駁了阿瑟·史密斯的中國人缺乏精確的習慣，中國人缺乏精確性是因爲中國人過著一種心靈的生活，心靈是纖細和敏感的，它不像頭腦和智力那樣僵硬刻板，你不能指望心也像頭腦或智力一樣，去思考那些死板、精確的東西。辜鴻銘也承認因爲中國人注重心靈生活，就中國人的智力而言，在一定程度上被人爲的限制了，所以中國在自然科學和純粹抽象科學，諸如數學邏輯、形而上學方面很不發達。因爲過著心靈的生活，在目前仍是一個帶有幼稚的民族。他認爲儘管中國在許多方面尚顯幼稚，卻具有一種思想和理性的力量，這是一般處於初級階段的民族所不具備的，這種思想和理性的力量使中國人成功地解決了社會生活、政府以及文明中許多複雜而困難的問題。他反駁了中國文明發展長期停滯的說法，與其說中國的發展受到阻礙，不如說它是一個永不衰老的民族，作爲一個民族，中國人最美妙的特質就在於他們擁有永葆青春的秘密。總之，他認爲中國人最美妙的特質在於「作爲一個有悠久歷史的民族，它既有成年人的智慧，又能夠過著孩子般的生活——一種心靈的生活」。〔註 55〕辜鴻銘在批判東方主義本質論的同時，也把中國人的特性本質化了，那麼，一個民族的本質存在嗎，當時的國民性論述，對這一前提從不懷疑。其實，關於民族的自我認識，往往是參照另一民族文化建構的結果。

陳季同和辜鴻銘對中國的儒教給予高度讚揚。辜鴻銘認爲中國人的特質是中國的儒教和中國文明濡化的結果。其實中國並沒有歐洲意義上的宗教，他們便把儒學比附爲儒教。儒學的確不是歐洲人通常所指的那種宗教，但是，辜鴻銘認爲儒學的偉大之處在於儒學不是宗教，卻能取代宗教，使人們不再

〔註 55〕黃興濤等譯編：《辜鴻銘文集》（下），海南出版社 1996 年版，第 35 頁。

需要宗教。陳季同也認爲，在中國，「士」這個階層代表了文化的最高層次，它有自己的宗教，就是儒教，是孔子的哲學。辜鴻銘將儒教和西方的哲學加以比較，認爲它們的不同之處是歐洲哲人未能將其學說變爲宗教或等同於宗教，其哲學並沒有被普遍的民眾所接受，相反，儒學在中國則爲整個民族所接受，成爲宗教或準宗教，成爲許多人接受並遵守的準則。陳季同也持大致相同的看法，他認爲孔子的教義奠定了儒學的基礎，它只闡明道德準則，而不涉及人類命運和神性的純理論思辨，思想的精髓在於教化人心，「以蔚藍色宏闊無邊的宇宙拓展他的眼界，使其逐漸脫離低級趣味和庸陋之習，自身體驗一種精神、存在、思考、意欲和知識」。〔註 56〕

辜鴻銘甚至認爲儒教比歐洲的宗教更優越。歐洲意義上的宗教是教導人們做一個善良的人，儒教則教導人們做一個善良的公民，歐洲人心目中的宗教企圖使每個人變成完人，一個聖者，一個佛陀，一個天使，相反，儒教卻僅僅限於使人成爲一個好的百姓，一個孝子良民而已。兩者眞正的不同之處在於一個是個人的宗教，或稱爲教堂宗教，另一個則是社會的宗教，或稱之爲國教。他說孔子對中華民族最大的貢獻是給予了人們眞正的國家觀念，孔子正是爲了賦予人們眞正的國家觀念而創立了儒教，在歐洲，政治成了一門科學，而在孔子以來，政治則成了一種宗教，簡言之，孔子對中華民族最大的貢獻，即在於他給人們一個社會宗教或稱爲國教。〔註 57〕陳季同認爲，「孔子創立了一個連通所有良知的普通觀念，無人能逃脫它的吸引，而且沒有其他理念能代替它，每個人都無條件的接受道德世界的陽光沐浴。」〔註 58〕他們一致認爲儒教的另一個優越之處是現代歐洲宗教拯救了人心而忽略了人腦，哲學滿足了理性的需要，而忽略了心靈的渴望，而在中國，儒教則使兩者得到了很好的調節，從而避免了西方人那種心靈與頭腦衝突的煎熬，孔教則既滿足了心靈又迷住了理性。此外，辜鴻銘認爲孔子的君子之道與歐洲的道德法相比，孔子的君子之道是一種比哲學家和倫理學家的道德法遠爲深刻的法則，哲學家的道德法讓人們必須服從稱之爲理性的人性，倫理學家則讓人服從所謂的良知之性，宗教服從的是人之性，是我們必須服從的人之眞性。「孔子的君子之道則同宗教一樣，要求我們服從自己眞正的本性，這種本性

〔註 56〕陳季同：《中國人自畫像》，貴州人民出版社 1998 年版，第 16 頁。
〔註 57〕黄興濤等譯編：《辜鴻銘文集》（下），海南出版社 1996 年版，第 51 頁。
〔註 58〕陳季同：《中國人自畫像》，貴州人民出版社 1998 年版，第 18 頁。

絕非庸眾身上的粗俗卑劣之性，它是愛默生所說的一種至誠之性。」〔註 59〕

三、民族文化認同的曲折與矛盾

陳季同和辜鴻銘對中國國民性所做的辯護，理想的中國和中國人形象的闡發以及對儒教的讚美，表現出強烈的民族文化認同意識。從啓蒙主義的立場出發批判他們的保守或指責具體觀念的錯誤與否都可能顯得有失客觀公允，也不符合歷史的實際。以往的研究往往用價值判斷代替具體的歷史分析，而歷史的豐富性和複雜性則被排除在視線之外。陳季同和辜鴻銘關於中國國民性的論述，具有豐富的文化內涵和重要的歷史意義。

首先，陳和辜關於中國國民性的論述主要針對西方聽眾和社會思想，是西方國民性話語的對應物，並且和特殊的歷史語境及其氛圍緊密相關，所以，它是話語建構的結果，是一個文化民族主義的產物。他們的國民性話語實踐以文化的民族性爲前提，目的是爲了證明民族文化存在的合理性，無論是極端的辯護或是理想化的建構都是爲民族文化的生存爭得一席一地，強調民族文化之間的平等。如果看看西方關於中國的國民性論述，就會發現西方的價值與尺度成了衡量這個世界的唯一標準，充滿了對其他文化與文明的肆意攻擊、污蔑與排斥，面對西方中心主義的文化霸權，非西方世界文化存在的合理性又在那裡呢？陳季同闡明了關於「世界文化」的觀念，認爲應該充分尊重每一個民族的文化傳統，「每一個人種都有差異，因而每一個社會都有不同，但每個社會會根據自己的定義，都具備各種情感，沒有人完美無缺，只要每個人在其精神中葆有一種學習的心態就足夠了。」〔註 60〕關於民族文化平等的觀念，充分體現在他對「風俗」的民族性的獨特理解之中，他認爲人們儘管可以比較政治制度方面的特性，但最好不要議論風俗的長短，風俗儘管有好有壞，風俗作爲「地方性知識」，代表了對以往歷史的總結。「它們是所觀察地區漫長歲月代代相傳的緩慢的累積之果，要想理解這些風俗，就該去瞭解其傳統漫長的發展歷史，否則你就會像一名街頭風琴手一樣亂彈琴，你的記述也將毫無價值。」〔註 61〕他還表達了人類互相理解和交流的可能和願望，「儘管人們都遠隔天涯，但普天下的人心都是一樣的，由於自然的基礎

〔註 59〕黃興濤等譯編：《辜鴻銘文集》（下），海南出版社 1996 年版，第 57 頁。
〔註 60〕陳季同：《吾國》，廣西師範大學出版社 2006 年版，第 41 頁。
〔註 61〕陳季同：《中國人自畫像》，貴州人民出版社 1998 年版，第 4 頁。

如此之好，我們彼此之間就能相互理解，而且科學也爲我們瞭解對方創造了條件，正像我期待的，我們能夠避免戰爭及其災難性的後果，平等產生博愛，而愛又能戰勝戰爭，總之，這可能是唯一的希望和最嚴肅的保證。」〔註62〕

其次，辜鴻銘和陳季同對中國國民性所做的辯護與讚揚，與其說要顯示中國文化優越的地位，爭取平等的權利，毋寧是在抵抗殖民主義者的西方中心論和文化優越論。歐洲普遍認爲基督教文明是比遠東的儒家文明更優越更高級的文明，針對西方的傳教士把基督教文明當作唯一的道德或宗教文明標準的現實，辜鴻銘指出其實這兩種文明的目標無疑是相同的，即保證人們道德的健全和在世界上維持國民秩序。如果說歐洲古代或現代的道德文化是不錯的話，那麼可以肯定依賴於人的平靜的理性基礎之上的中國的道德文化，縱使不是一個較高層次的文明，也是一個極其博大的文明。問題是究竟有無正確與錯的絕對標準，他講了一個鄉愚進城的故事，說明把基督教和孔教分別視爲絕對的標準都是荒誕可笑的。一個鄉愚第一次進城，鄉愚見到了一頭母馬，硬說是見到了一頭母牛，城裏人說他弄錯了，並告訴他面前的牲口是母馬而不是母牛，那個鄉愚卻反駁說，我父母說它是一頭母牛，你們怎敢說它是母馬呢？在辜鴻銘看來，當傳教士告知中國的文人學士，基督教是絕對標準，或者，當中國文人學士告知基督教傳教士，孔教標準是絕對標準，他們的所作所爲就好比那個鄉愚。中國文明或歐洲文明都並非完美無缺的文明。

和文化辯護與抵抗互爲表裏的是他們對西方文明的批評。陳季同在介紹中國風俗習慣的時候，處處批評西方的風俗，抑西揚中是他一貫的論述模式。他抨擊西方文明殘暴野蠻，帶給這個世界的是劫掠和毀滅，而這種暴力性的進步最終不會勝利，人們不會接受暴力強加的東西。辜鴻銘也對那些指責中國文明自己卻迷戀於戰爭的歐洲人給予抨擊，認爲歐洲已經被軍國主義統治，他們所推行的殖民政策正在摧毀眞正的文明。値得指出的是，辜鴻銘在批評西方爲中國文明辯護的時候，前期的言論沒有後期所表現出的充分自信。早在 1901 年的《文明與無政府》一文中，他就認爲西方文明內部蘊含著深刻的危機，有賴於一種新的道德文化儒教的補救，但更多地體現爲一種客觀持重的態度。一戰爆發後，辜氏開始明確地宣揚中國儒家文化可以拯救西方危機的觀念。《中國人的精神》的寫作正値第一次世界大戰，辜鴻銘開始懷疑歐洲文明的價値和意義。第一次世界大戰給歐洲造成了巨大的災難，在宣

〔註62〕陳季同：《吾國》，廣西師範大學出版社 2006 年版，第 42 頁。

揚中國人及文化的優越性的同時，他從中國傳統文化的立場批判了西方的現代性危機，把中國文化看作是拯救西方危機的鑰匙。他認爲，在歐洲軍國主義導致了戰爭，而戰爭就意味著破壞與毀滅，這樣歐洲人民被逼迫到了絕境。如果要擺脫軍國主義，混亂將破壞他們的文明，假若他們持續軍國主義，那麼他們的文明將由於戰爭的浪費和毀滅而走向崩潰，並且即使是普魯士軍國主義眞的被搗碎了，那麼繼之而起的不過是另一個軍國主義，最終沒有辦法擺脫這樣的惡性循環。要麼是重新召回教士，喚起人們對上帝的敬畏，可是對上帝的敬畏在歐洲已蕩然無存，這就是戰後擺在歐洲人民面前的一個巨大的文明難題。辜鴻銘說：「我要喚起歐美人民注意，值此文明瀕臨破滅的關頭，在中國這兒，卻存有一筆無法估價的，迄今爲止，毋容置疑的文明財富，這筆財富不是該國的貿易、鐵路，也不是該國的礦藏、金銀或煤之類，在此，我指的是，這筆文明的寶藏，正是中國人，那擁有良民宗教且尚未遭到毀滅的眞正的中國人」，「我確信，歐洲人民於這場大戰之後，將在中國這兒，找到解決戰後文明難題的鑰匙」。〔註63〕辜鴻銘自信儒家文化可以拯救由於戰爭給歐洲造成的災難和危機。

再次，陳季同和辜鴻銘在反對歐洲中心的文化霸權和殖民主義的時候，並沒有完全擺脫歐洲中心主義和殖民主義歷史敘事的束縛，這也是他們的矛盾和悖論所在。綜觀陳季同關於中國的論述，他一再強調要用歐洲人的方式思考中國社會的風俗和習慣：

> 我打算在這本書中實事求是地描述中國，按照自己的親身經歷和瞭解來記述中國人的風俗習慣，但卻以歐洲人的精神和風格來寫，我希望用我先天的經驗來補助後天的所得。總之，像一位我所知道的關於中國的一切的歐洲人那樣去思考，並願意就研究所及，指出西方文明和遠東文明之間的異同。〔註64〕

也就是說，他雖然聲稱以一個中國人的經歷來描述中國，但用的是西方的「眼睛」。歐洲的方式體現在整個寫作中間，觀察的視點甚至評判的標準都是西方的，不過和當時西方的貶低不同，他則是一味的讚揚。辜鴻銘則把歐洲的殖民政策看作是解放人類的歷史必然：

> 歐洲這一稱著殖民政策的現代遠征，在歐洲將完成人類精神的

〔註63〕黃興濤等譯編：《辜鴻銘文集》（下），海南出版社1996年版，第24～26頁。
〔註64〕陳季同：《中國人自畫像》，貴州人民出版社1998年版，第5頁。

徹底解放，而這種人類精神的徹底解放，又終將產生一種全球性的眞正的天主教文明，這一文明不建立在一個僅僅依賴人的希冀和敬畏情緒的道德文化基礎之上，而建立在依賴人的平靜理性的道德文化基礎之上，它的法令不是出自一種外在的某種強力或權威，而是像孟子所說的，出自於人類生來熱愛仁慈、正義、秩序、眞理和誠實本性的內在之愛。〔註65〕

從中可以看出辜鴻銘完全認同殖民主義的合理性。

陳季同與辜鴻銘關於中國人和中國文化的論述，針對歐洲的東方主義話語表現出一種防禦性的姿態，當他們面對中國的歷史與現實的時候，無疑具有文化保守的品格。毋庸諱言，陳季同和辜鴻銘都是君主制度的擁護者，對中國的政治制度都持讚揚的態度，也爲殘酷的株連刑法進行辯解。陳季同在《中國的社會組織》一文中全面介紹了中國的政治、經濟、文化的各種制度，讚譽中國政治家族性特點，並沒有顧及其中專制的成分：

在我國，政治問題與社會緊密相連，而黨派問題從不介入其中，統治我們的皇帝本人光榮地聲稱自己是萬民之父，結果這個大家庭的家長擁有四億子民，在他的統治下，我們就像被監護的嬰兒，自願接受睿智的監護人的監護，他們管理我們的財產，保護我們的利益，保證我們的福利和安寧，我們把他看作是上天之子，就是說他具有任何人都無法比擬的品德，因爲知道自己的一舉一動都關係著無數子民的命運，他會爲廣大的帝國利益傾盡全力。〔註66〕

在論及政府機構組成狀況時，陳季同特別重視都察院的職能，由於受民主思想的影響，在他看來，都察院能夠體現政治平等與民主的要素，並以此讚美中國政治制度的完備。辜鴻銘也一直是君主專制制度的擁護者，認爲孔子對中國人民最大的貢獻是給予了中國人絕對的忠君原則。另外，由於對「民主」的誤解，他還得出了一個莫名其妙的結論，歐洲人所熱切希望並極力去實現的民主主義，就是我們中國兩千多年來一直保持的東西。除政治上的保守外，由於對傳統文化的偏愛，以及婦女平等、纏足、納妾等問題上都顯示出他們文化保守的性格。爲了破除西方的偏見，對中國國民性的辯解往往不惜護短，這也是後來招致批評的原因。

〔註65〕黃興濤等譯編：《辜鴻銘文集》（上），海南出版社1996年版，第181～182頁。
〔註66〕陳季同：《吾國》，廣西師範大學出版社2006年版，第3頁。

第三節　國粹：關於民族與文化同一性的思考

帝國主義殖民擴張時期，與國家之間的衝突和競爭相聯繫的是文化學術之間的碰撞和競爭，「國粹」觀念體現了對民族文化的認同與思考。「國粹」一詞，最早是從日本舶來的，它爲中國人提供了一種理論語言，用來認識談論種族文明，並用以解決中國面臨的文化上的矛盾。關於民族文化的思考與認同，在此之前，體現在「保教」運動之中。1895 至 1897 年間，康有爲在上海等地組織強學會與興學會，強調尊孔救中國。1898 年他在北京發起成立「保國會」，明確提出組織此會的目的是：保全國地、國民、國教。在保教的運動中，一方面，在中國，保教者把宗教即孔教視爲民族文化認同的主要對象，同時，在「國有與立」的認識中，宗教或文化的存亡與國家的強盛存亡聯繫在一起，康有爲說：「凡天下國之盛衰，必視其教之隆否，教隆則風俗人心美，而君坐收其治，不隆，則風俗人心壞，而國亦從亡，此古今所同軌，萬國之通義也。」〔註 67〕所以，保教的口號與保國保種往往被並列在一起，孔教的存在與否關係到種族與國家的存亡。蕭公權評述康有爲的「保教」思想時指出：「康氏雖然心儀西學，但他從不認爲中國在道德價值和倫理原理上不如歐洲，即使在科技和政府方面的確落後，他相信儒學比世界上任何其他學說優越，這是中國的傳統，其優越更加要保全，事實上這個傳統才使中國和中國民族值得保存。」〔註 68〕除維新派之外，張之洞之流也大講「保種必先保教，保教必先保國」。雖說張之洞與維新派在保國與保教的具體的取向上頗爲不同，但是面對西方政治文化的入侵，對保教與國家的關係的認識方面卻具有共同的基礎，張之洞強調：「聖人之所以爲聖人，中國之所以爲中國，實在於此。」〔註 69〕這與康有爲的「國有與立」如出一轍。無論是心儀西學的康有爲，還是中體西用的張之洞，都把孔教作爲中國的傳統加以保存，並且他們相信只有保存了傳統，才能保存民族、種族以及國家。從保教到保存國粹，體現了隨著民族危機的加深，對民族文化的思考也呈現爲整體性的觀照。

〔註 67〕轉引自楊思信：《文化民族主義與近代中國》，人民出版社 2003 年版，第 78 頁。

〔註 68〕蕭公權：《近代中國與新世界：康有爲變法與大同思想研究》，江蘇人民出版社 1997 年版，第 89～90 頁。

〔註 69〕張之洞：《勸學篇》，上海書店 2002 年版，第 12 頁。

一、國粹運動的意義及其開放性

日本的「國粹」一詞是從英文「nationality」翻譯而來，英文「nationality」一詞有「民族」、「民族性、」「民族主義」、「獨立國地位」的含義，日本的國粹主義者主要是在「民族性」的意義上使用這個詞。日本的國粹思潮從其產生的根源上看，主要是反對歐化的產物。1883 年，作爲國際社交場所的鹿鳴館建成，內外高官們紛紛而來，在這裡舉行各種舞會、遊園會，由此形成了一個「歐化」的鹿鳴館時代。主張學習西方，鼓吹全盤西化，促進社會的近代化，以至於有人公然提倡改換日本人種，廢除日本文字，改用羅馬字母。1902 年 7 月《譯書彙編》第五期上刊有《日本國粹主義與歐化主義之消長》一文，介紹了日本兩種思想對峙的情形：

> 日本有二派，一爲國粹主義，國粹主義謂保存己固有之精神，不肯與他國強同，如就國家論，必言天皇萬世之係，就社會而論，必言和服倭屋不可廢，男女不可平權等類；一爲歐化主義，歐化之者，謂文明創自歐洲，欲己國進於文明，必先去其國界，純然以歐洲爲師，極端之論，至謂人種之強，必與歐洲互相通種，至於制度文物等類無論矣。

日本保存國粹的口號是針對政府一味追隨列強的露骨媚態提出的，他們主張要以日本人的國民性的自覺，以日本歷史傳統文化的獨特性，來表現日本人的姿態和氣概。松本三之介說：「這是自維新以來，在文明開化和歐美新思想的潮流中成長起來的，新的青年一代的民族性在自己心中的覺醒，從中我們可以看到他們爲尋求民族的獨特性（identity），而自強不息的精神。」〔註 70〕

和日本的國粹主義不同，中國的國粹觀念首先在排滿革命中擔負了重要的作用。在東京中國留學生的演講中，章太炎概括了提倡國粹的意圖：「爲甚提倡國粹，不是要人尊信孔教，只是要人愛惜我們漢種的歷史。」〔註 71〕在漢族中心的民族主義的影響下，國粹派認爲，由於外族的專制不僅導致了政治上的失敗，也造成了文化上的失落。黃節認爲：「吾中國之亂，殆已久矣，棲棲千年間，五胡之亂，十六州之割，西河三鎮之亡，國於吾中國者，外族專制之國，而非吾民族之國也」，隨著中國被異族的入侵，學術文化也喪失散

〔註 70〕松本三之介：《國權與民權的變奏——日本明治精神結構》，東方出版社 2005 年版，第 112 頁。

〔註 71〕湯志鈞編：《章太炎政論選集》（上冊），中華書局 1977 年版，第 276 頁。

落了，「學於吾中國者，外族專制之學，非吾民族之學也」。〔註 72〕因此，國粹觀念體現了拯救民族身份及其文化的努力。

當然，國粹運動還有一個非常重要的層面是中西的對立。由於民族危機的逐步加深，對民族文化危機的關注和解決方案的提出顯得極爲緊迫，而文化的危機感和種族、國家的危機被有機地聯繫在一起。國粹派認爲民族學術文化是國家存在的條件，保存國粹、「古學復興」是民族國家強盛復興的條件與保證。他們相信「國於天地，必有與立，學也者，政教禮俗之所出也，學亡則國亡，政教禮俗均亡，則邦國不能獨峙」。〔註 73〕黃節認爲「立乎地圜而名一國，則必有立國之精神，雖震撼攙雜，而不可以滅亡也，滅亡則必滅其種族而後可，滅其種族，則必滅其國學而後可」。學術文化的存亡與國家種族的存亡關係，得到了世界歷史的印證顯得眞實和急迫，引人警醒。「昔者英之墟印度也，俄之裂波蘭也，皆先變亂其語言文字，而後其種族乃凌遲衰微焉，迄今過靈水之濱，瓦爾省府之郭，婆羅門之貴種，斯拉窩尼之舊族，無復有文明片影，留曜於其間，則國之學亡也，學亡則國亡，國亡則族亡。」〔註 74〕歐洲的文藝復興和日本的崛起成爲國粹論者的榜樣。「昔西歐肇跡，兆於古學復興之年，日本振興，基於國粹保存之論，前轍非遙，彰彰可睹。且非惟強國然也，當春秋之時，齊強魯弱，而仲孫謂魯未可取，猶秉周禮，是學存之國，強者可以益興，弱者亦可以自保。」〔註 75〕總之，日本的國粹論者強調國民的自覺性和民族的獨特性，主張「日本式」開化，而中國的「國粹」則要拯救保存民族文化的傳統，並與種族國家的存亡聯繫在一起，取向上的差異反映了日本和中國在近代的地位和處境。

國粹話語及其運動中的「國粹」到底包含了怎樣的內容呢？日本與中國的國粹運動對國粹具體內涵的詮釋，有很大不同。日本的國粹主義者是在民族獨特性的意義上理解「國粹」一詞，所以，他們的「國粹」重在挖掘日本的獨特性。三宅雪嶺和陸羯南都從歷史傳統追尋關於日本的獨特之處。三宅雪嶺的代表作《眞善美日本人》，開篇就談「日本人的本質」，受到斯賓塞等人國家有機體的影響，他將日本人的本質定義爲作爲歷史的有機體國家日本

〔註 72〕黃節：《國粹學報敘》，《國粹學報》第 1 年 1 期。
〔註 73〕《擬設國粹學堂啓》，《國粹學報》第 3 年 1 期。
〔註 74〕黃節：《國粹學報敘》，《國粹學報》第 1 年 1 期。
〔註 75〕《擬設國粹學堂啓》，《國粹學報》第 3 年 1 期。

的一分子，從眞善美三方面，對日本人提出了要求，主張日本人應該發揮優異的特性，以彌補白種人的缺陷，承擔起引導人類進入極眞、極善、極美的圓滿幸福世界的任務。眞就是學問論，他認爲日本是東方的亞歷山大城，日本人具有從事學術研究的能力。在當時的社會條件下，他並沒有強調爲學術而學術，主張學術應該關心與日本命運攸關的實際問題，作爲日本人應該特別研究的學術，是探究日本以及東洋的實際，以解決日本所面臨的種種問題；善是正義論，正義就是不斷要求相互之間的權力平等，而日本所缺乏的正是保持權力平等，向列強伸張正義的實力，因此，軍備擴張顯得非常重要；美是美術論，雪嶺用「輕妙」二字，對日本古來的美術作了畫龍點睛的說明，認爲日本古來的美術絕不在古希臘之下。和《眞善美日本人》相對，三宅雪嶺還著有《僞惡醜日本人》，在書中他談到，揚眞必須破僞，揚善必須除惡，揚美必須滅醜惡，對日本人提出批評。與三宅雪嶺關注歷史文化傳統不同，志賀重昂名噪一時的《日本風景論》，其大旨則是將國粹歸結爲自然法則。他說：「與環繞日本海島形成的天文、地文、風土、氣象、寒溫、燥濕、地質、水陸的配置，以及山系、河系、動物、植物、景色等氣象萬千的環境發生感應和化學反應，所謂千年萬年的習慣、視聽、經歷，使在這種環境中生息活動，耳聞目睹這環境的大和民族，在冥冥隱約之間形成和發展了一種特殊的國粹。」因此，「作爲大和民族現在、未來進行改良的標準和基礎，恰恰就是要象生物一樣順應環境，這就是國粹的眞諦。」〔註 76〕志賀重昂國粹論的理論依據是當時風行的地理環境決定論，認爲地理環境會決定或影響國民性的形成。

中國的國粹主義者將「國學」確認爲眞正的「國粹」。實際上「國學」一詞，一開始是日本本土對古代詩歌的語文學研究，以及復興作爲古道之「神道」的一種關注，它是反儒教與「唐心」的，但是中國的國粹主義者卻挪用了這一思想。〔註 77〕國粹派對國學的挪用一方面體現了對文化民族屬性的強調，主要指以漢民族爲主體的學術與文化，當然，在國學觀念中，革命理念也滲透其中，這體現在「君學」與「國學」的區分。鄧實指出：「近人於政治

〔註 76〕轉引自松本三之介：《國權與民權的變奏——日本明治精神結構》，東方出版社 2005 年版，第 21 頁。

〔註 77〕劉禾：《跨語際實踐——文學，民族文化與被譯介的現代性（1900～1937）》，生活·讀書·新知三聯書店 2002 年版，第 347 頁。

之界說，既知國家與朝廷之分矣，而言學術則不知有國學、君學之辨，以故混國學於君學之內，以事君即爲愛國，以功令利祿之學，即爲國學，其烏知國學自有其眞哉。」〔註 78〕因此，國學是按照民主政治觀念對傳統文化重新詮釋的結果。所謂「國學」就是「不以人君的是非爲是非者」，所謂「君學」就是「以人君的是非爲是非者」。鄧實認爲從秦漢以來便是君學的天下，眞正的國學只存在於秦之前，「觀周秦間大師，類能以所學匡正時君之失，裁抑君權，申明大義，無所可畏」，故「秦以前之學，無愧爲國學之眞也」。〔註 79〕黃節也主張秦漢爲「君學」確立的時代，「秦以前，君學之統未成，其時之言學者，皆能從其學爲用，聞令下，則各以其學議之，夫能出其學以議當世事，則其學非空言可比，況儒者之學，尤能裁抑君權而申大義於天下者乎。秦焚書坑儒，以吏爲師，而君學之統成，孔學之眞，掃地而盡矣。」〔註 80〕國學與君學的區分表明傳統的學術文化在清除了專制的影響之後，試圖恢復眞正民族傳統文化的努力。在傳統文化歷史的敘述中，國學只是依賴在野的一些獨立人物，憂時講學，著書立說，得以延續。

國學與君學劃清了界限，相應地諸子學也受到了重視。鄧實認爲：「本朝學術，曰漢學，曰宋學，曰今文學，其範圍仍不外儒學與六經而已，未能出孔子六經之外而更立一新學派也，有之，自今日之周秦學派始。」〔註 81〕與此同時，因爲西來的哲學也從學理上提高了周秦諸子的地位，章太炎說：「周秦諸子比那歐洲、印度，或者難有定論，比那日本的物茂卿、大宰純輩，就相去不可以道里計，日本今日維新，那物茂卿、太宰純輩，還是稱頌弗衰，何況我們莊周、荀卿的思想，豈可置之腦後。」〔註 82〕國粹派對「君學」的批判，目的是恢復眞正的孔學或儒學，並且把它置於百家之一的地位。但在儒學和諸子學之間，不少人仍認爲儒學爲諸子之最。許之衡說：「今之所嫌於孔子者，以其無尚武主義也，無國家主義也，夫尚武主義著於《儒行》，國家主義著於《春秋》，窮而繹之，皆有理論可尋，安在其不足爲國魂乎」，「且國

〔註 78〕鄧實：《國學眞論》，《國粹學報》第 3 年 2 號。

〔註 79〕鄧實：《雞鳴風雨樓民書·總論》，《政藝通報》，轉引自羅志田《國家與學術：清末民初關於「國學」的論爭》，生活·讀書·新知三聯書店 2003 年版，第 35 頁。

〔註 80〕黃節：《孔學君學辯》，《政藝通報》，轉引自羅志田《國家與學術：清末民初關於「國學」的論爭》，生活·讀書·新知三聯書店 2003 年版，第 36 頁。

〔註 81〕鄧實：《國學今論》，《國粹學報》第 1 年 5 期。

〔註 82〕湯志鈞編：《章太炎政論選集》（上冊），中華書局 1977 年版，第 279 頁。

魂者，源於國學也，國學苟滅，國魂奚存？而國學又出於孔子者也，孔子以前，雖有國學，孔子以後，國學尤繁，然皆匯源於孔子，沿流於孔子，孔子誠國學之大成也，倡國魂而保國學者，又曷能忘孔子哉。」〔註 83〕總之，國學作爲國粹既寄託了對文化民族屬性的思考，也有革命思想參與其中，是一個用以代表和凝聚傳統文化的符號。

國粹與國學在強調種族和國家界限的同時，也是具有開放性和包容性觀念。對日本的國粹主義者而言，他們並非唯我獨尊的民族主義者，雖然反對政府的歐化政策，卻不反對歐化本身，雖然強調民族的獨特性，卻並不是狹隘的排外主義者。「他們的保存國粹，並非要排斥歐美文化，也不是要否定日本的開化，他們反對一味攝取歐美文化，從而喪失民族的獨特性和文化的自主性。」〔註 84〕在清末，國粹不阻歐化或歐化與國粹並進基本是時人的共識。對國粹與歐化關係的論述，最著名的是許之衡的《論國粹無阻於歐化》。許之衡強調提倡國粹，並不是要崇古抑今，阻礙國家的進步，歐化也是我們所祈求的。爲什麼在歐化的同時還必須提倡國粹呢？因爲歐化並沒有收到應有的效果，是「橘逾淮則爲枳」的緣故。「今日之歐化，枳之類也，彼之良法善製，一施諸我國而弊愈滋，無他，雖有嘉種，田野弗治也弗長也，雖有佳實，場圃弗修弗植也，雖有良法，民德弗進弗行也。」他認爲如果沒有民德的增進，所謂的歐化只能是「蒙馬之技，畫虎之譏」。

許之衡進一步把國粹與歐化的關係比作是精神和形質的關係。精神與形質的區分，代表了國粹派對中西文化的認識。如果中國文化是精神的代表，那麼西方文化則是物質的代表。「無形質則精神何以存，無精神則形質何以立。國粹者，道德之源泉，功業之歸墟，文章之靈奧也，一言以蔽之，國粹也者，助歐化而愈彰，非敵歐化以自防，實爲愛國者須臾不可也云爾。」〔註 85〕許之衡國粹與歐化並行不悖的主張建立在東西文化兩種特質的區別之上，沒有國粹也就沒有眞正意義上的歐化。鄧實對東西文化特質的認識和文化綜合的觀念與之相類。他說：「東洋文明，所謂形而上者，精神的是也，西洋文明，所謂形而下者，物質的是也，一發生地中海，一發生黃海，古代

〔註 83〕許之衡：《讀國粹學報感言》，《國粹學報》第 1 年 6 期。

〔註 84〕松本三之介：《國權與民權的變奏——日本明治精神結構》，東方出版社 2005 年版，第 115 頁。

〔註 85〕許之衡：《國粹無阻於歐化》，《國粹學報》第 1 年 7 期。

之世，東西對峙，未曾相遇，自阿剌伯西漸，十字軍東征，而兩文明一小通焉，自哥倫布興航海之業，瓦特創蒸汽之制，而兩文明一大通焉。」今天是兩種文明爭存的時代，鄧實承認西洋文明如花似錦，20 世紀將凌駕於東洋之上，在這樣的形勢下，一些醉心歐化的青年人徒知崇拜異國文明，而不知愛惜自己國家的文明，並發揚光大。他擔心百年之後，東洋文明將滅亡，而創造此文明的國家也將滅亡。不過他並不主張僅僅保守東洋文明，拒絕輸入西洋文明，提出兩大文明應該結合，「吾愛文明，吾尤愛東洋之文明，吾愛東洋之文明，吾尤愛吾東洋祖國之文明，吾欲贈東洋文明之花，供養歐土，吾欲移西洋文明之花，孳植於東亞，吾欲結東西洋文明並蒂之花。」〔註 86〕東西文明結合之後，會產生一種世界文明，沒有東洋和西洋的區別，關於世界文明的想像，既超越了東西的界限，也打破了優劣的界說。日本歷史上的文化融合及近代的崛起成了鄧實的榜樣，「昔日本輸入我國唐時之文化也，則有和魂漢才之記焉，其輸入泰西近代之文化也，則有和膽洋器之說也。嗟彼東瀛，以區區島國，三十年來，遂能驟進富進，赫然爲東方之英吉利者，豈偶然哉，蓋由其能培養國民之元氣，不失其素有大和魂武士道之風，而又能融合西洋之新制度新文物也。」〔註 87〕

國粹的概念已突破了國家種族的界限，變成了一個更加靈活的範疇。國粹不當「執一名一論，一事一物、一法一令而界別之」，「本國之所有而適宜焉者，國粹也，取外國之宜於我國而足以行焉者，亦國粹也。」應界定爲「發現國體，輸入於國界，蘊藏於國民之素質，且有一種獨立之思想者，國粹也，有優美而無粗擁，有壯旺而無稚弱，有開通而無錮蔽，爲人群進化之腦髓者，國粹也」。〔註 88〕國粹派超越一切界限，只求實際效果的文化選擇策略，和新文化運動對待中西文化的態度有相通之處，但是國粹派把中西文化分爲精神與物質兩部分，完全不同於新文化的任何文明都包含了這兩部分的整體性認識，同時，新文化運動反對傳統，給予西方文化優越的地位。

〔註 86〕鄧實：《東西洋二大文明》，《雞鳴風雨樓政治小言》，《光緒壬寅政藝叢書》，沈雲龍主編《近代中國史料叢刊》續編第 27 輯，臺灣文海出版社 1966 年影印本。

〔註 87〕鄧實《東西洋二大文明》，《雞鳴風雨樓政治小言》，《光緒壬寅政藝叢書》，沈雲龍主編《近代中國史料叢刊》續編第 27 輯，臺灣文海出版社 1966 年影印本。

〔註 88〕黃節：《國粹保存主義》，《光緒壬寅政藝叢書》，沈雲龍主編《近代中國史料叢刊》續編第 27 輯，臺灣文海出版社 1966 年影印本。

國粹與歐化並行不悖，變成了一個具有開放性的概念，「國學」在恢復了諸子之學的地位之後，它的包容性也變得具有多重的意味。被視爲國粹的國學一方面破除了漢宋的家法之爭，集各學大成，補儒術的偏蔽，形成「完粹之國學」，不僅包括漢宋學和諸子學，其實也包括了所謂的西學。羅志田指出：「在歐風襲來的形勢下，像諸子這樣過去屬於『道外』的異學，自然轉爲『自有之學』，則『國學』當然需要將其納入，同時，『集各學之大成』和『古學復興』的提法都意味著國學的開放性還更廣泛，隱伏著這一開放性也適用於西學。」〔註 89〕《國粹學報》在略例中特別規定，「本報於泰西學術，其有新理特識足以證明中學者，皆從闡發。」較早設立的國學保存會，每日開講學會，商量舊學，相互切磋，並請劉師培擔任正講師。該會還準備開設國粹學堂，因經費不足。但所擬定的學科，與舊學大相徑庭，其學制爲三年，科目包括經學、文字學、倫理學、心性學、哲學、宗教學、政治學、實業學、社會學、史學、典制學、地輿學、曆數學、博物學、文章學、音樂、圖畫、書法、翻譯、武事等，這些學科的設置已大大超出了傳統的學術分類，而採用西學的分類法。「國學保存會對後來的研究影響極大，或者說，它顯示了近代國學研究共同路向的基礎。」〔註 90〕

保存國粹和促進歐化相提並論，以及國學的開放性，都說明國粹派關於民族文化的思考充滿了複雜性，甚至是矛盾。一方面，因爲學術文化與國家的一體化，他們相信保存國粹的必要性，如果完全棄絕國粹而歐化，面臨的問題是，一個完全歐化的中國，還是否是中國呢？文化的衰亡會導致種族與國家的衰亡，文化衰亡的焦慮和種族及國家的危機緊緊地聯結在一起；另一方面，他們既不同於頑固的保守派，也不是中體西用論者，歐化是必須面對的歷史問題。保存國粹，但同時又強調歐化，國學向西學開放，都反映了關於民族文化自主性的思考充滿了複雜且多層次的緊張。正如羅志田所評述的：

> 他們的思想資源日益西化，卻又不能完全認同於西方思想，他們強調並論證了國學或國粹的正當性，當然是爲了應付西學的衝擊，但他們心裏其實基本同意，不論換用什麼標簽及怎樣重組，純粹的中學實不足以適應與『富強』相關的時代要求，正是在這樣的

〔註 89〕羅志田：《國家與學術：清末民初關於國學的論爭》，生活・讀書・新知三聯書店 2003 年版，第 73 頁。

〔註 90〕桑兵：《晚清民國的國學研究》，上海古籍出版社 2001 年版，第 9 頁。

緊張和窘境下，他們賦予國粹或國學以寬廣的開放性和包容性，以至將其實際對立的西學囊括進來。〔註 91〕

二、陶鑄國魂與捍衛語言

與國粹派的保存國粹、古學復興的口號相呼應的重要觀念是陶鑄國魂。國魂是指民族精神，這是德國文化民族主義中最富有特徵性的概念。啓蒙運動中人們相信民族性的統一是必要的，也是可能的，和理性主義的普遍主義不同，浪漫主義則反對世界主義的文化理念，強調民族的獨特性。赫爾德認爲文學藝術是一個民族最全面最深刻的表達方式，其中可以體現民族的靈魂，對民族靈魂即民族精神的強調，後來形成了富有特點的德國的文化民族主義。19 世紀末 20 世紀初，德國的文化民族主義通過日本中介傳入中國，飛生在《國魂篇》中，爲國魂下了一個定義：

一民族而能立國於世界，則必有一物焉，本之於特性，養之以歷史，鼓之舞之，以英雄播之於種種社會上，扶其無上之魔力，內之足以統一群力，外之足以吸入文明，與異族抗，其力之膨脹也，乃能旋轉世界而鼓鑄之，而不然者，則其族必亡。〔註 92〕

飛生賦予國魂神奇的魔力，並把它與民族存亡聯繫在一起。國魂的觀念使人們相信，一個民族可以依靠國魂形成內在的凝聚力，吸收消化外來文明，成爲民族振興的力量。壯遊在《國民新靈魂》中認爲每個民族都有自己的靈魂，他試圖從歷史文化追尋中國國民的靈魂，但結果卻讓他失望之至。「然吾國民之魂，乃不可得而問矣，夢魘於官，辭囈於財，病纏於煙，魔著於色，寒噤於鬼，狂熱於博，涕縻於遊，痞作於戰，種種靈魂，不可思議，而於是國力驟縮，民氣不拘，投間抵罅，外族入之，鐵鞭一擊，無敢抗者，乃爲奴隸魂、爲僕妾魂、爲囚虜魂、爲倡優魂、爲餓殍待斃一息之魂、爲犬馬豢養搖尾乞食之魂。」〔註 93〕儘管中國國民的靈魂已「耗矣哀矣」，壯遊認爲精粹並沒有喪夫，浪漫的想像使靈魂的回復成爲可能，追尋歷史傳統，並且旁求西方的精粹，使之重鑄。作爲國民的新靈魂，壯遊認爲應該具備五大原質：山海魂、

〔註 91〕羅志田：《國家與學術：清末民初關於國學的論爭》，生活・讀書・新知三聯書店 2003 年版，第 81 頁。

〔註 92〕飛生：《國魂篇》，《浙江潮》第 1 期。

〔註 93〕壯遊：《國民新靈魂》，《江蘇》第 5 期。

軍人魂、遊俠魂、社會魂、魔鬼魂，這五大原質與飛生在《國魂篇》中談及的歐美的四大靈魂：冒險魂、武士魂、宗教魂、平民魂有相通之處。從國民精神特質的討論可以看出，西方進取冒險的商業精神和富於進攻性的軍國主義對中國有很大的吸引力。

民族精神的討論往往和民族的處境和命運緊密相聯。飛生認爲除了上述論及的民族特性之外，還有一種近代以來發現的特質是「民族建國問題」。同樣在一篇題爲《中國魂》的文章中，也認爲國魂是一國民特有之魂，尋常論及的歐美的四種國魂：貿易魂、宗教魂、武士魂、平民魂並非中國所特有，「讀盡四千年之中國史，鉤提事實，無論其爲功業、爲思想、爲光榮、爲恥辱，居歷史中之重要部分，莫非此主義者所行決，所影響，這種主義便是『民族主義』。」〔註94〕許之衡則認爲國學即國魂所在，保有國學，是最重要的事情。鄧實將國魂與「學魂」等量齊觀，認爲民族精神孕育並體現在中國傳統的學術文化之中。與此同時，由於排滿革命的需要，黃帝被認爲是漢民族的祖先和精神象徵，也有「黃帝魂」的提法。從形形色色關於「國魂」的敘述中可以看出，國魂觀念寄託了民族主義者有關民族精神的「文化想像」，體現了國粹話語的特點——保持文化上的獨立與自主，發揚民族精神建立國家。

把語言作爲民族認同的方式是現代民族主義的特點之一。國粹派在關於國粹與國學的討論中，語言文字被賦予了非常重要的意義和地位。章太炎曾經說，提倡國粹，就是要愛惜漢種的歷史，而這個歷史，就廣義說，可分爲三項，一是語言文字，二是典章制度，三是人物事蹟。鄧實也認爲語言文字是民族精神的代表，是一個民族的重要的標誌：

> 合一種族而成一大群，合一大群而奠居一處，領有其土地山川，演而爲風俗民質以成一社會，一社會之內必有其一種之語言文字焉，以爲其社會之元質，而爲其人民精神之所寄，以自立一國，一國既立，則必自尊其國語國文，以自翹異而爲標識，故一國有一國之語言文字，其語文亡者，其國亡，其語文存者，則國存，語言文字者，國界種界之鴻溝，而保國保種之金城湯池也。〔註95〕

〔註94〕《中國魂》，《國民日日報彙編》第1集，1904年。

〔註95〕鄧實：《雞鳴風雨樓獨立書·語言文字獨立第二》，《光緒癸卯政藝叢書》，沈雲龍主編《近代中國史料叢刊》續編第28輯，臺灣文海出版社1966年影印本。

隨著民族危機的加深，西方文化的不斷滲透，西方文化的優勢使國人對文化語言的信心不斷不降，最終引發了關於漢字存廢問題的討論。國粹派對《新世紀》雜誌所主張的廢止漢字的論調給予了批判，捍衛了漢字作爲國粹的一部分和民族精神載體存在的合理性和正當性。

近代以來，最初批評漢字的是國外的傳教士，傳教士對漢字的批評帶有歐洲中心論的色彩。但這些批評最終演變成《新世紀》雜誌的廢止漢字，採用萬國新語的極端化主張。最初，在題爲《進化與革命》的文章中，從進化論的角度指出文字進化的規律是合音文字代替象形和表意文字。此後一系列的文章，都明確地提出了廢止漢字的主張。前行在《編造中國新語凡例》一文中說：「中國既有文字之不適，遲早必廢，稍有翻譯閱歷者，無不能言之矣，即廢現有文字，則必用最佳最易之萬國新語，亦有識者所具同情矣。」〔註 96〕但作者認爲直接採用萬國新語，實行起來過於困難，就目前可行的辦法是編造中國新語，用來逐字翻譯萬國新語。吳稚暉則認爲「上策必須棄中國之語言文字，改習萬國新語，其次則改用現在歐洲科學精進國之語言文字，其次則在中國文字上附加讀音」。〔註 97〕新世紀派之所以主張廢棄漢字，採用萬國新語，主要的依據是進化論，他們認爲語言文字進化的過程是象形——表意——合聲，象形與表意的文字，必須逐字記憶，並無綱領可循，「故較之合聲之字，括於數十字母之中者爲不便」，由此斷定象形表意的文字沒有合聲的文字優良。另外，從印刷方式的進化看，最古老的人工鏤刻，東西文字都可用，活字版則是「西文較東文簡而易排，以機鑄字，惟西方可用，此法將興」，從比較可以看出，「機器愈良，支那文愈不能用，從進化淘汰之理，則劣器當廢，必先廢劣字，此支那文字必須革命間接之原因也」。〔註 98〕主張廢除漢字還有一個原因是因爲繁難，不便於學習。「中國現有文字，筆劃之繁難，枉費無數光陰，於文明進步大有妨礙」，「若在辨認一方面言之，其難易似不在筆劃之

〔註 96〕前行：《編造中國新語凡例》，《新世紀》40 期，張枏，王忍之編《辛亥革命前十年間時論選集》（第三卷），生活．讀書．新知三聯書店 1977 年版，第 183 頁。

〔註 97〕吳稚暉：《書〈神州日報〉〈東學西漸〉篇後》，《新世紀》101～103 期，張枏，王忍之編《辛亥革命前十年間時論選集》（第三卷），生活．讀書．新知三聯書店 1977 年版，第 467 頁。

〔註 98〕眞：《進化與革命》，《新世紀》24 期，張枏，王忍之編《辛亥革命前十年間時論選集》（第二卷下冊），生活．讀書．新知三聯書店 1963 年版，第 1042～1043。

多寡，而在結構之平易與離奇，以漢文之奇狀詭態，千變萬殊，辨認之困難，無論改易何狀總不能免」。〔註 99〕吳稚暉認爲這關乎「根本上的拙劣」，是野蠻的表現，由於其野蠻與落後，並不適於「文明事業」，遲早應該廢除。創世紀派關於廢除漢字的主張成了五四時期廢除漢字的先聲。

對廢止漢字，採用萬國新語的做法，章太炎等人進行了反駁。章太炎指出，廢止漢字的主張核心是「萬國新語」。他認爲《創世紀》雜誌等人，採用萬國新語的主張是典型的歐洲語言中心論，是「挾白人以貶同類」。「萬國新語者，本以歐洲爲準，取其最普通者，糅合於他洲未有所取也，大地富媼博厚矣，殊色異居，非白人所獨有」，〔註 100〕所以，他認爲萬國新語並不能通行於世界，唯獨可能在歐洲有便利之處。受一元化西方文明論的影響，《新世紀》主張象形字爲未開化人所使用，合音字爲既開化所使用，章太炎也反駁了這種一元化的文明論。他認爲文字的區別未必代表文化的優劣，「象形、合音之別，優劣所在，未可質言，今者南至馬來，北抵蒙古，文字悉以合音成體，彼其文化，豈有優於中國哉」。在他看來，文明與野蠻的關係往往被顛倒了，章太炎慨歎道：「貫頭之衣，來自駱越而爲之，歐洲人亦服焉，今見者以爲美於漢衣，刀叉之具，本自匈奴用之，歐洲人亦御焉，而見者以爲先於漢食，趨時之士，冥行盲步，以逐文明，乃往往得其最野蠻者，亦何可勝道哉。」〔註 101〕在章太炎看來，認爲漢字太難，導致中國人識字率太低的說法也無法成立。漢字象形，日本人識之，並不認爲繁難，況且「合音之字，視而可識者，徒識其音，固不能知其義，其去象形，差不容以黍，故俄人識字者，其比例猶視中國人爲少」。中國人識字率低的原因並非在於漢字難學，而是文字並非他們所急需，「若豫見知書之急，誰不督促子弟以就學者，重以強迫教育，何患漢字之難知乎？」「是知國人能否知文字以否，在強迫教育之有無，不在象形、合音之分也。」〔註 102〕實際上，中西文字各有所長，也各有所短。章太炎認爲雙方都存在「有實闕其名」的現象，惟「漢土所闕者在術語，至於恒

〔註 99〕前行：《編造中國新語凡例》，《新世紀》40 期，張枏，王忍之編《辛亥革命前十年間時論選集》（第三卷），生活・讀書・新知三聯書店 1977 年版，第 186 頁。

〔註 100〕章太炎：《規新世紀》，《民報》24 號。

〔註 101〕章太炎：《駁中國用萬國新語說》，《章太炎全集》（四），上海人民出版社 1985 年版，第 352～353 頁。

〔註 102〕章太炎：《駁中國用萬國新語說》《章太炎全集》（四），上海人民出版社 1985 年版，第 338 頁。

言則完，歐洲所完者在術語，至恒言則闕」。〔註103〕田北湖也說：「東西文字，各有短長，本其土俗人理，習慣使然，囿於一方一隅，既無完備之造作，則施諸城外，都非所宜，」但是目前「列國並立，竟以文字爭勝，迫其就我，於是弱且衰者益爲強盛所詆毀，中土不振，受侮及茲，譏其不變於夷」。〔註104〕因此，關於文字優劣的認識很大程度上是權力較量的產物。

關於漢字優劣的問題以及是否廢止的爭論，其中分歧的深層根源在於語言文字僅僅是工具性的存在呢？還是種族民族的表徵即國粹的一部分，與國家民族的存亡息息相關。《新世紀》把語言看作是普遍的工具性存在，文字的改變以便利爲目的。吳稚暉認爲：

> 文字者不過器物之一，如其必守較不適用之文字，則武器用弓矢可矣，何必採用他人之快槍，航海用帆船可矣，何必採用他人之汽舟，文字所以達意，與弓矢、快槍、帆檣、汽舟之代力非同物歟，何爲不寶祖宗之弓矢與帆檣，而必寶其呆滯樸塞之音，板方符咒之字哉，是眞所謂以訛傳訛，習焉不察者也。〔註105〕

文字只是思想事物代表性的符號，思想與事物都已進化，這是不可改變的定理，所以，文字的進化和改變也是勢之所趨。新世紀派無政府主義衝破國家和種族的界限，站在超越性的「世界」立場，看待語言文字的變革問題，但事實上，這種世界化的立場只是被內在化了的歐洲中心論。國粹派則認爲文字並不是超越國界與種界單純的工具性符號，近代世界歷史的事實，使他們意識到文字的存亡關係到國家存亡。「今之滅人國也，不過變易其國語，擾亂其國文，無聲無息，不踐而已墮人國圮人種矣，此歐美列強所以滅國之新法也」。黃節也注意到英、俄滅印度、波蘭，都先變亂其語言文字，然後使種族凌遲衰微。在語言文字和民族的同一性方面，梁啓超持和國粹派相同的意見：

> 我國文字，行之數千年，所以糅合種種異分子而統一之者，最有力焉。今者各省方言，以千百計，其能維繫之使爲一國民而不分裂者，以其不同言語，而猶同文字也。且國民之所以能成爲國民，以獨立於世界者，恃其國民之特性，而國民之特性，實受自歷史上

〔註103〕章太炎：《規新世紀》，《民報》24號。

〔註104〕田北湖：《國定文字私議》，《國粹學報》第4年12號。

〔註105〕吳稚暉：《書〈神州日報〉〈東學西漸〉篇後》，《新世紀》101～103期，張枬，王忍之編《辛亥革命前十年間時論選集》（第三卷），生活・讀書・新知三聯書店1977年版，第470頁。

之感化，與夫先代偉人哲士之鼓鑄焉。而我文字起於數千年前，一國歷史及無數偉人哲人之精神所攸託也，一旦而易之，吾未知其利害之果，足以相償否也，……若我國文，則受諸吾國，國家之所以統一，國民特性所以發揮繼續，胥是賴也，夫安可以廢也。〔註 106〕

當代民族主義理論的重要理論家本尼迪克特·安德森認爲，在民族形成的歷史過程中，語言具有非常重要的作用和功能。資本主義、印刷科技與人類語言的多樣性這三者的重合，使得新形式的想像共同體成爲可能。並且一個顯而易見的事實是，幾乎所自認的民族與民族國家都擁有民族的印刷語言，也就是民族的語言文字，進一步講，民族的語言文字才使得共同體的想像成爲可能。〔註 107〕但在近代中國，由於中西強弱的對比及進化論的影響，適者生存，存良留種的觀念，使人們對本民族的語言文字逐漸喪失信心，對民族語言文字的認同開始變得游移不定，充滿了懷疑，其中的矛盾心態是複雜而曲折的。「一國文字所以示異於天下者，大要所在不外體制義例二端，凡其需用文字，皆由此發生焉，守之而不改替，崇之而不改貳用，能發揚丕烈爭光於同列之國，夫是之謂國粹，夫是之謂保存。國粹世無古今，地無中外，人生之語言事物隨之應變，變動不居，文字亦當與之俱進，其歷時而現，閱境而適者實循文明之等級。」〔註 108〕田北湖關於語言的變化應與文明進化的等級相適應的心理，已預示了五四時期人們對漢字的基本態度。

〔註 106〕梁啓超：《國文語原解》，《梁啓超全集》（第三冊），北京出版社 1999 年版，第 1717 頁。

〔註 107〕參見本尼迪克特·安德森：《想像的共同體——民族主義的起源與散佈》，上海世紀出版集團 2003 年版。

〔註 108〕田北湖：《國定文字私議》，《國粹學報》第 4 年 12 號。

第四章　國民性與個人觀念

五四時期，共和國家從形式上是建立起來了，但客觀的現實告訴人們，共和政治實際是失敗的，所以，提倡新文化的知識分子一致認爲必須改造國民性。國民性話語的持續性顯然來自政治的直接刺激，可是，個人主義的興起，使國民性的思考溢出了對國家政治理想的追求，一定程度上，個人的解放才是目的。他們認爲眞正的個體的缺席是文化的缺陷，是一個民族性的問題，因此，國民性問題也變成了關於「文化」的認識。個人主義訴求的主體性的道德原則和傳統道德的衝突，使他們相信必須拋棄傳統，這樣才能完成國民性的改造。本章主要以個人主義人道主義爲基點，探討了國民性話語建構的特點、遭遇的歷史衝突以及在文學中的表現。

第一節　失敗的政治、個人觀念的認同與反傳統

一、失敗的政治與改造國民性的歷史判斷

五四時期對國民性範疇的倚重，並不是什麼時新的發現，可以說是歷史問題的持續性升溫。對新文化運動的參與者而言，國民性概念對他們並不陌生。在日本的時候，魯迅早已把國民性作爲一個重要的問題來思考。陳獨秀在十多年前創辦《安徽俗話報》的時候，就已致力於國民性的思考與批判。五四之前，梁啓超、孫中山等人的國民性話語是民族國家想像的重要方式和途徑，展現了民族國家建構的歷史過程。辛亥革命的勝利，中華民國的成立，意味著現代意義上的國家已經建立，民族主義的目標已經實現，那麼國民性

的問題是不是也要告一段落呢。可是，在新文化運動者的眼中，共和政治的形式雖然在中國確立了，但無論是處於共和制度中的管理者，或者是作爲共和制度基礎的國民，與新建立的共和制度極不相稱。絕大多數的人民，理論上雖然成了國家的主人，實際上，他們仍然習慣性地處於奴隸的地位。袁世凱稱帝，張勳復辟的鬧劇，直接威脅到革命的勝利果實。在關於國體討論中，共和國體不適合中國的論點，說明專制制度仍然很有市場。對共和政治的懷疑和批評成爲五四知識分子的共識，但這些批判並非是對共和政治本身的批評，而是基於理想的共和政治對現實政治的批評。李大釗覺得辛亥革命之後建立的民國，不過是以數十專制都督代替一君主專制而已，「希望中之共和幸福，不惟毫末無聞，政俗且愈趨日下，日即卑污。」〔註 1〕魯迅說：「我覺得革命以前，我是做奴隸。革命以後不久，就受了奴隸的騙，變成了他們的奴隸」。〔註 2〕杜亞泉也認爲民國以來建立的共和國是假共和，不是眞共和：

> 吾國今日既無所謂眞共和，則吾人將承認今日之假共和，爲最適宜之政體乎，吾人當姑息偷安於此假共和之下，而不必更有所要求乎？夫政體而非共和則已，既共和矣，不可不爲眞共和，假共和又烏可久者？六年以來，吾國民受此假共和之苦痛，已爲不少。若猶輾轉淪胥，而不能自拔，則此長時間之苦痛將如何忍受乎？故要求眞共和之目的，吾人當鍥而勿捨，自無待言。〔註 3〕

辛亥革命之前，國民性討論的動力來自民族建國的歷史進程，革命之後，雖然現代意義的國家形態從形式上確立了，然而民族的危機並沒有得到切實的改善，共和政治也沒有期望的那樣完美，倒像是一場騙局，社會動盪，政治腐敗。共和國家雖然建立起來了，就共和政治的實際而言，卻是失敗的。新文化運動者一致認爲，失敗的原因應該歸之於「國民性」。陳獨秀認爲：

> 外人之譏評吾族，而實爲吾人不能不俯首承認者，曰好利無恥，曰老大病夫，曰不潔如豸，曰游民乞丐國，曰賄賂爲華人通病，曰官吏國，曰豚尾客，曰黃金崇拜，曰工於詐僞，曰服權力不服公理，曰放縱卑劣，凡此種種，無一而非亡國滅種之資格，又無一而

〔註 1〕李大釗：《原殺》，《李大釗文集》（上），人民出版社 1984 年版，第 48 頁。

〔註 2〕魯迅：《華蓋集・忽然想到（三）》，《魯迅全集》第 3 卷，人民文學出版社 1981 年版，第 16 頁。

〔註 3〕杜亞泉：《眞共和不能以武求之論》，《杜亞泉文存》，上海教育出版社 2003 年版，第 164 頁。

爲獻身烈士一手一足之所可救治。今其國之危亡也，亡之者雖將爲強敵爲獨夫，而所以使之亡者，乃其國民之行爲與性質，欲圖根本之救亡，所需乎國民性質行爲之改善。〔註4〕

魯迅也說：

最初的革命是排滿，容易做到的，其次的改革是要國民改革自己的壞根性，於是就不肯了，所以，以後最要緊的是改造國民性，否則，無論是專制，是共和，是什麼什麼，招牌雖換，貨色照舊，全不行的。〔註5〕

在新的歷史時期，重新把國民性作爲重要的範疇，除了失敗的政治這樣的外部原因的刺激之外，堅持國民性的再批評是以兩個認識論爲前提的，一是關於民主政治理念的內涵，一是關於國民素質和共和政治的關係。隨著中華民國的成立，民族國家的形式已經確立下來，民主政治被提上了議事日程。新文化運動的兩大旗幟是民主和科學。五四時期，民主不僅是一種價值觀和批判傳統的武器，也是一種現代的政治理念與實踐。共和政治的失敗促使他們去探討何爲眞正的民主。陳獨秀認爲，民主政治應該是多數國民直接參與運動的過程與結果：

倘立憲政治之主動地位屬於政府，而不屬於人民，不獨憲法乃一紙空文，無永久厲行之保障，且憲法上之自由權利，人民將視爲不足輕重之物，而不以生命保護之，則立憲政治之精神已完全喪失矣。是以立憲政治而不出於多數國民之自覺，多數國民之自動，惟日仰望善良政府，賢人政治，其卑屈陋劣，與奴隸之希冀主恩，小民之希冀聖君賢相，施行仁政，無以異也，第以共和憲政，非政府所能賜予，非一黨一派所能主持，更非一二偉人大老所能負之而趨。共和立憲而不出於多數國民之自覺與自動，皆僞共和也，僞立憲也，政治之裝飾品也，與歐美各國共和立憲絕非一物。〔註6〕

陳獨秀在此強調直接民主的理念和實踐的原則，即人民的自治和聯合，同時，

〔註 4〕 陳獨秀：《我之愛國主義》,《陳獨秀文章選編》（上），生活・讀書・新知三聯書店 1984 年版，第 131 頁。

〔註 5〕 魯迅：《兩地書》,《魯迅全集》第 11 卷，人民文學出版社 1981 年版，第 31 頁。

〔註 6〕 陳獨秀：《吾人最後之覺悟》,《陳獨秀文章選編》（上），生活・讀書・新知三聯書店 1984 年版，第 108 頁。

他也否認了精英民主和政府代議制度的民主性，稱之為僞民主。因此，陳獨秀批評擁護共和的進步、國民兩黨，不懂得民治主義基礎的眞相，都以為政府萬能，把全副精神用在憲法問題、國會問題、內閣問題、省制問題、全國的水利、交通問題，至於民主的基礎，人民的自治和聯合，反過來無人過問。高一涵和陳持相同的見解，他強調共和政治可以使各方的利益和思想得到調劑，而不是為一黨一派所壟斷，國家與政府也判然有別，人民創造國家，國家創造政府，政府和人民同時受制於憲法。陳獨秀和高一涵一致認為民主的原則是國民大多數的直接參與，直接參與才是實現民主保障權利的必要條件，他們拒絕任何其他形式的民主實踐。把國民看作民主政治唯一可以依賴的力量，那麼國民性則成了政治活動能否進行的首要問題。

國民素質或國民心理與民主政治的關係，是五四時期國民性問題的另外一個認識論前提。近代以來，關於國民素質與政治選擇之間的討論一直是個焦點話題，甚至今天仍然會引起人們的興趣。1902 年，康有為在《答南北美洲諸華商論中國只可行立憲不可行革命書》中，指責中國人民愚昧無知，只能實行君主立憲，不可倡導民主共和。針對康有為的說法，1903 年，章太炎在《蘇報》上發表了《駁康有為論革命書》，他指出民智的啓發，不必依靠其他的方式，只要革命就足夠了。1905 年，在孫中山和嚴復之間，因為國民性和政治活動的關係也有過交鋒。嚴復覺得中國人品格卑劣，智力普遍低下，即使改革，只能從教育入手，這樣的改革才是全面和有效的。但孫中山則說，等到河水清了，那要到何時呢，你是思想家，我是實行家。孫中山並不贊成嚴復先教育民眾的做法，認為應該直接進行革命。

影響最大的是革命派和改良派在 1905～1907 年的論戰。在革命派和改良派論戰的論綱中，革命派認為政府惡劣，所以希望進行國民革命，改良派認為國民惡劣，所以希望政府實施專制，對國民的態度和評價是他們選擇改良或革命的重要的依據。同樣處於 20 世紀初的中國，面臨不二的環境，得出的結論卻大相徑庭，在革命派眼裏，國民的性質和程度足以享受共和政府了，而改良派則視他們為幼稚之民，只能實施「開明專制」。回眸這場論戰，撇開改良與革命，究其實質，還是基於國民資格導致的政體爭論。值得指出的是，革命派對國民性的評估並非一味地肯定，在革命派的言論當中，也有對國民性的貶抑之辭，比如鄒容說中國人具有奴隸根性。孫中山和胡漢民提出訓政的思想，主要依據也是認為國民的政治意識還不具備，政治能力還不發達，應由政黨代替人民行使「治權」，由政黨和政府「教誨」國民的政治能力。不可否認，論戰中革命派對國民性的肯定有策略的嫌疑，訓政思想對國民政治能力的估量，也具有一定的歷史合理性。從辛亥革命而脫專制，國民對共和政治的接受與適應自然有一個過程，改造舊思想，建立新思想的國民教育，遂成爲國民走向政治成熟的關鍵問題。從總體上看，革命派對國民的認識採取比較溫和的態度，並且寄予了很大的希望，並非如改良派的幼稚之民，也非如五四時期強烈和深刻的批判。

五四時期，許多知識分子把國民的政治覺悟，看作民主政治能否實現的關鍵。陳獨秀把國民覺悟的歷史概括爲七個時代，他認爲目前正好是第七期，民國憲法實行時代，政治問題的根本解決完全依賴第七期國民的最後覺悟。國民的覺悟又分爲兩步，一是政治的覺悟，二是倫理的覺悟，並斷言倫理的覺悟爲最後覺悟之最後覺悟。陳獨秀認爲民主政治能否實現，唯一根本的條件是多數國民能否對於政治自覺居於主人的、主動的地位。杜亞泉也認爲共和政治的失敗應歸於重事實輕原理的國民心理，進一步講，民主共和的觀念在國民中間的影響還太小。「至此次革命，固以原理爲動機，然特少數之先覺者，環抱此理想耳，就大多數國民之心理觀之，則共和政體之發生，仍依據於事實，而非根於原理，」「蓋欲以事實的國家，移爲理想的國家，其意非不美，然非存立於國家以內，悉爲理想的高等的人民，範圍於國家之外者，更爲理想的和平世界，則理想的勢力，決不足以敵事實之勢力。」〔註 7〕他們對國民性持悲觀的態度，認爲要使國民性脫胎換骨，滌蕩專制時代的餘毒，其他人是沒希望了，只有青年人染毒較少，是最有希望的，所以，對青年人提出了忠告並給予厚望。

二、個人主義的興起與反傳統的文化敘事

五四時期，關於國民性的論述已經轉變成了關於「傳統文化」的論述，國民性實踐表現爲對傳統文化的激烈批判，從而形成了一個反傳統的文化潮流。一些論者也注意到了，在辛亥革命時期也有許多反傳統的言論，一方面，這種以反傳統歷史文化爲根本的文化革新思想，已經有要改造中國政治，必須改造中國傳統文化的論式。討論的範圍涉及政治制度、學術思想、社會倫

〔註 7〕杜亞泉：《共和政體與國民心理》，《杜亞泉文存》，上海教育出版社 2003 年版，第 154～155 頁。

理、風俗習慣，表現了徹底和全面思想解放的要求，其中，作爲中國政治體制和社會倫理正統和權威的孔子儒教，成了主要的批判目標。另一方面，反傳統的思想文化言論在理論上主要以進化、競爭、自由、民主、科學、平等、個性等近代西方的文化價值作爲基準，開始擺脫了傳統文化價值的範疇。不僅如此，像陳獨秀、吳虞、魯迅這樣的新文化運動的主要人物，在辛亥革命時期與當時的反傳統潮流相湊泊。所以，無論是從思想上，或在人脈譜系上，辛亥革命時期的反傳統思想與五四新文化運動之間都有一脈相承的發展關係。〔註 8〕儘管辛亥革命時期也有反傳統的思想言論，但是，從整個思想活動的主要態度來看，「這一代知識分子仍然是在傳統的社會政治和文化道德範圍內活動，對國民性的批判也沒有形成對傳統的整體性否定，在他們看來，中國傳統中的某些因素還是無可非議的，他們並且把中國傳統視爲互有差異，並非完全和諧的眾多因素的一種混合物，因而，他們的反傳統主義並不是全盤性的反傳統主義。」〔註 9〕

五四時期，他們認爲，要改造國民性，傳統文化作爲整體必須加以否定。關於五四時期反傳統的原因歷來是學界關心的焦點。林毓生認爲這種具有整體觀思維模式的反傳統主義，形成的一個重要的原因是：借思想文化以解決問題的途徑。它的含義是把文化改革視爲其他一切必要改革的前提。他認爲這種文化優先的主張主要來自中國傳統的思維模式：即一元論和唯智論的思維模式，而且是決定性的。〔註 10〕五四整體性的反傳統是不是根源於「借思想文化解決問題」的思想信念呢？無論從新文化運動的最初的意圖和實際的歷史效果來看，並非什麼「借文化以解決問題。」因爲它的目的就在於「文化」本身，文化運動的自律性一方面體現在知識分子的「文化自覺」，同時，他們把文化價值的重建看作現代歷史運動的重要組成部分，看作現代思想活動的起點。陳獨秀在《文化運動與社會運動》中曾明言，文化運動既不同於社會運動，更與政治、實業、交通等有重大的分野。「創造文化，本是民族重大的責任，艱難的事業，必須有不斷的努力，決不是短時間可以得著效果的事。這幾年不過極少數的人在那裡搖旗吶喊，想造成文化運動底空氣罷了，

〔註 8〕陳萬雄：《五四新文化的源流》，生活·讀書·新知三聯書店 1997 年版，第 122～128 頁。
〔註 9〕林毓生：《中國意識的危機》，貴州人民出版社 1986 年版，第 47 頁。
〔註 10〕林毓生：《中國意識的危機》，貴州人民出版社 1986 年版，第 45 頁。

實際的文化運動還不及九牛之一毛，那責備文化運動底人和以文化運動自居的底人，都未免把文化太看輕了。」陳獨秀覺得「最不幸的是一班有速成癖性的人們，拿文化運動當作改良政治及社會底直接工具，竟然說出文化運動已經有兩三年了，國家社會還是仍舊無希望，文化運動又要失敗了的話，這班人不但不懂得文化運動和社會運動是兩件事，並且不曾懂得文化是什麼」。〔註11〕另外，《新青年》同仁關於「批評時政，非其旨也」的約定，也表明他們自覺地把自己的活動限定在文化的範疇。

為什麼改造國民性的「文化」活動，必須是對傳統的整體性的否定呢？這只能從新文化運動主要的理論依據個人主義那裡尋找答案。對第一代知識分子而言，個人在改造國民性中也有重要的地位，嚴復關於民智、民德、民力的觀念，梁啓超個人自由是團體自由的基礎的認識，都說明個人受到了重視。但是他們主要從民族主義立場考慮個人的問題，眞正關心的是如何把個人有效地組織到國家之中，這是辛亥革命時期國民性話語的基本特徵。五四時期，由於眞正的個人主義觀念的興起，他們相信必須把個人從傳統的家庭、社會組織和一切文化的束縛中解放出來，沒有一次眞正意義上的獨立自主的個體的解放，新的社會和國家也無從誕生，這構成了五四改造國民性話語的基本邏輯。對獨立自由的個體現代性原則的認同，是國民性改造的主要動力和目標，也是導致反傳統的根本原因。陳獨秀認為，東西民族的根本差異之一是西洋民族以個人為本位，東洋民族以家族為本位，西洋民族是徹頭徹尾的個人主義，無論是倫理、道德、政治、法律等等都以鞏固個人利益為本。魯迅認為個人的存在是國家存在和文化振興的根本性力量，中國由於沒有「個人的自大」，導致文化競爭失敗之後，不能再次振興。魯迅的個人是對庸眾宣戰的天才。胡適從易卜生的「社會問題劇」獲得了關於個性自由的靈感，雖然他們兩人實際面對的問題並不相同，易卜生攻擊的是資產階級社會虛偽的道德和對婦女的壓迫，胡適主要針對儒家的倫理觀念，但他們都相信「社會的最大的惡莫過於摧折個人的個性」。胡適非常贊成易卜生關於充分發達自己的個性的主張，在《易卜生主義》一文中，他引用了易卜生給朋友的一段信：「我所期望於你的是一種眞益純粹的為我主義，要使你有時覺得天下只有關於我的事最要緊，其餘的都算不得什麼，……你要想有益於社會，最好的法子莫如把你自己這塊材料鑄造成器。……有時使我覺得全世界都像海上撞沉

〔註11〕陳獨秀：《文化運動與社會運動》，《新青年》9卷1號，1921年5月。

了船，最要緊的還是救出自己。」〔註 12〕五四時期，對個人主義的信仰與推崇，使新文化運動中的知識分子相信這是中國與西方的根本差異。儒家社會強調專制的等級制度，以及這種等級制度中社會地位的相對平衡。他們意識到要使民眾積極地參與政治與社會生活，成爲有責任的主體，傳統是一個最大的障礙。所以，必須摧毀這個傳統，使人們從這種等級制度中解放出來。

反傳統的國民性實踐首先認爲，孔子之道和孔教與現代生活不相適應，必須從整體上予以否定。現代社會生活以自由獨立爲原則，孔子的社會倫理與社會規範的教義，與現代生活方式背道而馳，格格不入。陳獨秀在《孔子之道與現代生活》中認爲，現代的經濟、政治、法律、社會生活的各個方面都以個人獨立爲原則，與傳統的倫理處處衝突。現代經濟生活中，個人的財產是完全獨立的，但是儒教的教義之中，作爲妻子、兒子，因爲沒有獨立的人格，所以，財產也不能獨立；現代政治活動中，每個人都有獨立活動的自由，可以各行其是，但儒教的教義，「父死三年，尚不改道，婦人從父與夫，並從其子」；婦女參政也是現代生活的一部分，根據孔教「婦人者，伏於人也」，所以婦女參政，則成爲奇談；關於婦女名節的陳規舊俗，對婦女的精神和身體都會造成巨大的壓抑和傷害；現代社會主張男女自由交往，而孔子之道則有「男女不雜座」，「叔嫂不通問」，「女子出門必擁蔽其面」，「七歲男女不同席，不共食」等禮法，這些禮法顯然不能施行於當今社會；其他如家庭生活中夫婦父子的關係都崇尚獨立自主和平等。所以，陳獨秀認爲：

> 孔子生長在封建時代，所提倡之道德，封建時代之道德，所重視之禮教，即生活狀態，封建時代之禮教，封建時代之生活狀態也，所主張之政治，封建時代之政治，封建時代之道德、禮教、生活、政治，所心營目注，其範圍不越少數君主，貴族之權利與名譽，於多數國民之幸福無與焉。〔註 13〕

吳虞被胡適稱之爲中國思想界的清道夫，「隻手打孔家店的老英雄」，他也認爲孔子之道不合於現代生活：

> 孔氏主尊卑、貴賤之階級制度，由天地尊卑演而爲君尊臣卑、父尊子卑、夫尊婦卑、官尊民卑。尊卑既嚴，貴賤遂別，所謂『王

〔註 12〕胡適：《易卜生主義》，《胡適文存》（一集），黃山書社 1996 年版，第 465 頁。

〔註 13〕陳獨秀：《孔子之道與現代生活》，《陳獨秀文章選編》（上），生活・讀書・新知三聯書店 1984 年版，第 155 頁。

> 臣公、公臣大夫、大夫臣士、士臣裏、裏臣輿、輿臣隸、隸臣僚、僚臣僕、僕臣臺』，幾無一事不含有階級之精神意味。故二千年來，不能剷除階級制度，至於有良賤爲婚之律，斯可謂至酷已！守孔教主義，故專制之威，愈衍愈烈。苟非五大洲大通，耶教之義輸入，恐再二千餘年，吾人尚不克享憲法上平等、自由之幸福，可斷言也。〔註 14〕

吳虞認爲基督教主張平等博愛的精神是西方現代民主自由思想產生的基礎，最終能實現自由民主，兩相比較，中國的孔教主張尊卑貴賤，所以導致了專制。陳獨秀和吳虞被胡適稱爲攻擊孔教最有力的兩位健將，他們一致認爲，孔教教義是個體性現代生活的最大的障礙，從整體上必須加以否定，沒有絲毫妥協的餘地。

新文化運動中，也有人對孔教持比較溫和的看法。易白沙認爲，孔子尊君權，容易導致君主的獨裁專制，孔子講學不許問難，容易演成思想專制，孔子很少絕對的主張，容易爲人做藉口，孔子重作官，不重謀食，容易落入民賊的牢籠，孔子的這些缺點往往爲野心家所利用。〔註 15〕在他看來，孔子的宏願是統一學術，統一政治，但孔子的微言大義已被湮沒不彰，爲獨夫民賊利用，做了歷史的傀儡。所以他要揭示眞相，「使國人知獨夫民賊利用孔子，實大悖孔子之精神。」〔註 16〕無獨有偶，常乃德在致陳獨秀的信中說：「孔子之教，一壞於李斯，再壞於叔孫通，三壞於劉歆，四壞於韓愈，至於唐宋之交，孔子之眞訓，遂無幾微存於世矣。」孔子一生之形跡，「經僞儒之圖附，至今人迷無擇。」〔註 17〕五四時期，易白沙和常乃德的觀點非常具有代表性。其實關於眞假孔子的分辨由來已久，國粹派君學與國學、眞儒與僞儒的區分便是重要的先例。陳獨秀認爲這種分辨屬於徒勞，「足下分漢宋儒者，以及令孔道、孔教諸會之孔教與眞正孔子之道爲二，且謂孔教爲後人所壞，雖今所欲問者，漢唐以來諸儒，何以不依傍道、法、墨，而人亦不以道、法、墨稱之，何以獨與孔爲緣而復敗壞之，足下可深思其故矣。」〔註 18〕胡適也持同樣的意見：爲什麼那種種吃人的禮教制度都不掛別的招牌，偏愛掛孔老先生

〔註 14〕吳虞：《儒家主張階級制度之害》，《新青年》3 卷 4 號，1917 年 6 月。
〔註 15〕易白沙：《孔子平議（上）》，《青年雜誌》1 卷 6 號，1916 年 2 月。
〔註 16〕易白沙：《孔子平議（下）》，《新青年》2 卷 1 號，1916 年 9 月。
〔註 17〕《常乃德致陳獨秀的通信》，《新青年》2 卷 4 號，1916 年 12 月。
〔註 18〕《陳獨秀致常乃德的通信》，《新青年》2 卷 4 號，1916 年 12 月。

的招牌？正因爲二千年來吃人的禮法制度都掛著孔丘的招牌，故這塊孔丘的招牌，無論是老店，是冒牌，不能不拿下來，打碎，燒去。

《新青年》對孔教的批判，無論是形式或者內容，他們都覺得沒有存留的意義，表現出思想革命的激進態度，這一激進態度也與反對復辟帝制和尊孔立教的思潮有深刻的關係。1912 年，陳煥章發起成立了「孔教會」，1913 年 5 月 15 日，孔教會代表陳煥章、嚴復、夏曾佑、梁啓超等人向國會兩院遞交了《請定孔教爲國教請願書》。關於是否將孔教定爲國教載入憲法的問題，經過多次辯論，最終在中華民國憲法草案中列入了這樣一條：孔教教義應爲國民教育養性之基礎。官方民間共同導演的尊孔潮流和袁世凱的復辟帝制，使陳獨秀等人相信孔教與帝制之間存在著同謀同構的關係，頑固地統治著中國人的思想。陳獨秀對當時中國的現狀表示憤慨與擔憂，他覺得中國人的腦子裏，仍然被帝制時代的舊思想所充斥，既使袁世凱病危，要使中國以後不再出現帝制，非得進行思想革命不可，要鞏固共和，非得將國民腦子裏所反對共和的舊思想，一一洗刷乾淨不可。陳獨秀在此似乎已經預言了張勳的復辟。高一涵指出共和政治的形式雖然建立起來了，單是掛了一塊共和國的招牌，而店中所買的，還是皇帝「御用」的舊貨。他根據歷史的觀察分析得出結論：

> 法國當未革命之前，就有盧梭、福祿特爾、孟德斯鳩諸人，各以天賦人權、平等、自由之說，灌入人民腦中，所以打破帝制，共和思想，即深入於一般人心。美國當屬英的時候，平等、自由、民約諸說，已深印於人心，所以甫脫英國的範圍，便能建設平民政治。中國的革命是種族思想爭來的，不是以共和思想爭來的，所以皇帝雖退位，而人人腦中的皇帝尚未退位，所以入民國以來，總統行爲，幾無一處不摹仿皇帝。皇帝祀天，總統亦祀天；皇帝尊孔，總統亦尊孔；皇帝出來地下敷黄土，總統出來地下也敷黄土；皇帝正心，總統亦要正心；皇帝『身兼天地、君親、師之眾責』，總統也想『身兼天地、君親、師之眾責』。這是制度革命，思想不革命的鐵證。〔註 19〕

因爲兩種社會政治倫理的基本精神互相背謬，民主共和的國家組織、社會制度、倫理觀念和君主專制的國家組織、社會制度、倫理觀念全然相反，一個

〔註 19〕高一涵：《非「君師主義」》，《新青年》4 卷 3 號，1918 年 3 月。

是重平等，一個是重尊卑階級，所以必須進行思想革命。他們也拒絕任何調和的企圖，若是一面實行共和政治，一面又保存著君主時代的舊思想，那是不可能的。

對個人觀念的認同和追求，把社會和國家振興的希望寄託於眞正的個人的出現，這是五四改造國民性的核心。然而，當時明顯的事實是，個人的獨立和自由受到嚴重的限制，這種威脅主要來自禮教，以及建立在禮教基礎上的家族制度，所以，反傳統主要集中在對禮教和家族制度的攻擊。孟德斯鳩曾注意到中國禮教的特點，及它在整個政治和社會生活中的地位和作用：

> 他們把宗教、法律、風俗、禮儀都混在一起，所有這些東西都是道德，所有這些東西都是品德，這四者的箴規，就是所謂的禮教，中國統治者就是因爲嚴格遵守這種禮教而獲得成功的。中國人把整個青年時代用在學習這種禮教上，並把整個一生用在實踐禮教上，文人用之施教，官吏用之以宣傳，生活上的一切細微的行動都包含在這些禮教之內，所以當人們找到使它們獲得嚴格遵守的方法時，中國便治理得很好了。〔註20〕

從個人獨立的立場，批評儒家禮教中的「三綱五常」，比較早的是譚嗣同，「五倫中於人生最無弊而有益，無纖毫之苦，有淡水之樂，其惟朋友乎，顧擇交何如耳，所以曰何？一曰平等，二曰自由，三曰節宣惟意，總括其義，曰不失自主之權而已矣。」〔註21〕從西方自由平等的觀念出發，他提了「自主之權」的要求，對三綱造成的殘酷的社會現狀提出控訴。譚嗣同雖然也指斥三綱和自主之權相衝突，但是，他的批判建立在對儒學改造的基礎上，把儒家的綱常倫理歸之於荀子，並沒有完全否定中國傳統文化，這是他和五四的文化批判不同的地方。正如余英時所言：「《仁學》在清末思想界發生了很大的影響，但這個影響並不在一般的倫理觀念上，而是在政治思想方面，換句話說，《仁學》動搖了人們對君臣一綱的信念，但似乎沒有衝擊到整個綱常的系統。」〔註22〕另外，1907年《新世紀》上有署名爲眞的《三綱革命》，作者認爲，「所謂三綱，出於狡者之創造，以僞道德之迷信保君父等等之強權

〔註20〕孟德斯鳩：《論法的精神》（上冊），商務印書館1961年版，第313頁。

〔註21〕蔡尚思、方行編：《譚嗣同全集》（下），中華書局1981年版，第349～350頁。

〔註22〕余英時：《中國思想傳統及其現代變遷》，廣西師範大學出版社2004年版，第52頁。

也」，必須用人人平等的科學眞理取代這些宗教迷信的範疇。〔註 23〕

五四時期，主張思想革命的知識分子認爲若要使人人獨立，個個自由，必須從禮教的束縛中解放出來。陳獨秀痛斥儒家的三綱之說是典型的奴隸道德，使人喪失了獨立自主的人格，淪爲他人的附屬品：

> 儒者三綱之說，爲一切道德政治之大源。君爲臣綱，則民於君爲附屬品，而無獨立自主之人格；父爲子綱，則子於父爲附屬品，而無獨立自主之人格矣；夫爲妻綱，則妻於夫爲附屬品，而無獨立自主之人格矣。率天下之男女，爲臣、爲子、爲妻，而不見有一獨立自主之人者，三綱之說爲之也，緣此而生金科玉律之道德名詞，曰忠、曰孝、曰節，皆非推己及人之主人道德，而爲以己屬人之奴隸道德也。人間百行，皆以自我爲中心，此而喪失，他何足言。〔註 24〕

1918 年，魯迅在《新青年》上發表了白話文小說《狂人日記》。小說以象徵的手法揭露了禮教和家族制度「吃人」的性質。狂人觀察到他周圍的一些相識者甚至親人都有一個共同的欲望，就是把他吃掉。大哥、陳老五、佃戶、趙貴翁在虛僞表象下面，卻藏著一顆食人之心。狂人的被吃象徵著傳統的禮教與家族制度對人的個性的扼殺與吞噬。小說也表明「吃人」的現象具有歷史的普遍性——「我翻開歷史，這歷史沒有年代，歪歪斜斜的每頁上都寫著：『仁義道德』幾個字，我橫豎睡不著，仔細看了半夜，才從縫中看出來，滿本都寫著『吃人』。」魯迅關於「吃人」的藝術性概括富有震撼人心的力量。吳虞受魯迅小說的震動，寫了《吃人與禮教》一文，他考證了歷史中一系列的吃人事件，發現這些吃人事件都是以禮教中道德的名義。20 年代，據報載，四川督辦因爲要維持風化，把一個犯奸的學生槍斃，以昭炯戒；湖南省長因爲要求雨，半月多不回公館去，不同太太睡覺。周作人認爲這種過於嚴苛的對並非法律之罪的懲罰，以及把性與迷信結合的做法是典型的薩滿教的野蠻，周作人揭示了禮教野蠻和迷信的成份：

> 講禮教者所喜說的風化一語，我就覺得很是神秘，會有極大的

〔註 23〕眞：《三綱革命》，《新世紀》，張枬，王忍之編《辛亥革命前十年間時論選集》（第二卷下冊），生活．讀書．新知三聯書店 1963 年版，第 1015 頁。

〔註 24〕陳獨秀：《一九一六》，《陳獨秀文章選編》（上），生活．讀書．新知三聯書店 1984 年版，第 103 頁。

超自然的意義，這顯然是薩滿教的一種術語，最講禮教的川湘督長的思想完全是野蠻的，即如上述，京城裏『君師主義』的諸位又如何呢？不必說，都是一窟隴的狸子啦，他們的思想總不出兩性的交涉，而且以爲這一交涉裏，宇宙之存亡，日月之盈昃，家國之安危，人民之生死，皆係焉，只要女學生齋戒一個月，使風化可完，而中國可保矣，否者七七四十九之內必將陸沉，這不是野蠻的薩滿教思想是什麼？我相信要瞭解中國須得研究禮教，而要瞭解禮教，非從薩滿教入手不可。〔註 25〕

辛亥革命時期，梁啓超和孫中山批評中國人只知有家族，不知道有國家，認爲家族制度限制了人們的思想，沒有國家政治共同體的觀念。五四時期，對家族制度的批判主要基於個人主義原則，認爲家族制度限制了個人的自由和獨立。陳獨秀認爲，中西差異的根本點之一便是東洋民族以家庭爲本位，西洋民族以個人爲本位。1920 年，李大釗運用了馬克思主義的觀點，解釋了中國家族制度的形成與危害。他認爲東洋民族以農業爲本位，西洋民族以工業爲本位，中國以農業立國，在東洋諸農業本位國中，占很重要的位置，所以大家族制度特別發達。中國的家族制度，是農業的經濟組織，構成了中國二千多年來的社會基礎，而一切的政治、法度、倫理、道德、學術、思想、風俗、習慣，都建築在這種大家族制度之上。家族制度一方面妨害了個性的生長，也構成了整個君主專制的基礎。他這樣寫道：

看那二千年來支配中國人精神的孔教倫理，所謂綱常，所謂名教，所謂道德，所謂禮義，那一樣不是損卑下以奉尊長？那一樣不是犧牲被統治者的個性以事統治者？那一樣不是本著大家族制下子弟對於親長的精神？所以孔子的政治哲學，修身、齊家、治國、平天下，一以貫之，全是以修身爲本，孔子所謂修身，不是使人完成他的個性，乃是使人犧牲他的個性，犧牲個性的第一步，就是盡孝。君臣關係的忠，完全是父子關係孝的放大體，因爲君主專制制度，完全是父權中心的大家族制度的放大體。〔註 26〕

〔註 25〕周作人：《薩滿教的禮教》，《周作人早期散文選》，上海文藝出版社 1984 年版，第 65～66 頁。

〔註 26〕李大釗：《由經濟是上解釋中國近代思想變動的原因》，《新青年》7 卷 2 號，1920 年 1 月。

五四時期，對家族制度的批判主要體現在兩個方面，一是認爲家族制度是專制制度的基礎與根源。由於家族制度遵循尊敬長者，長幼有序的基本倫理，這種倫理不僅構成了整個社會倫理的基礎，也爲政治提供了很好的基礎。關於中國的家族制度所體現的倫理原則對於政治倫理的影響，孟德斯鳩注意到家庭倫理的泛社會和泛政治化現象：在中國尊敬父親就必須尊敬一切可以視同父親的人物，如老人、師傅、官吏、皇帝等，對父親的這種尊敬，就要父親以愛還報子女。由此推論，老人也要以愛還報青年人，官吏要以愛還報其治下的老百姓，皇帝要以愛還報其子民。實際上，孟氏對「長者」與「幼者」之間還報關係的描述並不準確，與其說是還報關係，還不如說是權威與主宰。辛亥革命時期，對於家族倫理並沒有太大的衝擊，也沒有意識到家族制度與專制制度之間的同構關係。五四時期陳獨秀和吳虞都認爲中國政治的組織原則完全是家庭式的。吳虞在《家族制度爲專制主義之根據論》與《讀荀子書後》等文章中，都探討了家族制度和專制制度不可分離的關係，君主既握有政權，又兼有家長的責任，既是君，又是師，更是父母，家族制度構成了君主制度的政治基礎。二是認爲家族制度壓抑個性，剝奪了個人的自由和獨立。傅斯年覺得一切善都是從「個性」生發出來的，但中國的家庭卻是破壞「個性」的最大勢力，所以中國的家庭是「萬惡之源」。〔註 27〕李大釗在一篇題目同爲《萬惡之源》的短評中，也認爲「中國現在的社會萬惡之源都在家族制度」。〔註 28〕魯迅在《我們怎樣做父親》一文中，以進化論爲根據著重批判了傳統的家長觀念，希望重建以幼者爲本位的家庭觀念，對於子女，應該健全的產生，盡力的教育，完全的解放。〔註 29〕陳獨秀認爲宗法制度的惡果有四個方面：「一曰損壞個人獨立自尊之人格，一曰窒礙個人意志之自由，一曰剝奪個人法律上平等之權利（如尊長卑幼、同罪異罰之類），一曰養成依賴性，戕賊個人之生產力，東洋民族社會中種種卑劣不法、慘酷衰微之象，皆以此四者爲之因，欲轉善因，是以個人本位主義，易家族本位主義。」〔註 30〕他們都一致認爲家族制度壓抑個性，和個人獨立自由的現代原則格格不入。

〔註 27〕傅斯年：《萬惡之源》，《新潮》創刊號，1919 年 8 月。

〔註 28〕李大釗：《萬惡之源》，《每周評論》，1919 年 7 月。

〔註 29〕魯迅：《我們現在怎樣做父親》，《新青年》6 卷 6 號，1919 年 11 月。

〔註 30〕陳獨秀：《東西民族根本思想之差異》，《陳獨秀文章選編》（上），生活·讀書·新知三聯書店 1984 年版，第 98 頁。

個人主義、人道主義是五四時期個性解放的主要思想武器，傳統的禮教及陳舊的風俗無視人的尊嚴，摧殘人性，因此，國民性批判既是對傳統「文化」系統的否定，也是對傳統人格的批判。近代個人主義包含了兩個最基本觀念，一、人的尊嚴，一般認爲存在著一個根本的倫理原則，單個的人具有至高無上的內在價值與尊嚴。二、個人的思想和行爲屬於自己，並不受制於他所不能控制的力量或原因，特別是能對於他所承受的壓力和規范進行自覺地批判，能夠通過獨立的理性反思形成自己的目標，並做出決定，也就是個人的自主。魯迅在《我之節烈觀》中認爲，那些提倡並表彰節烈的心理和行爲是畸形的道德，尤其對於女子是慘無人道的戒律，人人都應該享受正當的幸福。〔註 31〕胡適的《貞操問題》也從人道主義的立場，批評了褒揚烈婦烈女殺身殉夫是野蠻殘忍的法律。〔註 32〕周作人早期的一些散文如《祖先崇拜》《拜腳商兌》《風紀之柔脆》等，通過具體的世態人情，揭露並批評了中國人被嚴重扭曲的人格意識和性意識，認爲這些現象都是無視人的尊嚴。他認爲真正的國恥並不是爲外國欺侮，而是像吸鴉片、買賣人口、纏足這些民族的痼疾，是傳統文化及社會風俗中的某些現象，是無視人的尊嚴的民族性格的問題。

五四時期，許多知識分子認爲國民性問題的關鍵是個體自主性的喪失，人們已完全墮入奴隸的境地，而自主性的喪失又是一個民族性的問題。傳統的禮法社會，人既沒有尊嚴，也不可能有自主性。對奴隸性的批判是國民性批判中一個持續性的話題。辛亥革命時期，對奴隸性的批判主要是由於政治壓迫和民族壓迫下的屈從性。五四時期，把奴隸性形成的原因主要歸之於文化，如果說人創造了文化，反過來，文化又決定了人的社會存在狀態，奴隸性的存在反證了文化的病態。陳獨秀在《敬告青年》中開宗明義，要青年自主獨立不要做奴隸，他把一切不能訴之自身意志的行爲，無論是忠孝節義、輕刑薄賦、歌功頌德、拜爵賜第、豐碑高墓等，都看作是「奴隸」，是罪惡。〔註 33〕周作人有一篇《奴隸禮讚》的諷刺文，他區別了奴隸與奴才，如果說奴隸是被強力征服的結果，而奴才則是人爲的天生的，奴隸也許心理不服並圖謀反抗，「至於奴才，那是心甘情願替你做狗腿，無論你怎樣待他，給他可

〔註 31〕魯迅：《我之節烈觀》，《新青年》5 卷 2 號，1918 年 8 月。

〔註 32〕胡適：《貞操問題》，《新青年》5 卷 1 號，1918 年 7 月。

〔註 33〕陳獨秀：《敬告青年》，《青年雜誌》1 卷 1 號，1915 年 9 月。

以逃脫的機會，他總是非請安磕頭或打屁股不行，一定要戴一頂空梁帽直站在門口，聽候吩咐」，總之，他是有奴癖的，或者說是有奴性奴氣的。〔註34〕周作人認爲中國是世界上最富有這種「奴才」的國家。

魯迅批評中國人從來沒有獲得做人的資格，只不過是「奴隸」。他概括中國的歷史是「想做奴隸而不得的時代」，「或暫時做穩了奴隸的時代」。同時，指出奴隸是一個具有普遍性的社會網絡，「有貴賤，有大小，自己被人淩虐，但也可以淩虐別人，自己被人吃，但也可以吃別人，一級一級地制馭著，不能動彈，也不想動彈，因爲偶一動彈，雖或有利，然而也有弊」，「於是大小無數的人肉筵宴即從有文明以來，一直排到現在，人們就在這會場中吃人、被吃，以凶人愚妄的歡呼，將悲慘的弱者的呼號遮掩，更不消以女人和小兒。」〔註35〕傳統的等級制度和禮教教化，使人們處於層層奴役的社會網絡之中，每個人的存在是網絡中的一個結點，所以一個人可能是奴隸，同時又是主人，形成雙重人格現象。魯迅認爲，亦主亦奴的心理最能體現中國人的性格。魯迅關於奴隸變成主人，而主人也會淪爲奴隸的觀念，一方面來自歷史的直觀，同時受到了德國心理學家和哲學家李普斯的啓發。在《論照相之類》中，他說：

> th.lipps 在他那《倫理學的根本問題》中，說過這樣意思的話，就是凡是主人，也容易變成奴隸，因爲一旦既承認可以做主人，一面就當然承認可做奴隸，所以威力一墜，就死心踏地，俯首貼耳於新主人之前了。那書可惜不在手頭，只記得大意，好在中國已經有了譯本，雖然是節譯，這些話應該存在的罷。用事實來證明這理論的顯著的例子是孫皓，治吳的時候，如此驕縱酷虐的暴王，一降晉，卻是如此卑劣無恥的奴才，中國常說，臨下驕者事上必諂，也就是看穿了這把戲的話。〔註36〕

中國國民勇敢而卑怯的主奴心理，在魯迅看來，主要來自傳統文化的薰染和教化。在《春末閒談》中，他曾談到有一個俄國人，神經過敏地發愁，將來

〔註34〕周作人：《奴隸禮讚》，《周作人早期散文選》，上海文藝出版社1984年版，第91頁。

〔註35〕魯迅：《燈下漫筆》，《魯迅全集》第1卷，人民文學出版社1981年版，第215～217頁。

〔註36〕魯迅：《論照相之類》，《魯迅全集》第1卷，人民文學出版社1981年版，第184～185頁。

的科學家是否會發明一種奇妙的藥品，並且注射到某人的身上，那麼這個人就甘心永遠去做服役或戰爭的機器了。魯迅認為傳統文化的種種觀念是使人屈從的一劑毒針，專制的等級制度和奴隸的社會心理都根源於文化的構造。

奴性、奴氣或亦主亦奴心理的揭露和批判，把個體的屈從心理看作是民族性的問題，都以現代的個體性的原則為前提。主人和奴隸都不會有眞正的自我意識，他們的自我只是一個特殊個體的自我，一個受限制的自我，奴隸由於對死亡的恐懼最終通過對自身屈從性的改造，使主人和奴隸的關係發生倒轉，而主人卻因為作為一個消費者使他處於一種遲鈍的自以為是的狀態。從中國歷史的發展來看，奴隸反抗的結果是主奴關係的重新建立，魯迅對奴隸性的批判既是對主人的批判，同時也是對被奴役者的批判，進一步說，如果說這種奴役的心理結構不能從根本上摧毀，那麼奴役也不會消滅，對奴隸的否定不僅包含了獨立自主的要求，也體現了用現代價值觀念替代傳統價值觀念的努力。

把無視「人」的尊嚴的現象看作民族傳統自身的問題，是一個民族的痼疾和恥辱，這體現了五四時期許多知識分子的思維特點。劉再復等人把文藝復興與五四新文化運動作了比較：「人文主義者在那個時代不可能，也不需要把民族或者說種族的整體人性作為一個整體來加以反思，他們不必要通過改造民族性格的形式來實現一套價值準則代替另一套價值準則，只需要用他們的價值準則推翻取代教會代表的虛偽的道德就足夠了。」然而五四時期同樣是以個人解放為目標的思想運動，「他們並不單純把迫害和惡當作外在性的具體存在，而主要是作為民族自我問題。」〔註 37〕國民性作為一個重要領域或者對象，是完全可以被認知並加以控制的，並且主要表現為對傳統的批判，這是民族國家建設或啓蒙運動中普遍的現象。但以普遍的現代性為前提的歷史活動，最終表現為國民性獨特性的認識，把傳統的腐舊性看作是中國獨有的，這種思維方式卻是比較少見的。

三、個人觀念的歷史內涵

五四時期，改造國民性的運動表現為對傳統文化與人格的否棄，個人觀念構成了反傳統的歷史力量。一方面，個人獨立的觀念使他們相信，對個性

〔註 37〕劉再復：《傳統與中國人》，安徽文藝出版社 1999 年版，第 93 頁。

的摧折和壓抑是關於「人」的觀念問題，同時又是一個國民性或民族性的問題，對國民性的反思則引發了一場反傳統運動；另一方面，作爲反傳統的個人觀念其實包含了對新的價值觀念的認同，所以，在中國現代反傳統主義的語境中，「反道德的個人觀念和自我意識包含了對道德可能性的嚴肅探索，在具體的歷史情境中，個人和自我的觀念不僅與應該怎樣的道德和政治的判斷緊密相關，而且與什麼才是本然的善的問題（即確立價值源泉的問題）不可分離。而後者則是我們將個人觀念與認同問題相關聯的原因之一。」〔註 38〕進一步講，通過個人主義的反傳統的國民性改造，使個人本位的價值系統取代傳統儒家倫理的價值系統。現代價值系統的確立從根本上影響了中國現代文化思想、社會歷史的發展。新文化運動倡導的作爲政治和倫理行爲主體的個人具有下面三個層面的含義：

一、獨立自由的個體觀念。個體被視爲是超越於一切道德、法律、國家、家庭、觀念體系的自由獨立的個體，他除了自己的自由意志之外，不受任何力量的支配。魯迅早在日本留學時期的文言論文中就強調「人各有己」，要個人成爲他自己本身，所以，他批判了當時流行的兩大口號，稱之爲惡聲，「聚今人之所張主，理而察之，假名之曰類，則其爲類之大較二：一曰汝其爲國民，一曰汝其爲世界人，前者懾以不如是則亡中國，後者懾以不是如則畔文明，尋其立意，雖都無條貫主的，而皆滅人之自我，使之混然不敢自別異，泯於大群……二類所言，雖或若反，特其滅裂個性也大同。」〔註 39〕魯迅從個體獨立和自由的原則出發，批判了民族主義和世界主義對個體的束縛。後來，魯迅更借小說《傷逝》中主人公子君的口，旗幟鮮明地表達了個人完全獨立的觀念和思想，「我是我自己的，他們誰也沒有干涉我自己的權利。」可以說是五四時期個人主義的宣言。胡適在《易卜生主義》中也強調要成爲個人的首要條件就是「自由意志」，就是個人具有選擇和拒絕的自由。易白沙認爲「自我以外，皆非我也，我之性質，即獨立之性質，即對於他人、他族宣戰之性質。」〔註 40〕

二、理性被認爲是個體解放的標誌。科學作爲五四新文化運動的口號之

〔註 38〕汪暉：《汪暉自選集》，廣西師範大學出版社 1997 年版，第 42 頁。

〔註 39〕魯迅：《破惡聲論》，《魯迅全集》第 8 卷，人民文學出版社 1981 年版，第 26 頁。

〔註 40〕易白沙：《我》，《新青年》1 卷 5 號，1916 年 1 月。

一，使人們相信理性應該成爲現代生活的原則之一，任何事物都必須接受理性的審視和評判。懷疑主義和理性主義使覺醒的個人開始追問生活的意義和人生的目的諸如此類的問題。胡適在《新生活》一文闡述了現代生活的原則，他覺得生活中必須保持一種自覺追問和批判的心理，這樣才能使生活有意義。凡是自己說不出「爲什麼這樣做」的事，都是沒有意思的生活。反過來說，凡是自己能夠說出「爲什麼這樣做」的事，都可以是有意思的生活，「生活的爲什麼，就是生活的意思。」「我希望中國人能做這種有意思的新生活，其實這種新生活並不難，只要時時刻刻自己問爲什麼這樣做，爲什麼不那樣做，就可以漸漸地做到我們所說的新生活了。」〔註 41〕後來，胡適把「爲什麼」發揮成了「評判的態度」。他認爲新思潮的性質應該是「評判的態度」，簡單地說就是凡事要重新分別一個好不好，如尼采所說的重新估定一切價值。對於胡適而言，評判的態度並不僅僅是對傳統的批判，也不是對西方精神文明的新覺悟，而是必須形成一種獨立思想的習慣。他說：「評判的態度只認得一個是與不是，一個好與不好，一個適與不適，——不認得什麼古今中外的調和。」〔註 42〕胡適所謂「評判的態度」顯然受他的老師杜威的影響，這一點他本人也曾不至一次地論及。胡適評判的態度代表了五四時期對科學方法和理性精神的推崇與倡導。格裏德評價說：「他認爲理性獨立的質量應該是個體解放的標誌，他的預見是一個在理智上和人格上都很強健的個人，應該有能力不斷地讓所有的行爲和價值標準，包括他自己的一切準則，去接受批判的再檢驗，而且有能力拒絕任何他在理智上不願意接受的強加於他的要求。」〔註 43〕高一涵也認爲，無論是對於自然世界或者是對於「人事之學」，青年人都必須堅持科學的方法和精神，這就是他所說的：「識」。〔註 44〕由於受《新青年》的影響，北京大學及其他一些大學的學生對新思潮也有了更清楚的瞭解，積極參與這場思想運動。新潮社是其中的先鋒，他們指出這個運動的精神應是批判的精神。傅斯年在《新潮》發刊旨趣書中，強調刊物的旨趣是：「發動協助中等學校之同學，力求精神上解放」，「總期海內同學，去遺傳的科舉思想，進於現世的科學思想，去武斷的主觀思想，進於客觀的懷疑

〔註 41〕胡適：《新生活》，《胡適文存》（一集），黃山書社 1996 年版，第 526 頁。

〔註 42〕胡適：《新思潮的意義》，《胡適文存》（一集），黃山書社 1996 年版，第 528 頁。

〔註 43〕格裏德：《胡適與中國的文藝復興》，江蘇人民出版社 1996 年版，第 124 頁。

〔註 44〕高一涵：《共和國家與青年之責任》，《青年雜誌》1 卷 1 號，1915 年 9 月。

思想，爲未來社會之人，不爲現在社會之人，造成社會之人格，不爲社會所戰勝之人格。……本志以批評爲精神。」〔註 45〕與此同時，適應精神解放和人格獨立的風潮，一戰後歐洲諸如羅曼·羅蘭等許多知識分子發起的關於《精神獨立的宣言》也被譯介登載於《新青年》雜誌上。

三、肯定人的欲望的正當性和自然權利的合理性，把追求快樂幸福作爲人生的主要目的。受傳統的利己主義和西方的功利主義的影響，五四時期，個人主義已經把傳統的修身齊家治國平天下的道德化的人生設計置換爲快樂主義的人生幸福。1915 年《青年雜誌》1 卷 2 號，有一篇李亦民的《人生唯一的目的》，文中大量引證了亞當·斯密、斯賓諾沙、休謨等人的言論。有意思的是他把這些人都看作是功利主義，這當然和事實並不符合。但這並不妨礙他對人生的目的和意義作功利的解釋，即認爲人生的目的除了爲我的快樂之外，別無其他目的。還引用休謨的「快樂爲人生之指南針，痛苦乃航船之警備塔」作爲重要的論據，在作者看來，人類除了個人之外，沒有爲別人的職責，假若有其他的目的，一定會使人的精神依附於他人，傳統的三綱會使人以臣、子、妻的名義依附於君、父與夫。因此，他主張一種極端的爲我主義，既使是所謂的犧牲精神，也仍然要以自我快樂爲動機，並非自身以外的被動的義務。緊接著高一涵在《新青年》第 2 卷 1 號，發表了《樂利主義與人生》，介紹了休謨和邊沁的功利主義思想，認爲人生的第一天職就是避苦趨樂。文中主要討論了邊沁的功利主義的立法精神，認爲如果人生的歸宿在於快樂，那麼國家也應該以人生的歸宿爲歸宿，國家的任務應該在於保護個人的自由和權利，反對國家對個人的壓迫。在文學領域，由於個人主義對人性和自然權利的肯定，愛情成爲現代文學主題之一。眾多以愛情爲主題的小說已完全突破了儒家的正統觀念，認爲個人有追求愛情的權利和自由。在對愛情的表現中，又把性視爲男女感情的重要基礎。最具代表性的是引起社會巨大反響的郁達夫的《沉淪》，小說大膽地描寫了主人公一系列性的心理和遭際，赤裸裸地表達了對愛情的渴望和追求。主人公在日記中這樣寫道：

> 我所要求的就是愛情。
>
> 若有一個美人，能理解我的苦楚，她要我死，我也肯的。
>
> 若有一個婦人，無論她是美與醜，能眞心地愛我，我也願意爲他死，我所要求的就是異性的愛情。

〔註 45〕《新潮發刊旨趣書》，《新潮》創刊號，1919 年 8 月。

從以上三個方面可以看出，五四時期的個人主義包含了對新的價值原則和道德準則的認同，構成了反傳統的歷史力量，同時也形成了現代思想文化的基礎。這些新的價值原則建立在尼采、叔本華、休謨、邊沁、杜威、羅素等西方思想家的個人主義、功利主義、實用主義的理論基礎之上。五四人物對傳統社會政治秩序和道德秩序的批判，是把個人本身作爲整個思想文化的基本原則，是在個人的獨立性上去實現個體的覺醒，這是五四時期的國民性話語與辛亥革命前國民性話語的不同之處。五四之前，嚴復、梁啓超、孫中山也有關於個人的認識。梁啓超非常重視個人的重要性，個人不僅應該具備道德、智慧和體力，也應該有自由，擺脫傳統和現實權威的束縛，但他的個人是國家和社會的一分子。孫中山要把個人組織到民族國家中去，不給個人自由的空間。梁啓超和孫中山對個人的認識和判斷都以民族國家爲前提，個人並沒獲得完全獨立的意義，而是把個人改造成爲民族國家的國民，現代社會的公民，他們的個人觀基本上是民族主義國家理論的一部分。所以，對五四時期的反傳統，也必須從新的價值原則的認同方面加以估價。如果離開了這個價值轉換的歷史過程，離開對自由獨立個體的認同，以及普遍主義的人的解放的追求，也就無法理解這場激烈的反傳統運動。

個體的獨立和覺醒作爲現代的原則被確立下來，標誌著對傳統的批評和國民性改造所能達到的歷史與人性的深度，這在對民族國家的批評中也可見一斑。高一涵批判了國家主義的主張，倡言國家並非人生的歸宿。〔註 46〕陳獨秀把國家同宗教和君主一樣都視爲應當破壞的虛僞的偶像。〔註 47〕魯迅則把個人的自大和愛國的自大相對立，認爲個人的自大，就是獨異，是對庸眾宣戰，一切新思想，多從他們出來，政治宗教上道德上的改革，也從他們發端，合群的自大，愛國的自大，是黨同伐異，是對少數天才宣戰，他們的舉動，看似猛烈，其實卻很卑怯，至於所生結果，則復古、尊王、扶清滅洋等。〔註 48〕當然，五四時期，個人主義話語對民族國家的批評，並不意味著兩者之間的對抗成爲一個歷史性的過程，意味著前者對後者的完全否定。提倡個人獨立的國民性話語也不能完全被個人主義話語所涵蓋。實際上，個人觀念也必須被置於民族、社會、國家的關係中加以理解，個人觀念的張力性結構

〔註46〕高一涵：《國家非人生之歸宿論》，《青年雜誌》1 卷 4 號，1915 年 12 月。
〔註47〕陳獨秀：《談政治》，《新青年》8 卷 1 號，1920 年 9 月。
〔註48〕魯迅：《隨感錄之三八》，《新青年》5 卷 5 號，1918 年 11 月。

在五四時期的思想表述中是一個普遍存在的事實。

首先，五四時期，從歷史的表象看，個人主義和民族主義之間形成了某種對立，但是，這種對立只是在對傳統否定的徹底性上才是成立的，五四人物提出個人命題的過程和方式本身就隱含著悖論和矛盾。汪暉認爲，個人觀念在五四人物那裡並沒有構成如施蒂納和尼采那樣完整的學說和邏輯一致的體系，而只是一種精神或態度，「個人思想只有在與它的特定批判對象中國傳統文化相聯繫時，它才是眞正有效的，也即是說種族、國家只有作爲天經地義的一種偶像時，它才會成爲個體意識否定的對象，超出反傳統的範疇，它們恰恰構成了個體意識的形成前提和部分歸宿。」〔註 49〕五四人物在表述個體獨立性的同時，事實上已經把個體的獨立建立在個體意識和獨立態度的否定性的前提——民族主義的前提之上。因此，五四時期的個人觀念要從個人解放的動力和意義，以及個人主義和民族主義的關係兩個方面去理解。

其次，個人觀念和民族主義的張力性結構也不能完全看作是個人觀念的矛盾，相反，應該是一種現代性構造關係的體現，個人與國家之間的辯證關係往往會彌合平衡其中的矛盾和衝突。五四時期，在強調個人的自由獨立的同時，個人與國家也被賦予了一種辯證關係。人民作爲個人集合體是構成國家的基礎，獨立並不意味著個人可以在國家的組織形式之外存在，只是試圖使個人與國家獲得平等的地位。高一涵雖說國家非人生的歸宿，但也沒有在完全對立的意義上否定國家的存在，他認爲「小己之發達爲國家蘄求之一部分，若小己而不發達，則國家斷無能自發達之道」，「小己人格與國家資格，在法律上互相平等，逾限妄侵，顯違法律。」〔註 50〕杜亞泉同樣也是在一種辯證關係中確認個人與國家的關係，「毋強個人以沒入國家」，「毋強國家以遷就個人」。〔註 51〕所以，對個人獨立的認同，並不妨礙他們也可以接受民族主義，進一步講，與其說他們從個人主義否定了民族主義，還不如說他們是從個人主義的角度來考慮民族主義的問題。陳獨秀在《愛國心與自覺心》一文表達了他對愛國主義的憂慮，民族主義與個人主義之間似乎存在某種緊張關係。陳獨秀認爲國家應該爲個人而存在，非個人爲國家而存在，國家的目的是保障權利共謀幸福，如果國家不能保障權利和共謀幸福，個人就不應當愛

〔註 49〕汪暉：《無地彷徨——五四及其回聲》，浙江文藝出版社 1994 年版，第 25 頁。
〔註 50〕高一涵：《國家非人生之歸宿論》，《青年雜誌》1 卷 4 號，1915 年 12 月。
〔註 51〕杜亞泉：《個人與國家之界說》，許紀霖，田建業編《杜亞泉文存》，上海教育出版社 2003 年版，第 168～169 頁。

國。林毓生對此有獨到的分析：「陳獨秀譴責的國家，是對外不能抵禦列強入侵，對內不能保障人民權利增進人民幸福的國家，它所指的是 state，而不是 nation 所代表的國家概念。」〔註 52〕陳獨秀是在保障權利共謀幸福這一功能的意義上承認國家存在的合理性，在這個意義上，林毓生認爲個人主義與民族主義之間的矛盾是不存在的，並且陳的全部思想都必須根據他獻身於民族主義目標這一背景來加以理解。

最後，五四時期，關於個人解放的動力和意義，實際上確實來自對國家、社會和民族的重建與拯救。改造個體從而達到對社會的改造成了五四國民性改造的基本的邏輯。陳獨秀把個人倫理的覺悟看作是政治覺悟的基本的條件。胡適也贊同易卜生要有益於社會，最妙的法子莫如把自己這塊材料鑄造成器的看法，認爲這種爲我主義是最大價值的利人主義。與此同時，他們也常常把個人置於和社會的關係之中。胡適認爲個人造成歷史，歷史造就個人，社會與個人的關係被稱之爲「大我」和「小我」的關係，是不可分的，因爲只有「大我」的不朽才能賦予個人具有超出自身短暫的存在意義。胡適最終以「社會不朽」代替了宗教的神不滅論和儒家的三不朽觀念。他說：「我這個現在的『小我』對於那永遠的不朽的『大我』的無窮過去，須負重大的責任，對於那永遠不朽的『大我』的無窮未來，也須負重大的責任，我須時時想著，我應該如何努力利用現在的『小我』，方才不辜負那『大我』的無窮過去，方才可以不遺害那『大我』的無窮未來。」〔註 53〕陳獨秀在《人生眞義》表達了和胡適相同的思想。他相信個人的痛苦和犧牲往往對民族和社會的進步不無裨益。「現在，個人的痛苦，有時可以造成未來個人的幸福。譬如有主義的戰爭所流的血，往往洗去人類或民族的污點，極大的瘟疫，往往促成科學的發達。」〔註 54〕

第二節　文化選擇的可能與儒學化的個人主義

個人主義的反傳統認爲傳統沒有存在的價值，不僅因爲獨立的個人觀念與傳統倫理本身衝突，同時，傳統也被置於與西方文化的比較之中，進一步講，反傳統的合理性也依賴於關於「文化」的歷史敘事。從辛亥革命到五四

〔註 52〕林毓生：《中國意識的危機》，貴州人民出版社 1986 年版，第 98 頁。
〔註 53〕胡適：《不朽》，《胡適文存》（一集），黃山書社 1996 年版，第 505～509 頁。
〔註 54〕陳獨秀：《人生眞義》，《新青年》4 卷 2 號，1918 年 2 月。

時期，西方文明一直作爲參照性的譜系影響著國民性話語的建構，從西方傳播的一元論的文明敘事形態一直是國民性建構的歷史力量，國民性建構的目標和相關的知識範疇都來自西方的近代文明。無論是民族國家或國民思想的形成，以及社會風俗的變遷都是從對方的存在中看到了差異和改變的必要。然而，民族認同的感情使對西方文明的吸收一直處於緊張的對立之中，這種對立表徵了國民性話語實踐的內部衝突。五四時期的文化論戰便是這一衝突的全面爆發。陳崧曾經指出，自鴉片戰爭以降，文化論戰迭起，學校科舉之爭，中學與西學之爭，舊學與新學之爭，文言白話之爭，東方文化與西方文化之爭等，環環相扣，從未間斷，五四文化論戰只是在規模和時間上將這些論戰推向高潮罷了。〔註 55〕對五四時期的東西方文化論戰，也有許多論者論及，在此，我並不想就論戰本身做過多的討論，僅從國民性問題的角度考察他們關於文化選擇和主體性的建構方面存在的分歧與契合之處。

一、東西文化比較中的另類敘事

新文化運動把個人主體性問題和文化運動勾聯起來，道德的個體化使傳統的禮法倫理成了現代生活的對立面。主體性道德原則的確立又是通過思想革命和文化革命的方式進行的，進一步講，是在關於中西新舊一系列的文化命題中完成的。陳獨秀在《法蘭西人與近代文明》一文中，把近代文明分爲東洋與西洋，印度與中國是東洋文明的代表，東洋文明從「質量」上看，並沒有擺脫古代文明的窠臼，眞正可以稱得上近世文明的只有「西洋文明」，他認爲人權說、生物進化論與社會主義可以作爲近代文明的標誌。〔註 56〕在後來的《東西民族根本思想之差異》中，陳獨秀又列舉了東西文明之間的種種差異：西洋民族以戰爭爲本位，東洋民族以安息爲本位；西洋民族以個人爲本位，東洋民族以家族爲本位；西洋民族以法治爲本位，以實利爲本位；東洋民族以感情爲本位，以虛文爲本位。陳獨秀指出文明的差異是由於風土、人種、地理的因素。〔註 57〕對新文化運動而言，東西文化的關係並不僅僅是東西空間上的差異，同時又表現爲一種時間上的差異，即新舊關係。進化論

〔註 55〕陳崧編：《五四前後東西文化問題論戰文選》前言，中國社會科學出版社 1985 年版，第 1 頁。

〔註 56〕陳獨秀：《法蘭西人與近代文明》，《青年雜誌》1 卷 1 號，1915 年 9 月。

〔註 57〕陳獨秀：《東西民族根本思想之差異》，《青年雜誌》1 卷 4 號，1915 年 12 月。

的目的論使他們把東西文明視爲新舊時代的差異。因此，文化批判和國民性改造的合理性也根源於進化論的歷史敘事。汪叔潛說：

今日之弊，固新舊之旗幟未能鮮明，而其原因，則在新舊之觀念與界説未能明瞭，夫新舊乃比較之詞，本無標準，吾國人之惝恍未有定見者，正以無所標準，導其取捨之途耳，今爲之界說曰：所謂新者無他，即外來之西洋文化也，所謂舊者無他，即中國固有之文化也如是，則首當爭辯者，西洋文化與中國文化根本上是否可以相容，欲解決此問題，又當先知西洋之倫理與中國之倫理是否相似。〔註58〕

汪淑潛認爲西洋文化以人權觀念爲核心，憲政國家、尊重自由、倡導理性都是西洋文明的特點，和中國文化根本相違。常乃德也持相同的看法，認爲東方文明與西方文明是時代的差異，孔德社會進化的三階段說是他主要的理論依據，歷史被分爲神權、玄想和科學三個時期，玄想的特點在於哲學上崇拜自然，主張出世，政治上君權代替神權，實行貴族階級統治的原則，在君權和貴族的壓迫之下，與之相適應的是重退讓的奴隸道德。常乃德認爲中國的文明處於第二時期，西洋文明是科學的時代，處於第三期，這兩個文明的精神是根本反對的。〔註59〕

對東西文明的論述，李大釗可能是一個例外。李大釗把東西文明的特徵概括爲「動的文明」與「靜的文明」，也列舉了東西文明的種種差異。他把東西文明差異的主要因素歸之於地理環境，東洋文明是南道文明，西洋文明是北道文明，「南道得太陽之恩惠多，受自然之賜予厚，故其文明爲與自然和解與同類和解之文明，北道得太陽之恩惠少，受自然之賜予嗇，故其文明爲與自然奮鬥與同類奮鬥之文明。」李大釗認爲儘管東洋文明有許多的缺陷，但是東西文明互有長短，「東洋文明與西洋文明，實爲世界進步之二大機軸，正如車之兩輪，鳥之雙翼，缺一不可，而此二大精神之自身，又必須時時調和，時時融合，以創造新生命而演進於無疆。由今言之，東洋文明既衰頹於靜止之中，而西洋文明又疲命於物質之下，爲救世界之危機，非有第三新文明之崛起不足以渡此危崖。」〔註60〕在李大釗看來，俄羅斯文明能夠

〔註58〕汪淑潛：《新舊問題》，《青年雜誌》1卷1號，1915年9月。
〔註59〕常乃德：《東方文明和西方文明》，《國民》2卷3號，1920年10月。
〔註60〕李大釗：《動的文明與靜的文明》，陳崧編《五四前後東西文化問題論戰文選》，中國社會科學出版社1985年版，第57～60頁。

擔當東西文明融合的媒介。李大釗的東西文明調和論不同於陳獨秀等人的新舊互不相容，一個重要的原因是，第一次世界大戰後，對西方文明的批判和反思影響了他的東西文明觀念，儘管如此，這並不妨礙他對傳統的道德進行激烈地批判。

李大釗關於東西文明調和的看法體現了新文化運動反傳統面臨的文化難題。新文化運動的反傳統、創造新文化以及對個人主義的倡導遭到了東方文化派的抵抗，從而引發了關於東西文化的大論戰，論戰的焦點集中在中國究竟以何種價值作爲民族國家、社會發展的方向。東方文化派對傳統價值的持守一般被視爲保守主義，中西文明調和的論點也被視爲是中體西用的回潮。但是，五四時期的東方文化派，既不同於它之前的頑固的傳統主義者，把最終的價值都歸之於中國，也不同於國粹派，相信保存了國粹，就保存了國家，相信文化與民族國家之間有一種一體化的依存關係。他們也不是中體西用論者，強調需要向西方學習並進行改革的是那些實用的價值，而不是基本的價值領域的東西，西方的知識只是被用來保衛文明的核心，並使它不受到侵害。一方面，他們認爲眞正的西方價值的引入，沒有帶來預期的效果，反而造成了國是的喪失，精神的破產，辛亥革命後一系列政治上的亂象和道德規範的喪失，使他們認爲依賴西方並不能解決現實的問題；另一方面，第一次世界大戰爆發後，以科學、民主、自由、進步爲內涵的西方文明自身的危機，給當時許多中國的知識分子向傳統文化的回歸提供了有力的支持。杜亞泉、梁啓超、梁漱溟等人認爲，科學理性、自由競爭的機械工業主義、唯物的進化論等西方文明都已發生了危機，西方精神的破產，資本主義社會的矛盾都說明中國不應該重蹈覆轍。世界歷史的總體觀念使他們相信，中國的傳統價值不僅對中國是有益的，對西方也有益，所以，他們反對新文化運動主張的一元論的文化否定和國民性改造的歷史性選擇，認爲中西文化應該進行調和。

杜亞泉在《靜的文明與動的文明》一文中，列舉了東西文明的種種差異：西洋重人爲，中國重自然；西洋人生活是向外的，中國人生活是向內的；西洋社會多團體，中國社會無團體；西洋崇拜競爭，中國崇尚與世無爭；西洋以戰爭爲常態，和平爲變態，中國以和平爲常態，戰爭爲變態。總之，西洋社會爲動的社會，中國社會爲靜的社會，動的社會產生動的文明，靜的社會產生靜的文明。杜亞泉認爲西洋文明與中國文明的差異是由於兩個社會歷史的差異，主要是因爲民族關係的複雜程度和地理環境及與之相應的生產方式。並且他認爲西洋文明與中國文明，「乃性質之異，而非程度之差，而吾國固有的文明，正是以救西洋文明之弊，濟西洋文明之窮者，西洋文明濃鬱如酒，吾國文明淡泊如水，西洋文明腴美如肉，吾國文明粗糲如蔬，而中酒與肉之毒者，則當以水及蔬療之也。」〔註 61〕杜亞泉對東西文明的比較和認識，顯然不同於提倡新文化的陳獨秀之流。第一次世界大戰的爆發，使杜亞泉相信盡力傚仿的西方文明的價值是值得懷疑的，今後，文明的發展應該審視文明的眞正價值所在。在《戰後東西文明之調和》中，他以第一次世界大戰爲背景，分析了東西文明的特點及存在的危機，把文明分爲兩部分：經濟與道德，認爲經濟和道德是東西方文明普遍具有的兩個部分。西洋社會的經濟以滿足欲望爲目的，科學是發達經濟的手段，而國家或民族經濟的衝突最終導致了世界大戰，東洋社會經濟的目的是生活資料的充足，沒有缺乏而已。西洋現代的道德，以權力和意志爲本位，道德的判斷，在力不在理，弱者就是劣者，這是人類罪惡的肇端，而中國的道德本於理性。從經濟上看，「東洋社會爲全體的貧血症，西洋社會則爲局部的充血症」。就道德方面而言，「東洋社會爲精神薄弱，爲麻痺狀態，西洋社會爲精神錯亂，爲狂躁狀態」。〔註 62〕所以他認爲東西洋文明都不是圓滿的文明，反對把西方文明作爲文明的模範，現代文明的誕生，必須從東西文明中取其所長，棄其所短。

以杜亞泉代表的東方文化派，對新文化運動倡導的以西方的現代性爲規範的目的論的進化論的歷史進程提出了質疑，東西新舊的關係也不僅僅視爲一種直線進化的單純關係，東西文明的關係被置於世界歷史的背景下重新加以考量，新舊調和是他們的解決方案。1919 年秋天起，章士釗在上海、廣州、杭州等地發表講話，鼓吹新舊調和，引起了有關新舊調和的論爭。在關於新舊調和的爭論中，杜亞泉對新舊關係的認識比較獨特，根據歐洲戰爭之後世界文明的狀態，他認爲眞正的新思想是創造未來文明，而維持現代文明則爲舊。「然以時代關係言之，則不能不以主張刷新中國固有文明貢獻於世界爲新，而以主張革除中國固有文明同化於西洋者爲舊，故現時代之所謂新舊，與戊戌時代之所謂新舊，表面上幾有倒轉之觀，然詳察之，則現時代之新思

〔註 61〕杜亞泉：《靜的文明與動的文明》，許紀霖，田建業編《杜亞泉文存》，上海教育出版社 2003 年版，第 338 頁。

〔註 62〕杜亞泉：《戰後東西文明之調和》，許紀霖，田建業編《杜亞泉文存》，上海教育出版社 2003 年版，第 346 頁。

想，對於固有文明乃主張科學的刷新，並不主張頑固的保守，對於西洋文明亦主張相當的吸收，惟不主張完全的儌仿而已，若以戊戌時代之思想衡之，固在不新不舊之間也。」〔註 63〕對新文化運動新舊關係的消解和重構，表面上看包含了極大的合理性，既繼承了傳統，又避免了西方文明的危機。

《東方雜誌》和《學衡》所持守的「理性的態度」，最終又使他們退縮到了傳統的窠臼之中，文化調和演變的背後是對傳統價值的固守。「記者認爲共和政體，決非與固有文明不相容者，民視民聽、民貴君輕，伊古以來之政治原理，本以民本主義爲基礎，政體雖改，而政治原理不變，故以君道臣節名教綱常爲基礎之固有文明與現時之國體融合而會通之，乃爲統整文明之所有事。」〔註 64〕由於杜亞泉對民主主義的誤解，把傳統的民視民聽、民貴君輕等同於民主主義，國體雖然改變，仍要以儒家的禮法倫理作爲整個社會政治的基礎。學衡派從新人文主義視野出發，認爲新文化運動對西方知識的引介存在著根本性的誤導，對傳統道德的破壞也是他們無法容忍的，他們相信必須保持中國傳統的道德價值。吳宓在《評新文化運動》中談到：「孔孟之人本主義，原係吾國道德學術之根本，今取以與柏拉圖、亞里士多德以下之學說相比較，融合貫通，擷精取粹，再加以西洋歷史名儒臣子之所論述，鎔鑄一爐，以爲吾國新社會群治之基，如是則國粹不失，歐化亦成。」〔註 65〕

東西文化爭論中，梁啓超的《歐遊心影錄》和梁漱溟的《東西文化及其哲學》具有重要的影響，他們基本上完全擺脫了東西新舊的對比關係框架，「對中國文化的倡導也不是以論證文化的異質性或通約性爲目標，而是以診斷和挽救現代性的危機爲目的。」〔註 66〕梁啓超把第一次世界大戰看著是世界歷史的轉折點。他分析了歐洲戰後政治經濟文化的狀況，認爲雖然世界大戰結束了，但世界和平的威脅仍然存在，民族仇恨與衝突都是潛在的隱患，強國依然操縱著國際關係，民族自決的矛盾以及西方世界和俄國過激派之間的對立，是戰後國際形勢的基本狀況。梁啓超也描述了戰爭造成的經濟崩潰、資

〔註 63〕杜亞泉：《新舊思想之折衷》，許紀霖，田建業編《杜亞泉文存》，上海教育出版社 2003 年，第 402 頁。

〔註 64〕杜亞泉：《答〈新青年〉雜誌記者之質問》，許紀霖，田建業編《杜亞泉文存》，上海教育出版社 2003 年，第 370～371 頁。

〔註 65〕吳宓：《論新文化運動》，《學衡》第 4 期，陳崧編《五四前後東西文化問題論戰文選》，中國社會科學出版社 1985 年版，第 541 頁。

〔註 66〕汪暉：《現代中國思想的興起》（下卷第二部），生活·讀書·新知三聯書店 2004 年版，第 1309 頁。

源匱乏和勞動力缺乏等困擾歐洲各國的經濟難題。他不無嘲諷地說：「誰有敢說那些老英老法老德這些闊佬們，也一個個像我們一般叫起窮來，靠著重利借債過日子，誰又敢說如火如荼的歐洲各國，他日舒適過活的人民，完全有一日要煤沒煤，要米沒米，家家戶戶開門七件事，都要皺起眉來。」〔註 67〕梁啓超也注意到了社會革命的暗潮，他說：「社會革命恐怕是二十世紀史上唯一的特色，沒有一國能夠幸免」，「如今世界上的工業國家，那一國不是早已分為兩國，即資本國和勞動國，早晚總有一天短兵相接，拼個你死我活，我們準備聽戰報罷」。〔註 68〕

在梁啓超看來，歐洲的慘狀是受近代學說影響的結果，世界大戰的根源也正在於此，機器的發明和經濟上的自由主義是貧富懸殊階級對立的主要原因。十九世紀以來的生物進化論，穆勒、邊沁等人的功利主義，施蒂納和尼采的個人本位主義，使人們崇拜金錢和力量，在國家方面則導致軍國主義。西方思想的缺陷最主要的是「科學萬能之夢」的破滅。梁啓超認為內部生活本來憑藉宗教哲學的力量，但科學的發展使宗教受到傷害，唯心論的哲學也四分五裂了，哲學家投降到科學家的旗下，所有心靈的東西都不過是物質運動現象的一種。

> 人類精神也不過物質一樣，受自然法則所支配，於是人類的自由意志，不得不否認了，意志不能自由，還有什麼善惡的責任，我為善不過是那必然法則的輪子推著我動，我為惡不過是那必然法則的輪子推著我動，和我什麼相干。如此說來，這不是道德標準應該如何變動的問題，真是道德這件東西能否存在的問題，現今思想界最大的危機，就是這一點。〔註 69〕

梁啓超認為科學帶來的是滿足欲望和弱肉強食的功利主義和強權主義，這種機械的人生觀瓦解了傳統的價值與意義。科學所造成的精神頹喪反映在文學上是所謂的自然派，受自然派文學影響，人們滿腦子總是懷疑與失望。儘管歐洲社會思想已經處於破產和悲慘的境地，但梁啓超對歐洲新文明的再造抱

〔註 67〕梁啓超：《歐遊心影錄》，陳崧編《五四前後東西文化問題論戰文選》，中國社會科學出版社 1985 年版，第 336～337 頁。

〔註 68〕梁啓超《歐遊心影錄》，陳崧編《五四前後東西文化問題論戰文選》，中國社會科學出版社 1985 年版，第 342 頁。

〔註 69〕梁啓超：《歐遊心影錄》，陳崧編《五四前後東西文化問題論戰文選》，中國社會科學出版社 1985 年版，第 345 頁。

有希望，他認爲在社會思想方面，群眾化和克魯泡特金的互助論；哲學方面，人格的唯心論、直覺的創化論對以前機械的唯物人生觀都是重要的補充；個人主義、社會主義、國家主義、世界主義種種矛盾也在趨向調和。

通過對歐戰後西方文明的分析，梁啓超覺得中國的狀況和西方相比，也沒有什麼值得悲觀的地方，在西方的慘狀和中國的混亂之間，反而找到了一種平衡。他認爲中國最主要的是反省自己的缺點，振奮精神，建設國家。但是，中國人的自覺，並不能到此爲止，「人生最大的目的，是要向人類全體有所貢獻」。這個責任和貢獻就是：「拿西洋的文明來擴充我的文明，又拿我的文明去補助西洋的文明，叫他合成一種新文明。」〔註 70〕西洋文明的危機使他們想輸入東方文明，東方文明也具備這樣的資格。西洋文明將理想與實際分開，唯心唯物各走極端，提倡的實用哲學和創化哲學，都是要把理想納入實際裏面，唯心唯物調和。而「孔、老、墨三位大聖，雖然學派各殊，求理想與實用一致，都是他們的歸著點……我們若跟著三聖所走的路，求現代的理想與實用一致，我想不知有多少境界可以闢得出來裏」。〔註 71〕所以，他覺得那些故步自封認爲西學都是中國固有的看法固然可笑，但盲目的醉心歐風，把中國的傳統貶得一文不值也同樣可笑。孔子的貴族性倫理固然不適用，卻不能因此菲薄孔子。正確的態度與方法應該是尊重愛護本國的文化，用科學的研究方法，和西方的文化綜合起來，形成一種新文化系統，並把這種新系統向外擴充，使人類全體都受益。

梁啓超通過歐戰後親身經歷的觀察和分析，意識到了西方文明的危機，他相信中國文明仍然是有價值的，這充分體現在回國後首次在中國公學的演講中。格裏德曾在評述《心影錄》的文化觀念時指出，梁啓超「並非力主維持儒家生活方式，相反，他所倡導的，只是一種要把已漸使中國傳統的重要意義和價值模糊了的長久積累下的種種變形的東西，從中國傳統中清除出去的企圖。一方面，西方思想已把西方帶入了懷疑和絕望之中，所以他渴望把他的同胞從被這些思想沖昏了頭腦的狀態中解放出來，另一方面，他又用時髦的口吻激勵他們，重新肯定他在傳統的中國文明的本質中所領悟到的各種

〔註 70〕梁啓超：《歐遊心影錄》，陳崧編《五四前後東西文化問題論戰文選》，中國社會科學出版社 1985 年版，第 371 頁。

〔註 71〕梁啓超：《歐遊心影錄》，陳崧編《五四前後東西文化問題論戰文選》，中國社會科學出版社 1985 年版，第 372 頁。

永久的理想——這些理想也是西方能從中得到更新的力量和勇氣的」。〔註72〕

同樣以歐戰爲背景，和梁啓超相比，梁漱溟的分析和比較更具形而上學的色彩，他的文化理論建立在佛教唯識學的基礎之上，永久變動的宇宙概念是形而上學的基礎。梁漱溟把文化看作一個民族生活的樣法，生活是一個不斷地滿足與不滿足的過程，文化的不同是因爲人們對待「意欲」的方式不同。由於對待意欲的態度與方式不同，也形成了三種文化類型，第一種，以西方文化爲代表，是以意欲向前要求爲根本精神；第二種以中國文化爲代表，以意欲的自我調和、持中爲根本精神；第三種，以印度文化爲代表，以意欲反身向後要求爲根本精神。既然對待意欲的基本態度和方式決定文化，所以，他反對文化調和的觀念，認爲文化的融合是不可能的。他相信由於「意欲」的不同，每個文化有自己的軌跡：

> 我可以斷言，假使西方文化不同我們接觸，中國是完全閉關與外間不通風的，就是再過三百年，五百年，一千年也不會有這些輪船、火車、飛行艇、科學方法和德謨克拉西精神產生出來，這句話就是說，中國人不是同西方人走一條路線，因爲走的慢，比人家慢了幾十里路，若是同一路線而少走些路，那麼，慢慢的走終究有一天趕上的，若是各自走到別的路線上去，別一方向上去，那麼，無論走好久，也不會走到那西方人所達到的地點上去的！〔註73〕

因此，西方、中國和印度都各不相同，西洋文化的勝利，只是適應人生目前的問題，中國文化和印度文化在今日的失敗，也並非本身有什麼好壞之分，只是不合時宜罷了。當然，梁漱溟也同意陳獨秀的看法，認爲西方文化的本質是科學與民主，西方文化與中國文化相比較，西方征服自然而帶來的豐富的物質生活、學術思想上的科學方法、社會生活方面的民主精神都是中國所不及的。中國人所走的並非第一條向前要求的路，正是這種人生態度決定了中國不會有西方的那些成就。

雖然，梁漱溟給予西方的科學和民主很高的讚揚，但他認爲當下的西方文化已經出現了危機。由於征服自然和理智剖析的科學精神促成了機械的發明，社會分工與自由競爭的資本主義使社會分成了兩大階級，致使工人生存受到嚴重威脅，並出現了生產過剩等一系列不合理的社會現象。梁漱溟認爲

〔註72〕格裏德：《胡適與中國的文藝復興》，江蘇人民出版社 1996 年版，第 149 頁。
〔註73〕梁漱溟：《東西文化及其哲學》，商務印書館 1999 年版，第 72 頁。

更嚴重的是經濟的生活殘害了人性中的「仁」，「無論是工人或其餘地位較好的人乃至資本家都被它把生機斫喪殆盡，其生活之不自然、機械、枯窘乏味都是一樣的。」〔註 74〕梁漱溟非常看重家庭生活對人生的意義，認爲家庭生活的樂趣能夠培養人心，維繫一個人生活的平穩，但現在工人的家庭多半被破壞，結果導致道德的墮落，酗酒鬧事，自殺殺人等社會的病態。他斷言，西洋人征服自然以求滿足這條路已走到了盡頭，人類將從對物質問題的時代轉入到人對人的問題的時代，進一步講，西洋的態度不得不轉入第二路向，即中國態度。在他看來，這種變化已體現在西方的學術思想上，如倭鏗、羅素、克魯泡特金、泰戈爾等人的哲學思想和社會主義之中，以前西洋主要依靠理性，而以後則不得不植根於社會的本能。梁漱溟所謂社會的本能就是孔子的「仁的生活」，一方面必須順從本性而聽任本能衝動的流暢，同時又必須抑制這種本能衝動，對其進行調理，以便使它妥貼而沒有危險。梁認爲中國文化的優點和長處就是孔子的「仁」的生活，遺憾的是孔子的人生並沒有實現，因此，中國人的生活不免歸於失敗。

與此同時，他也歷數中國文化的種種弊端，梁漱溟對中國傳統文化的批評和新文化運動的判斷基本是一致的。在物質生活上，由於知足容忍的態度，不能征服自然，物質上的不進步也造成了文物制度上的不進步，其中的弊害數不勝數。在社會生活方面，由於禮法的緣故，以及中國人容讓的態度，使古代的制度始終沒有改變，數千年以來，不能從種種權威下解放出來，獲得自由，「個性不得伸展，社會性不發達，這是我們人生上一個最大的不及西洋之處。」〔註 75〕精神方面，在東西文化的論述中，有一種傾向認爲中國是精神的文化，西方是物質的文化。梁漱溟認爲這種看法是不符合實際的，中國人在精神方面實在是失敗的，中國除了與自然渾融、從容享樂的物質生活態度，以及人與人淳厚禮讓的社會生活態度比較可取外，至於精神生活乃至無可數。宗教只是出於禍福長生等低等的動機，沒有西洋偉大尙愛的精神。文學多聰明精巧，但缺少偉大的氣概和深厚的思想感情。中國沒有科學，哲學也少有講求，社會一般有的只是些糊塗拙淺的思想。所以，從種種方面看，中國人並沒有做到很好。和新文化運動從西方立場對傳統的批判不同，

〔註 74〕梁漱溟：《東西文化及其哲學》，商務印書館 1999 年版，第 169 頁。
〔註 75〕梁漱溟：《東西文化及其哲學》，商務印書館 1999 年版，第 156 頁。

梁漱溟從傳統內部重新挖掘思想資源，當然，他預設並理想化的「仁」的生活，很大程度上也汲取了西方思想的養分，這構成了他中國文化批判的重要前提。

儘管梁漱溟認爲中國文化有種種缺陷，在對待文化的態度上仍然是非常中國化的，他把世界未來文化發展的方向寄於中國，認爲世界未來的文化就是中國文化的復興。世界未來文化是中國文化的復興，但對中國當下而言，他覺得應持的態度是：第一，要排斥印度的態度，絲毫不能容留；第二，對於西方文化是全盤承受，但要根本改過，對其態度要改一改；第三，批評地把中國的態度重新拿出來。梁漱溟認爲中國目前最需要的是讓個人權利穩固，社會秩序安寧，對陳獨秀等人提倡的科學與民主應該無批評無條件的接受。在這一點上，他不同於其他的保守主義者。他覺得舊派的反動只是由於心理上有一種反感而不服，他們的思想內容其實異常貧乏，並不曾認識到傳統的根本精神。梁認爲如果由於科學與民主，也要隨著採取他們的人生態度，即使這種態度已出現了好多弊病，受到了批評，可是，對中國人可以救其偏頗，但必須修正。正如艾愷所指出的，梁漱溟對於中國文化發展方向的態度，雖然他是反對東西文化調和的，但從某種角度上說，甚至梁漱溟本人也接近於模糊了他與文化調和論之間的界限。〔註 76〕

總之，在東西文化的論爭中，形成了一個不同於新文化運動的關於中國文化發展方向的敘事，其中的差異固然源於歷史觀的差異。〔註 77〕值得注意的是，東方文化派文化選擇的一個基本背景是歐戰，促使人們重新認識西方文明。在對文明的認識上，一般認爲有內外兩個層次，即物質和精神的對立，西方文明是追求物質的文明，由於對物質的迷戀造成了人類精神內部的貧乏，這一切都是科學理性造成的，科學萬能的夢想也應該破滅了。梁漱溟則覺得西方的人生態度已經出現了危機，在接受的同時，必須作一番修正。實際上最重要的是他們覺得仍然要保留傳統的道德，作爲整個「新文化」的一部分，甚至是基礎性的部分。

〔註 76〕艾愷：《最後的儒家——梁漱溟與現代化的兩難》，江蘇人民出版社 1993 年版，第 123 頁。

〔註 77〕汪暉：《現代中國思想的興起》（下卷第二部），生活·讀書·新知三聯書店 2004 年版，第 1293 頁。

二、文化選擇的分野和對國民性的不同診斷

東西文化論戰中，新文化運動對文化調和論保留傳統的做法進行了激烈的批評。陳獨秀猛烈抨擊杜亞泉的政體雖改，但政治原理可以保持不變的論調，他認爲杜亞泉把古代的民本主義比附爲民主主義，是「蒙馬以虎耳，換湯不換藥」，堅決否認歐戰使歐洲文明的權威受到質疑。胡適批評了梁漱溟關於東西文化的論斷，認爲民族文化間並沒有什麼本質性的差別，中國和印度的將來一定也是科學化與民主化，最沒有根據的是視西洋文明爲唯物的文明，東方文明爲精神的文明，凡文明都是人的心思智力運用自然界的質與力的作品，沒有一種文明是精神的，也沒有一種文明是物質的。西方文明的第一個特色便是科學，科學的根本精神在於求眞理。梁啓超等人攻擊的科學，在胡適看來，正是它可以「滿足人類心靈上要求的程度，這非東洋舊文明所能夢見，西洋文明絕非唯物的，乃是理想主義的，乃是精神的」。〔註 78〕郭沫若也認爲應該把科學本身同資本主義制度利用科學的事實加以區分，對於歐戰，科學自身並不負任何責任，因爲「科學的精神在追求普遍妥當的眞理，科學家的職志也在犧牲一切浮世的榮華而唯眞理之啓迪是務」。〔註 79〕

對待國故和國粹的態度和方式最能體現新文化運動對待傳統的態度。陳獨秀認爲，學術是人類公有的利器，沒有古今中外的區別，「吾人之於學術，只當論其是不是，不當論其古不古，只當論其粹不粹，不當論其國不國，以其無古今中外之別也。」〔註 80〕1923 年羅素到達北京，並發表了演講，論及保存國粹的重要性，周作人則堅決反對：

> 羅素來華了，他第一場演說，是勸中國人要保重國粹，這必然很爲中國人上自遺老下至於青年所歡迎，我看中國的國民性裏，除了尊王攘夷，換一個便是復古排外的思想以外，實在沒有什麼特別可以保存的地方。羅素初到中國，所以不大明白中國的內情，我希望他不久就會知道，中國的壞處多於好處，中國人有自大的性質，

〔註 78〕胡適：《我們對於西洋文明的態度》，《胡適文存》（三集），黃山書社 1996 年版，第 3～4 頁。

〔註 79〕郭沫若：《論中德文化書——致宗白華書》，陳崧編《五四前後東西文化問題論戰文選》，中國社會科學出版社 1985 年版，第 548 頁。

〔註 80〕陳獨秀：《學術與國粹》，《陳獨秀文章選編》（上），生活・讀書・新知三聯書店 1984 年版，第 259 頁。

是稱讚不得的。〔註 81〕

毛子水用「國故」稱謂古代的學術思想和中國民族過去的歷史，認爲它的意義只在於做病理學上的好材料，並且須具有科學精神的人才能「解剖」，不然，非特沒有益處，自己恐怕要受傳染病而死。毛子水關於「屍體」的比喻完全宣佈了傳統文化和歷史的死亡。對國粹或國故的否定在新文化運動是一個普遍的立場，對傳統的嫌惡根源於對國民性的嫌惡，文化應該爲國民性承擔歷史的責任。

東方文化派文化選擇的保守傾向，一方面受第一次世界大戰後的文化比較意識的影響，同時也根源於他們對中國「國民性」問題的診斷與思考。東方文化派的知識分子也把「國民性」作爲重要的問題，但認識、分析以及解決問題的方式和新文化運動卻大爲不同。《東方雜誌》長期以來也關注國民性，主要側重社會風俗的改革，他們也試圖找到中國社會的病根。錢智修曾談到：「今吾國之病源果何在耶，向謀種族問題之爲梗也，救之以革命而病如故，所謂專制政治之厲民也，藥之以共和而病亦如故，是必有較深之原因，僕緣乎國民心理，而未可以浮面見象定者。」〔註 82〕在錢氏看來，中國社會的病根是國民心理深處都存在著一種惰性，舉國上下皆感染上了這種慢性病，作爲病相的表現是苟且、懶惰、依賴、盲從、無操守、無勇氣、放縱、健忘等。關於中國國民性的認識，社會心理、國民心理這些範疇爲他們提供了很好的工具。杜亞泉認爲由各個個人的心理綜合而成社會心理，即社會精神，他把歐美各國和中國的社會心理相比較，法國國民具有營造國家的思想，英國國民傾向於個人活動，德國國民先關注事物的利害而後實行，英國的國民先實行後判斷得失，中國的國民則是幼稚而靜默。中國的社會心理之所以有這些缺點，是社會知識不發達的緣故，目前的方法應以開通知識爲前提。〔註 83〕

對中國國民性的認識，道德一度成爲焦點。在《國民今後道德》一文中，杜亞泉既不同意提倡新道德破壞舊道德，提倡個性自由的做法，也不同意認爲只有恢復舊有的道德，設立國教，才能挽回人心。他承認舊道德並不能運用於今天，但新道德和舊道德之間的差別甚微，中國道德的大體可以不改變，

〔註 81〕張菊香編：《周作人代表作》，黃河文藝出版社 1987 年版，第 9 頁。

〔註 82〕錢智修：《惰性之國民》，《東方雜誌》13 卷 11 號。

〔註 83〕杜亞泉：《論中國之社會心理》，許紀霖，田建業編《杜亞泉文存》，上海教育出版社 2003 年版，第 260～261 頁。

從時勢發展的方向講，有三個方面必須變革：改服從命令爲服從法律，變家族的觀念爲國家的觀念，移權利的競爭爲服務的競爭。〔註 84〕柳詒徵也認爲不可把中國的動盪與混亂歸咎於儒家之類的文化傳統，他說：「中國今日之病源，不在孔子，在滿洲之旗人，在鴉片之病夫，在污穢之官吏，在無賴之軍人，在託名革命之盜賊，在附會民治之名流政客，以迨地痞流氓，而此諸人固皆不奉孔子之教。」〔註 85〕在他看來，正是孔教道德的缺失才最終導致了中國的衰微。在辛亥革命之前，梁啓超曾經認爲中國人的道德已經惡濁到了極點，但是，在歐洲戰爭的背景下，他認爲政治上的混亂、人心的墮落、家庭社會上的罪惡，並不能歸於某一原因，也不是某一民族的特殊現象，是社會的普遍性現象，過去和現在並沒有什麼兩樣，國內和國外也同樣如此。某種程度上，梁啓超已經擺脫了把中國社會中存在的問題看作是民族性問題的思維方式，換言之，長期居於思想中心的「民族性」範疇逐漸被否定了。如上所述，對中國國民性的診斷和分析方面，他們並沒有把傳統的儒教視爲政治腐敗和社會混亂的根源，認爲是應該拋棄的東西，相反，由於西方世界的精神危機，使他們有理由相信中國的傳統於世界有相當的價值。

三、儒學化的個人主義

因爲關於文化的論述包含了現代的個人主體性原則，新文化運動堅持一種整體化的歷史觀。文化主體性的訴求和個人主體性的問題緊密相聯，互爲表裏，傳統被看作是與現代性的主體性原則不相適應的文化系統，應該從根本上拋棄，這樣才能實現眞正的國民性的改造，因此，必須堅持思想革命的徹底性。東方文化派與提倡新文化的知識分子對中國國民性問題的分析與認識，以及文化選擇的路徑並不同。但是，在變革社會的方式與力量方面，卻有一定的相似之處，即同時把個人作爲變革社會的方式與力量，也就是說，他們都不得不面對個人主體性問題。杜亞泉、梁啓超和梁漱溟都意識到個性自由是西方發展的主要動力，是西方精神的核心，雖然給西方帶來了不良的後果，但對中國仍然是必要的。

〔註 84〕杜亞泉：《國民今後之道德》，許紀霖，田建業編《杜亞泉文存》，上海教育出版社 2003 年版，第 293～294 頁。

〔註 85〕柳詒徵：《論中國近世之病源》，孫尚揚、郭蘭芳編《國故新知論——學衡派文化論著輯要》，中國廣播電視出版社 1995 年版，第 149 頁。

杜亞泉在一篇題為《個人之改革》的文章中指出，過去十多年的改革，不論政治、教育、實業等等，結果仍是有改革之名而無改革之實，曾經為帝國政治服務的官僚，一變而為共和國家的官僚，「窮人猶是窮人，官猶是官，即政治猶是政治，其所改革者，位階職務之名稱，簿書文告之程序。」〔註86〕所以，他認為真正的唯一的改革應該是改革個人。杜亞泉把改革個人當作整個改革的必要的途徑和方式，這一點，和提倡新文化運動的知識分子是一致的，但對個人觀念的內涵認識卻有差異，並不具有五四時期啓蒙的個人主義觀念。他的「個人」和傳統的儒家思想有著更為親近的關係，「吾儕非個人主義者，但吾儕之社會主義，當以個人主義發明之，孔子所謂『學者為己』，孟子所謂『獨善其身』，亦此義也。」〔註87〕顯而易見，杜氏把個人主義作了儒學化的解釋，個人改革的內容包括了四個方面，其一是衛生，要求身體健全。對身體的關注顯然受到了近代以來尚武主義的影響；其二，使知、情、意各個方面調和圓滿；其三，必須具備各種能力，不僅包括大的如文事武備，小的如應對灑掃，其他如學理上的研究和實地的實驗等等都必須學習和準備；其四是耐勞。杜亞泉提出的個人改革相當於儒家所謂修身的範疇，他的目標是要像西洋人那樣身體健壯、精神活潑、技能熟練、服務精熟。他的個人觀念並沒有把傳統看著和它對立的東西。

對梁啓超而言，個人觀念早已包含在新民理論之中，那時的個人觀念基本上是民族國家理論的一部分。在《歐洲心影錄》中，梁啓超進一步闡述了關於個人的觀念，他提出了「盡性主義」。如果「新民」是傳統蛻化的結果，而「盡性」同樣具有濃厚的傳統的基礎，《中庸》云：「唯天下至誠為能盡其性」。盡性主義，就是「人人可以自立，不必累人，也不必仰人鼻息」，〔註88〕就是發展個性。梁啓超批判了德國的國家主義，認為德國的戰敗是因為國家過於發達，人民的個性都被國家吞滅，對中國而言，舊社會畸形的組織和權威的學說，都是桎梏個人才能的主要因素。梁氏批判傳統社會對個人自由和才能的束縛與新文化運動也基本是一致的，但他並沒有把造成這種結果的原

〔註86〕杜亞泉：《個人之改革》，許紀霖，田建業編《杜亞泉文存》，上海教育出版社2003年版，第304頁。

〔註87〕杜亞泉：《個人之改革》，許紀霖，田建業編《杜亞泉文存》，上海教育出版社2003年版，第305頁。

〔註88〕梁啓超：《歐遊心影錄》，陳崧編《五四前後東西文化問題論戰文選》，中國社會科學出版社1985年版，第359頁。

因歸之於傳統的儒學與禮教，並不認爲傳統的道德是束縛人的主要的根源和社會惡的根源，必須用新的道德代替。另外，梁啓超認爲個性發展作爲國家解放的一個非常重要的方面是思想解放，這也是個性解放的前提。梁氏的思想解放一方面是以孔子的擇善而從爲依據，主要以歐洲現代文化都是從「自由批評」產生出來的歷史經驗爲前提。自由批評主要是一種思想方法，即必須使自己的思想擺脫古代思想和時代思想的束縛，獨立自由地進行研究。

梁啓超進一步指出思想解放必須徹底。思想解放的徹底性體現在兩個方面：一是關於學問。思想解放的意義在於擺脫一切歷史文化的偏見，不許一絲先入爲主的意見束縛自己，既不受中國舊思想的束縛，也不受西洋新思想的束縛，做到虛心研究，放膽批評。這和胡適提倡的「評判的態度」大體一致，思想解放的觀念明顯受到了西方理性主義的影響；二是關於德性。強調德性完善的重要性，即通過內省的工夫，擺脫一切傳統、環境以及肉體造成的個性束縛，最後完全地造成一個「眞我」。「那層解縛的工夫，卻更費力了，德性不堅定做人先自做不成，還講什麼思想，但我們這德性，也受了無數束縛，非悉數解放，不能樹立，祖宗的遺傳、社會環境，都有莫大的力量，壓得人不能動彈，還有最兇狠的大敵，就是五官四肢，他和我頃刻不離，他處處要干涉我誘惑我，總要把我變成他的奴隸，我們要完成自己的個性，卻四面遇著怨敵，所以坐在家裏頭也要奮鬥，出來到一切人事交際社會也要奮鬥，不是鬥別人，卻是鬥自己，稍鬆點勁，一敗塗地，做了俘虜，永世不得自由了。」〔註 89〕梁啓超所謂「盡性主義」的個性解放，強調個性的自由獨立，堅持自由批評的原則和新文化運動基本一致，但具有濃厚的儒學色彩。他把個人主義和孟子的「獨善其身」做了某些糅合和互相發明，強調自我內省的方法和取消欲望的態度，與啓蒙的個人主義肯定自然權利和欲望的正當性形成了鮮明的對照，形成了一種獨特的儒學化的個人主義的論說形式，並把它作爲個人獨立和國家社會存在的根本。

和梁啓超一樣，梁漱溟也認爲個性發展是社會發展的根本動力。他認爲西方有兩個方面是非常突出的，一個是科學的方法，一個是人的個性伸展，社會性發達。在西方，因爲有個性的發展，所以才有民主和自由，在政治上，個性解放構成了民主制度的基礎，在社會和家庭生活中，人人都是自由和獨

〔註 89〕梁啓超：《歐遊心影錄》，陳崧編《五四前後東西文化問題論戰文選》，中國社會科學出版社 1985 年版，第 363 頁。

立的，人人平等的原則成了社會生活中人人相處的基本原則。而中國的自己並非己有，只是皇帝的臣民，皇帝對他們有生殺予奪的大權。在梁漱溟看來，個性的發展獨立不僅對個人是有益的，個人自由爲社會組織的產生也作了準備，個人在社會組織中並不是無個性的分子，社會組織對具體的個人自由的保證，使他們感到執行組織的決議，而不必放棄自己的自由。「所謂的社會性發達亦即指個性不失的社會組織，」〔註 90〕組織雖然聚合了個人，但又不丟掉自己的個性，個性的自由和發展是西方的公共精神和民主形成的重要基礎。梁漱溟認爲中國人不能自由，就是個性發展受到限制，中國的道德中，差不多沒有公德的觀念，大多屬私德，五倫主要指生活中個人與個人之間的關係，而沒有個人對社會的關係，所以不能組織成爲國家。

梁漱溟對《新青年》同仁所提倡的科學與民主完全認同，但他認爲如果沒有一種根本的人生態度，一切都將是枝節的做法。西洋人的人生態度到現在已經有好多弊端，受到嚴重批評，這種態度對西方增加了其痛苦，於中國人則可救其偏頗，但必須修正才好，對新文化倡導的個人主義並不完全贊同。所謂修正的人生態度，一方面採用西方的個性解放，同時又要把它融含在中國的人生態度中，這種態度便是孔子的「剛」。所謂「剛」的含義，他是這樣解釋的：

> 全超脫了個人的爲我，物質的歆慕，處處的算帳，有所爲的而爲，直從裏面發出活氣——羅素所謂創造衝動——會融了向前的態度，隨感而應，方有所謂情感的動作，情感的動作只能於此得之。只有這樣向前的動作才眞有力量，才繼續有活氣，不會沮喪，不會厭惡，並且從他自己的活動上得了他的樂趣，只有這樣向前的動作可以彌補中國人素來的缺短，解救了中國人現在的痛苦，又避免了西洋的弊害。〔註 91〕

他認爲只有奠定了一種人生態度，才可以眞正吸收科學與民主的精神，否則新文化是不會有結果的，眞正的文藝復興應該是中國人的人生態度的復興。從實踐的層面講，應該再創講學之風，把孔子「剛」的人生和態度普及化，使孔子的思想變成一種生活，而不僅僅是一種思想。對個性發展的強調卻表現爲對儒學的重新詮釋，修正的態度和方法，最終使自由、民主、權利這些

〔註 90〕梁漱溟：《東西文化及其哲學》，商務印書館 1999 年版，第 47 頁。
〔註 91〕梁漱溟：《東西文化及其哲學》，商務印書館 1999 年版，第 214 頁。

以個人主義的核心觀念卻迷失了它的應有之義。

綜上所述，他們都把個人的改造看作社會國家改造的基礎，這一點和新文化運動是一致的，但是，他們並不認為傳統的倫理道德是完全有害的，對西方文化危機的認識，以及中國國民性問題的思考和關注，使他們相信中國不該全盤地照搬西方，對個人主體性的詮釋因此也走上了傳統儒學的路子。事實上，儒學化的個人主義並沒有在歷史中發揮更多的影響和作用，新文化運動的個性解放構成了現代社會思想的基礎。由於文學上的實踐，使其影響更加普遍，如蔣夢麟所言：「兩三年前，他們反對的『個性主義』、『自動主義』到今日成了每個人的口頭禪，就是一個證據。我曾記得三年前，有人說什麼自動主義、不自動主義，學生自動教員不動。」蔣氏的文章發表在 1919 年 10 月的《晨報》上，由此可見，新文化運動倡導的個人主義很快產生了普遍的影響。

第三節　個人觀念與鄉土小說的國民性批判

一、「人的文學」與鄉土小說

五四思想文化革命的重要組成部分是關於「文學」的革命，反過來說，文學革命對思想革命以有力的支持，文學在完成自身革命的同時，充當了思想革命的工具。胡適在 30 年代編定的《中國新文學大系》建設理論集的導言中說，新文學運動有兩個作戰的口號，一個是「活的文學」，一個是「人的文學」，所謂「活的文學」，就是指白話文運動，主張用一向被輕視的白話文作為文學的唯一工具，關於「人的文學」的口號，胡適認為當屬周作人的《人的文學》。周作人的「人的文學」的觀念體現了五四新文學的基本精神。

周作人「人的文學」的觀念，首先闡述了關於「人」的問題，歐洲近代以來「人」的發現的歷史與觀念構成了其人學觀念的歷史前提。他認為應該承認人是一種生物，承認人的一切生活的本能，凡是違背人性不自然的習慣制度，都應該排斥糾正。同時，人又是一種由動物進化的生物，他的內面生活，卻比其他動物更為複雜高深，有改造生活的能力，所以，人類以動物的生活為生存的基礎，而其內面的生活，卻漸漸與之相遠，終能達到高尚和平的境地，凡是獸性的遺留及古代的禮法，這些阻礙人性向上的發展的因素都應該改正，最後達到靈肉一致的二重性的生活。另外，周作人強調他的人道主義並非所謂的「悲天憫人」或「博施濟眾」的慈善主義，是一種個人主義的人間本位主義。進一步講，個人是人類的一員，他用樹木和森林的關係作比，只有眞正的個人，才有人類的存在。「所以，我們說的人道主義，是從個人做起，要講人道，愛人類，便必須使自己有人的資格，占得人的位置，純粹的利他是不可能的，以及那些超出個人的道德行爲，不是人所能爲的。」〔註92〕周作人個人主義的人道主義以歐洲近代的個人主義、人文主義與進化論爲思想資源，正是個人主義的人間本位引起了新文學創作的熱情，造成了一個稱之爲個人解放的時代。周作人認爲「人的文學」大致有兩種類型，一類是正面的，描寫理想的生活，一類是側面的，寫人的平常的生活，或非人的生活。五四時期，問題小說以及爲人生派與爲藝術派的文學都是啓蒙主義時代個人解放文學的重要歷史形式。個人世界的探索，社會問題的關注都體現了對「人」的關注，現代意識和行爲是這些人物的主要特徵，比如《傷逝》中的子君與涓生，雖然他們受到了各種因素的困擾，有傳統因襲的勢力，也有經濟上的困頓，但是他們的主要的特徵在於具有強烈的個人意識和解放的衝動。再如《沉淪》中的主人公，眞正的個人意識表現爲對愛情赤裸裸的渴望與追求，這類作品更多地從正面描寫了「理想」的生活。周作人認爲後一種最多，也最重要，五四時期，許多作品集中於對「非人生活」的描寫，鄉土小說無疑屬於後一種類型。

鄉土小說的出現一方面是五四思想與文學革命的產物，嚴家炎認爲：「近代中國原是農業國，五四以後文藝青年大多來自農村，在這樣的歷史條件下，以爲人生派的問題小說開頭而走上鄉土文學的道路，幾乎是必然的發展。」〔註93〕另一方面，則直接淵源於魯迅，以及周作人的理論提倡。魯迅曾經強調自己小說創作的出發點是啓蒙主義，要達到改良人生的目的，是爲人生的。但是，對人生的思考與改良卻表現爲對「國民性」的思考，實際上，對中國人的特性及其精神狀況的探討構成了他整個文學活動的核心。在《吶喊》自序中，他說：」凡是愚弱的國民，即使體格如何健全，如何強壯，也只能做毫無意義的示眾的材料和看客，病死多少是不必認爲不幸的，所以，第一要著

〔註92〕周作人：《人的文學》，胡適編《中國新文學大系・建設理論集》，上海文藝出版社2003影印本，第195頁。

〔註93〕嚴家炎：《中國現代小說流派史》，人民文學出版社1989年版，第43頁。

是在改變他們的精神，而善於改變他們精神的，我那時認爲當然要推文藝，於是提倡文藝運動了。」〔註 94〕魯迅把精神看著比生命本身更優先的東西，在他看來，沒有精神的生命將是毫不足惜的。從他的敘述可知，國民性改造的熱情是由於「幻燈片事件」的「刺激」，其實在魯迅早期的思想活動中，對國民性範疇的看重，並不僅僅根源於這樣一個偶然的生活事件，可能有更爲複雜和多重的因素。〔註 95〕此外，在周作人那裡，也是非常自覺的理論倡導，他認爲通過文學研究民族性是文學發展的重要方面。1921 年，周作人翻譯了英國作家勞斯爲《希臘島小說集》寫的序文後說：「中國現在文藝的根芽，來自異域，這原是當然的，但種在這古國裏，吸收了特殊的土味與空氣，將來開出怎樣的花朵，實在是很可注意的事，希臘的民俗研究，可以使我們瞭解希臘古今的文學，若在中國想建設國民文學，表現大多數民眾的性情生活，本國的民俗研究也是必要的，這雖然是人類學範圍內的學問，卻於文學有極重要的關係。」〔註 96〕周作人認爲文學可以有助於對民族性的研究與認識，這種研究與認識已遠遠超出了民俗學的範疇，而是他論及的對「非人生活」的表現和研究。

關於鄉土文學的命名和界定，魯迅的論述已然成爲經典。魯迅說凡在北京用筆寫出他的胸臆來的人們，無論他自稱爲主觀或客觀，其實往往是鄉土文學，從北京方面來說，則是僑寓文學，但又非勃蘭兌斯所說的僑民文學，僑寓的只是作者自己，卻不是這作者所寫的文章。如果說由於這些作者的僑寓，使鄉土的描寫成爲可能，外部條件的改變並不必然形成現代的鄉土文學，和傳統文學相比，現代的意義並不僅僅是鄉土成爲文學想像的一個領域，或者說是審美空間。古代的山水田園詩也同樣把鄉土作爲審美的對象，關鍵的是他們的審美意識發生了很大的變化，進一步講，鄉土想像的主體具有完全不同於古典詩人的想像方式。一方面，和古典的鄉土想像相比，現代文學給我們展示了完整的鄉土時空，創造了一個相對清晰的鄉村形態；另一方面，古典作品尤其是詩歌往往把鄉土抽象爲一個空靈的審美空間，而現代的小說

〔註 94〕魯迅：《〈吶喊〉自序》，《魯迅全集》第 1 卷，人民文學出版社 1981 年版，第 417 頁。

〔註 95〕參見潘世聖：《關於魯迅的早期論文及改造國民性思想》，《魯迅研究月刊》2002 年 9 期；程致中：《魯迅國民性批判探源》，《魯迅研究月刊》2002 年 10 期；袁盛勇：《國民性批判的困惑》，《魯迅研究月刊》2002 年 10 期。

〔註 96〕轉引嚴家炎：《中國現代小說流派史》，人民文學出版社 1989 年版，第 44 頁。

則發揮他的敘事功能，把人物及其活動作爲表現的中心，居於敘事中心的是普遍的個人這樣的現代裝置。鄉土文學審美意識的基礎是五四以來形成的「人」的觀念，「人的文學」的實踐表現爲對鄉土世界的批評，無論是鄉村形態，或者是鄉村的風俗與人物，都被作爲與「人」的觀念相對立的存在，同時也被視爲是國民性問題。換言之，對鄉村世界的批評則表現爲對國民性的批評。儘管在後來的文學研究中存在著階級性與國民性的對立這樣的疑問，誰是國民性的代表，全體的國民和部分農民之間的矛盾一度成爲批評中必須面對的問題。其實，對那個時代的作家而言，問題並不在於農民是否可以成爲國民性的承擔者，普遍的個人觀念使他們看到了鄉村世界的缺陷，並把這種缺陷看作是一個民族性的問題。

二、國民性視角的鄉土批判

接受了新思想的作家認爲鄉村需要啓蒙，他們首先對鄉村社會中的風俗習慣和生活情境給予極大的關注。魯迅的《風波》《故鄉》《祝福》等均不以故事情節的曲折起伏而引人入勝，他對鄉村社會做了高度準確和深刻揭示，魯迅的特徵在於深刻，以其內涵深廣而發人深思。當然全面、具體、生動展現鄉土中國生活情境的，是師承魯迅的青年作家。他們大多以自己故鄉的回憶爲基礎，帶著淡淡的鄉愁，面對鄉土社會的醜惡、野蠻和沉重，又不能抑制地予以批判。他們故鄉不同，取材有異，但最終共同展現出的是一個古老、閉塞、野蠻、落後、沉悶的鄉土中國圖景。王魯彥《菊英的出嫁》展現了浙東的冥婚風俗，菊英在八歲的時候，因爲疾病被奪去了生命，但十年之後，她的父母卻爲菊英舉辦了一場婚禮。小說描寫了她的母親爲這樁婚事做出的種種努力，準備的嫁妝極盡昂貴與闊綽，出嫁的隊伍龐大而熱鬧。但是，菊英的轎子與眾不同，不是紅色，卻是青色，轎子後十幾個人抬著一口十分沉重的棺材。在作者看來，這種冥婚的風俗毫無意義。臺靜農的《燭焰》寫的是沖喜的風俗。吳家少爺一直有病，按照風俗如果娶親沖喜，病人便會好起來，所以翠兒在媒人的撮合下嫁到吳家。可是，吳家少爺在喜轎到家的時候，還在床上不省人事，幾天之後，吳家少爺便死了，翠兒也成了寡婦，她的命運也就可想而知了。沖喜式的婚姻往往會給女性造成很大的傷害。小說也揭示了在沖喜風俗的背後，隱藏著一種可怕的關於「女兒」的觀念，翠兒備受雙親的喜愛，但是他們覺得女兒畢竟是人家的，即使吳家少爺病得厲害，在媒人的催促下，「父親也無法，只覺得女兒是人家的，只得應允了。」

對野蠻風俗的表現還有「械鬥」。許傑的《慘霧》寫了兩個村莊由於械鬥造成的悲劇。環溪村和玉湖村是兩個鄰村，一水之隔，也有嫁娶之類的親事往來，玉湖村的香桂姑娘就出嫁到了環溪村，可是兩個村莊因爲爭著開闢一片沙灘地，在一些爭強好勝的青年人的帶領下卻演出了械鬥的慘劇，由小到大，越鬧越凶，死傷了很多人，親家變成了仇家。嫁到環溪村的姑娘正好回娘家，一邊是她的娘家，一邊是她的丈夫家，結果她的丈夫與族弟同時在械鬥中死去。王魯彥的《岔路》也寫了鄉村的械鬥現象，袁家村和吳家村由於遭遇了可怕的瘟疫，他們共同商量通過請關帝神像出巡，以免除災疫，可是政府命令禁止，認爲這是迷信，最後他們終於獲得准許。在抬著神像回村的路上，卻因爲先去那個村而發生械鬥，瘋狂的人群都加入了械鬥，加上瘟疫，兩個村莊的人加倍的死亡。蹇先艾帶給讀者的是遙遠貴州野蠻的懲罰方式——水葬，據小說交代，雖然是民國了，但「文明」的村子裏向來沒有村長，抓住了小偷便處之以「水葬」的死刑。駱毛因爲偷東西被抓，駱毛認爲民國了應該講理，可是依然沒有逃脫挨打處死的命運，最終被投「水葬」。行刑的過程和阿 Q 押赴刑場的過程極其相似：

> 婦人們、媳婦攙著婆婆，奶奶牽著小孫女，姑娘背著娃，……有的抿著嘴直笑，有的皺著眉表示哀憐，有的冷起臉，口也不開，頂多滋一滋牙，老太婆們卻呢呢喃喃地念起佛來，他們中間有幾位拐著小腳飛也似地緊跟著走，有時還超過大隊的前面去了，然後他們又斯斯文文低悄悄地慢搖著八字步，顯然和大家是不即不離的，被好奇心充滿了的群眾，此時顧不得汗的味道，在這肉陣中前前後後地擠過去，你接著我的肩膀，我踩踏了你的腳跟——一分一秒地也沒有寧靜過，一下子又密密地挨攏來，一下子又疏疏地像滿天的星點似的散開了。

對圍觀過程的仔細刻畫，暗示了「水葬」的習慣來自人們對「生命」本身的冷漠。圍觀行刑的現象被魯迅稱之爲看客心理，小說《示眾》對這一場面有更爲細緻的刻畫，王魯彥的《柚子》也描寫了觀看行刑的過程。人道主義使他們意識到對犯人的圍觀包含著一種殘忍的心理，並且，他們認爲這種社會心理並不是任何社會都會發生的現象，是中國社會獨特的現象，是中國人特有的性格，顯然，他們並不具有文化比較的意識，國民性概念在此發揮著支配性的作用。沖喜、水葬、械鬥以及看客等這些陳規陋習野蠻殘忍，傷害個人生命，鄉土作家普遍認爲這些現象都是中國民族性的表現。

1917 年陳獨秀在一次演講中講到，雖然是掛了共和的招牌，但腐舊的思想仍然布滿了中國人的頭腦。他注意到一個現象，一般社會應用的文字，還是君主時代的惡習。「城裏人家大門對聯，用那『恩承北闕』、『皇恩浩蕩』字樣的，不在少處，鄉里人家廳堂上，照例貼一張『天地君親師』的紅紙條，講究的還有一座『天地君親師』的牌位。」〔註 97〕陳獨秀批判這是制度革命思想不革命的結果。馬克思認爲「政治解放的限制首先表現在，即使人還沒有眞正擺脫某種限制，國家也可擺脫這種限制，即使人還不能不自由，國家也可以成爲共和國。」〔註 98〕就民國初的情況而言，雖然共和國家成立了，但是廣大的人們仍然沒有擺脫傳統的限制，達到自由的狀態。所以，五四時期的知識分子對鄉土世界的不自由狀態表現出深深的焦慮。魯迅的《風波》用很短的篇幅敘述了張勳復辟的鬧劇在一個江南小村莊引起的震盪。趙七爺是鄰村茂源酒店的主人，又是方圓三十里以內唯一出色的人物兼學問家，他的家裏有好多種金聖歎評點的《三國演義》，小說暗示了這個人物與傳統文化之間的深刻聯繫，所以，說他是「遺民」。革命後他就將辮子盤在頭上，張勳復辟的消息傳開後，趙七爺放下了辮子，並穿上了輕易不穿的竹布長衫。七斤在這個時候因爲被剪了辮子，受到趙七爺的威嚇，也受到了七斤嫂的奚落，感覺大難就要臨頭了。幾天之後，趙七爺的辮子又盤起來了，生活又恢復了往日的平靜，七斤和七斤嫂又受到了人們的尊重，這就是所謂的「風波」。對於《風波》的主旨，有論者認爲它反映了封建勢力的根深蒂固，因而可見辛亥革命沒有動搖封建勢力在農村的統治，沒有改變農民經濟上受到剝削、政治上受到壓迫的命運，所以辛亥革命在政治上經濟上是失敗的。〔註 99〕趙七爺被視爲封建勢力的代表，但是，被視爲農村地主階層代表的趙七爺，從經濟地位上看，不過是一個小小的酒店的主人，他的所作所爲只是自覺不自覺地維護了封建的政治傳統，他有氣勢凌人的一面，放下的辮子又不得不盤起來，所以，與其說是封建勢力根深蒂固，還不如說虛弱不堪。因此，有論者

〔註 97〕陳獨秀：《舊思想與國體問題》，《陳獨秀文章選編》（上），生活・讀書・新知三聯書店 1984 年版，第 207 頁。

〔註 98〕《馬克思恩格斯選集》第 1 卷，人民出版社 1995 年版，第 426 頁。

〔註 99〕李希凡：《辛亥革命與魯迅的小說創作》，《〈吶喊〉〈彷徨〉的思想與藝術》，上海文藝出版社 1981 年版，第 32 頁。

從更爲貼近作品的角度，認爲「風波」其實暴露了國民的劣根性，趙七爺對傳統政治的固守，說明國民心理中沉重的歷史沉澱，九斤的保守與愚昧，七斤的渾渾噩噩，七斤嫂的巧滑，總之，是這些人物構成了中國社會的基礎。〔註100〕青雨的《三個眞命天子》主要敘寫了馮家坪的人們黃昏團坐閒談的場景。整個場景圍繞著順八鬍子講述眞命天子的故事展開，在順八鬍子看來，清朝的氣數已盡，但新的眞命天子還沒有出現，所以他又在宮裏坐了幾年，關於民國，也不是眞命天子。小說通過一個場景展示了中國農村社會人們的政治經驗，盤踞在人們心目中的「眞命天子」說明國民性的頑固性。按照陳獨秀的想法，多數國民能否對於政治自覺地自居於主人的地位，是立憲政體和國民政治能夠實現的根本條件，而政治上的覺悟又必須依賴於倫理上的最後覺悟，進一步講，自由平等獨立等觀念應該成爲倫理的基礎。然而，怎樣才能使他們接受這些觀念，實現倫理上的覺悟呢，事實上，改造農民教育農民的活動後來成了二十世紀中國社會的歷史性問題。

除了在風俗和政治意識的層面，在更廣泛的意義上，鄉土小說關於「國民性」的敘述更多體現爲一種生存方式與生活經驗，包括人們普遍具有的性格、心理意識、生活方式，都構成了所謂的「國民性」，在此，我們可以稱之爲「鄉村世界經驗」。王魯彥的《一個危險的人物》以四一・二反革命政變爲背景，通過子平的一系列遭遇透視了「鄉村世界經驗」的諸多特徵。子平是一個受過現代文明洗禮的青年教師，但他的一舉一動在林家塘人的眼裏卻顯得不同尋常，甚至怪異。子平的外衣沒有扣上，在他們看來，只有做流氓的人才不扣衣襟，子平每天呆在屋子裏看書，不去尋親訪友，他們覺得不可思議。偶然的機會，有人看到了他和同事及同學的合影，因爲照片上有十幾個女同學，便說子平有許多相好的女人。子平同村子裏的人同桌吃飯，他們覺得子平作爲讀書人不講禮節，更讓他們憤怒的是子平浪費糧食，沒有吃完碗底的米飯。有一天，子平獨自一人到山裏去喝酒，被村子裏的人看見，覺得奇怪，他們不能理解子平的行爲。在他們看來，子平的行動醜態百出，不堪入目，不禁發出疑問：這到底是一種什麼人呢？後來發生了更爲奇異的事情，幾百年不曾看見過的掃帚星出現了，根據林家塘人的經驗，它的出現必有王莽一類的人出世，傾覆朝代，擾亂安靜。林家塘傳來追捕共產黨的消息，他們對共產黨的認識是：「共產黨就是破產黨，共人家錢，共人家的妻子。」這

〔註100〕范伯群、曾華鵬：《魯迅小說新論》，人民文學出版社1986年版，第120頁。

種政治上的無知和阿 Q 對革命的認識如出一轍。與其說是對政治的誤解，還不如說是對政治的冷漠，他們「經商的經商，做工的做工，種田的種田，各有自己的職業，只是日出而作，日入而息，不大理會那些閒事，誰做皇帝誰做總統，在他們都沒有關係」。子平因爲許多「怪異」的舉動，被誤認爲是共產黨，被他的叔父和村子裏的人告密，在抓捕過程中被打傷致死。小說通過「子平」這個媒介，投射出了林家塘人的「性格」——封閉、自以爲是、迷信、政治冷漠、保守等等，都充分體現了鄉村世界特有的生存經驗。其他如王魯彥的《黃金》描繪了陳四橋人的勢利鄉風和崇拜金錢的畸形心理。祥林嫂在遭受了一系列命運的打擊之後，還要備受陰間被分割恐懼的折磨，說明迷信對人們造成的精神創傷。這些都構成了鄉村群體的生存方式，新文學作家把這些現象看作是中國國民性的表現。

人是文化的創造者和環境的改造者，同時，已然形成的文化與社會系統對人又具有決定性影響和塑造的作用。鄉村人物的特徵到底是什麼，什麼才是這些人的基本性格和特徵呢？魯迅的《阿 Q 正傳》一向被認爲國民性探索的典範之作，也成了一個不斷被闡釋的經典文本，就是這種努力的結果。阿 Q 是一個失去了土地的雇農，在他的身上，有許多性格的缺陷：卑賤、愚昧無知、狂妄、膽怯。還有最特別的就是他的精神勝利法，在受到挫敗的時候，他總能夠獲得一種心理上的平衡和精神上的滿足，而最終以勝利者自居。阿 Q 常受到比他強大的人物的欺侮與毆打，被迫承認是人打畜生，阿 Q 卻說是人打蟲豸，但是，阿 Q 不到十秒鐘，便心滿意足地得勝而走，因爲他覺得他是第一個能夠自輕自賤的人，除了自輕自賤，餘下的不就是第一嗎？阿 Q 喜歡賭錢，有一次儘管他贏了，卻被搶並挨打，這一次他終於感到失敗的痛苦，頃刻之間，他又轉敗爲勝，打了自己幾個嘴巴，覺得打的另外一個自己。在遭受了假洋鬼子的毆打之後，他又去欺侮比他更弱的小尼姑，這樣最終獲得了心理上的平衡而忘記了自己的痛苦。他對革命的認識僅限於復仇和佔有別人的財產和妻女，最後被稀裏糊塗地砍了頭。魯迅曾經說，他寫《阿 Q 正傳》的目的是要依了自己的觀察，姑且將這些寫出，作爲他的眼裏所經受過的中國的人生，畫出沉默的國民的魂靈來。三十年代他又以別的筆名寫的一篇雜文中透露：「魯迅的作《阿 Q 正傳》大約是想暴露國民的弱點。」〔註 101〕木

〔註 101〕魯迅：《僞自由書・再談保留》，《魯迅全集》第 5 卷，人民文學出版社 1981 年版，第 144 頁。

山英雄曾經說，在阿 Q 的人格和背景上，都找不出與先前作品之間有什麼根本的不同，只是先前作品中的人物的無知麻木、卑怯等性格在阿 Q 身上被有意識地積極誇大了這點上，有點特殊。他認爲這種否定的性格，使阿 Q 被徹底地武裝起來了。〔註 102〕其實阿 Q 作爲國民性的代表，已超出了身份上的限制，他是所生存的那個社會中人們的一個化身。

受《阿 Q 正傳》的影響，王魯彥的《阿長賊骨頭》、許欽文的《鼻涕阿二》、臺靜農的《天二哥》中的阿長、阿二、天二哥都是和阿 Q 相類的人物，他們同阿 Q 一樣愚昧、無知、卑賤。阿長因爲經常偷東西，所以人們叫他「阿長賊骨頭」，「賊骨頭這三個字在易家村附近人的心中有特別的意義，它不僅含著賊、壞賊、一根草也要偷的賊等等的含義，它還含有卑賤的人，卑賤的骨頭，什麼卑賤的事情都做得出的下流人等等的含義」。一次，阿長在鄰村偷了一個銀項圈，被發現而遭受毒打，所以他伺機報復，在賣油的時候，他故意用油擔碰翻了阿芝的油壺，阿芝和他理論的時候，他又趁機抓阿芝的胸部，這次報復讓阿長覺得非常光榮和幸福。他的母親死後，爲了逃避喪葬義務，他裝瘋弄鬼，事情結束後，又返回家中。最後竟然夥同自己的老婆去盜墓。阿長顯然是一個被誇張了的人物，並且作者也同樣使用了諷刺的手法。阿二是家裏的第二個女兒，因爲不是大家期望中的男孩，所以受到家庭及周圍人的輕蔑和侮辱，得了一個「鼻涕阿二」的綽號，她的任何的行爲，無論好與壞，都得不到別人的稱讚和認可，她卑賤的生活只是供別人役使罷了。但是，後來當阿二有機會成爲錢師爺的姨太太的時候，她又盡力地折磨欺侮她周圍的人，最終悲慘地死去。作者強調阿二的悲劇並非她自己的悲劇，而是因爲松村的各種積習，並且這種積習似乎沒有改變的可能。天二哥是一個嗜酒如命的游民，他去欺侮小柿子，沒想卻吃了虧，最終趁其不備，將小柿子痛打一頓，迫使其求饒，最終取得勝利。這些人物都深深地留下了阿 Q 的影子。正如林毓生所言，阿 Q 成了二十世紀中國人想像力的組成部分，成爲中國現代思想中能界定意義的一個範疇，一個五四期以及後來很多中國人經常用以代表中國傳統本性的形象。〔註 103〕

〔註 102〕伊藤虎丸：《魯迅與日本人——亞洲的近代與「個」的思想》，河北教育出版社 2002 年版，第 140 頁。

〔註 103〕林毓生：《中國意識的危機》，貴州人民出版社 1986 年版，第 193 頁。

三、個人主義、民族寓言與鄉土批判

20 年代以魯迅爲代表的鄉土小說對中國鄉村世界作了廣泛和深刻的批判，但這種寫作在美學上產生的問題引起了一些論者得注意。美國學者安敏成曾經指出：

> 對中國社會中「別人」的重視，在歷史上這些別人被剝奪了發言的權力，將這個被忽略的群體納入到嚴肅文學的視野裏，在某種意義上，對於改變中國社會的結構是十分重要的，然而同時，這一新的觀察要冒作家與他的對象——可見但又沉默的別人——分離的危險，新的問題產生了，作家與對象間的關係是否應理解爲人道主義式的，或是向被損害者投以憐憫，或是從意識形態上警告當權者，促使底層階層的覺醒，現實主義作家的自我否認是謙恭的表現，還是掩蓋了另一種形式的傲慢，即：講述「別人」，幫助他們，還是爲了借指定和確認以示區分？〔註 104〕

事實證明，這種美學上的曖昧，在後來關於革命文學的論爭中以階級論的形式被揭露出來並受到批判。另外，值得注意的是，鄉土批判的結果是把農村和農民看著是中國的縮影，鄉村和都市的差別在這裡被有意無意地忽視了，是不是說鄉村或農民就可以作爲國民性的代表呢？五四新文學中新的知識分子形象並沒有成爲國民性的承擔者，魯迅在阿 Q 是否包含自己的問題是游移不清的，所以，國民性批判的合理性體現在什麼地方，是出於道德的區分呢？還是另有深意，阿 Q 於國民性意味著什麼呢？因此，對上述一系列問題的回答也成了鄉土小說研究的關鍵。

魯迅及鄉土小說家的國民性批評必須被置於五四新文化運動與文學革命的背景下加以考察。五四新文化運動在批判傳統的同時，也包含了對個人主體性的認同，國民性改造的目標是眞正意義上「個人」的出現。據許壽裳回憶，魯迅在日本時期，主要關注這樣三個問題，一、怎樣才是理想的人性；二、國民性中最缺乏的是什麼；三、它的病根何在。魯迅把近代中國的危機歸結爲中國人的本性問題，「立人」是他提出的解決問題的方案。在魯迅看來，中國人從來沒有獲得「人」的資格，「是故將生存兩間，角逐列國事務，其首

〔註 104〕安敏成：《現實主義的限制：革命時代的中國小說》，江蘇人民出版社 2001 年版，第 28 頁。

在立人，人立而後凡事舉，若其道術，乃必尊個性而張精神。」〔註 105〕魯迅的「立人」，從思想的資源上講，主要是指十九世紀以來的個人主義，他說：「蓋惟聲發自心，朕歸於我，而人始自有己；人各有己，而群之大覺近矣，……人各有己，不隨風波，而中國亦以立。」〔註 106〕魯迅認爲，只有精神世界不斷豐富，個性意識逐步覺醒，最終才能具有自爲自在的自我意識，這樣的個體才是眞正意義上的「個人」。這樣的個體不但可以適應自然環境，並且能主動地認識與改造環境，並在改造外部環境的同時豐富自己的內部世界，不斷發展自己，健全自己的個性。這樣的人既是自己的主體，也是構成社會與國家的主體，以這樣的個人組成的「人國」，才能傲立世界。李歐梵在概括五四文學的特點時指出，雖然這一時期的文學「反映出一種對社會、政治產生的極其強烈的痛苦感受，但是它那種批判觀念則具有相當濃厚的主觀性，現實是通過作家個人的認識角度而被感知的，這樣一來，就同時流露出一種對自我的關切」。〔註 107〕普實克則把這種盛行一時的傾向稱作是「主觀主義和個人主義」。〔註 108〕可以說，五四以來的「個人」觀念構成了鄉土小說家批判意識的基礎，以「個人主義的人道主義」爲本的「人的文學」，具體表現爲對鄉土世界的批判，無論是鄉村形態，或者是鄉村的風俗與人物，都被作爲與「個人」相對立的存在。

國民性批判的前提是個人主義的人道主義，一方面是對個人存在構成威脅的社會和文化系統的批判，更重要的是對缺乏獨立和內在精神的個體化生存形式的批判，道德的厭惡只是這種批判的表徵而已。在這個意義上，他們看到的更多是「獸性」的生活，而不是靈肉一致的生活。有意識的生命活動把人同動物區別開來，如果從個體意識和自我意識發達的程度對個人形成做階段性劃分，即自然個體，意識個體，自覺自爲存在的「個人」。〔註 109〕鄉土世界的人物更多地表現爲「自然個體」的生存狀態，因此，有論者認爲阿 Q

〔註 105〕魯迅：《文化偏至論》，《魯迅全集》第 1 卷，人民文學出版社 1981 年版，第 57 頁。

〔註 106〕魯迅：《破惡聲論》，《魯迅全集》第 8 卷，人民文學出版社 1981 年版，第 24～25 頁。

〔註 107〕李歐梵：《現代性的追求》，生活·讀書·新知三聯書店 2000 年版，第 178 頁。

〔註 108〕參見普實克：《中國現代文學中的主觀主義和個人主義》，《普實克中國現代文學論文集》，湖南文藝出版社 1986 年版。

〔註 109〕《馬克思恩格斯全集》42 卷，人民出版社 1995 年版，第 58 頁。

性格上的缺陷只是表層特性，而更基本的特徵是缺乏內在的自我。〔註 110〕阿Q和阿長、阿二這些人物的活動基本都處在本能性的存在水平上，即使面臨被殺頭或者是毆打欺侮的境地，他們也是無動於衷。阿 Q 覺得大約天地間常常是要殺頭的，與其說這是麻木的表現，還不如說已經喪失了意識自己生命存在的能力。麻木指對某件事物反應遲鈍，或者是由於某種原因拒絕接受外來的信息，但是仍然具有意識活動的能力。阿二經常遭受別人的欺侮，她甚至連選擇的本能都喪失了，只是一個任人擺佈和役使的木偶，「接吻」悲劇中她對小木匠的拒絕，也完全出自一種習慣與本能。天二哥是一個嗜酒如命的酒鬼，他解酒的辦法是從他父親那裡繼承下來的喝尿。他們的意識活動簡單而有限，既不去審視自己的遭遇，也無力理解自己的處境，自然也談不上所謂的抗爭。他們愚昧無知、麻木不仁、卑賤、膽怯，進一步講，根本是因爲思維簡單，感覺模糊，意識世界貧乏，他們只能以自己的生存方式做出反應，將與自己的感覺相悖的生活現象排斥在自己的意識之外。阿 Q 覺得城裏人將長凳叫條凳，煎魚的時候放蔥絲都是可笑的錯誤。《一個危險的人物》中林家塘人對子平的行爲和舉止的評價完全依賴於自己的生活經驗，他們頑固地認爲除他們之外的生活方式都是可笑和可怕的。與此同時，政治生活都被排除在他們的意識領域之外，於是就發生了《藥》中革命者的血成了華老栓給兒子醫治肺病的人血饅頭的悲劇。

在鄉土小說家看來，鄉村的生活只是動物或野獸的生存，遠非「個人」的存在，對這些人物的厭惡及「非人」生活方式的界定以擁有自我意識的個人主體爲參照，因此，鄉村社會被描繪成了一個「無意識」的世界。魏金枝在《留下鎮上的黃昏》中仔細地刻畫了鄉村「無意識」的生活狀態。在這裡，所謂生活只是無聊的輪迴，熱鬧的街道像「蒼蠅」般，「當然，在他們心裏，也有所希冀，有所等待，但是看起來，他們對於生命的需要，總是可又可無般的，凡是這些人們，命運雖然主宰了他們，他們卻也知道它不能對於他們增長什麼意義和價值，所以對於萬事都無意識的。」在魏金枝的眼中，這樣的生活是毫無意義的。王魯彥也發出了類似的感歎和詛咒，「地太小了，地太髒了，到處都黑暗，到處都討厭，人人都知道愛金錢，不知道愛自由，也不知道愛美，你們人類中沒有一點愛，只有仇恨，你們人類，夜間像豬一般的甜甜蜜蜜的睡著，白天象狗一樣的爭鬥著，撕打著，」「這樣的世界，我看得

〔註 110〕林毓生：《中國意識的危機》，貴州人民出版社 1986 版，第 208 頁。

慣嗎，我爲什麼不應該哭呢，在野蠻的世界上，讓野獸們去生活著罷，但是我不，我現在要離開這世界，到地底去了。」魏金枝和王魯彥都是用了蒼蠅、豬、野獸這樣的詞匯來形容鄉村世界的「無意識」狀態。

當魯迅等鄉土小說家致力於缺乏內在精神的個體化存在和無意識生活世界批判的時候，其中包含了明顯的區別意識，即有「意識」的國民性批判是他們成爲具有獨立精神的個人，就此把自己和那些「意識」貧乏的農民區別開來。在鄉土小說家那裡，他們在批評鄉村的時候，也在批評城市，但和對城市的局部的道德批評不同，鄉村的存在從整體上被否定了。「爲什麼我要跑出北京，這個我也說不出很多道理，總而言之，我已經討厭了這古老的虛僞的大城，在這裡面，我只看見請安，打拱，恭維，要皇帝執政，卑怯的奴才，卑劣，怯懦，狡猾，以及敏捷的逃避，這都是奴才的絕技。」〔註 111〕對城市的厭惡是因爲人們的虛僞，對農村的不滿則因爲他們是「無意識」的。這也是爲什麼農民和鄉村成了國民性的代表，都市和知識分子基本被排除在外的原因。

總之，魯迅以及其他鄉土小說家相信如果沒有眞正意義上的個人主體的出現，中國人的本性就不會改變，中國社會也不會發生變化。力圖使這些自然個體變成自在自爲的個體，使政治的客體成爲政治主體的焦慮構成了鄉土批判的基本動機。對理想狀態的想像使他們對現實充滿了悲哀，魯迅曾評價到：「作者是往往想以詼諧之筆出之的，但也因爲太冷靜了，就又往往化爲冷話，失掉了人間的詼諧。」〔註 112〕五四新文化運動背景下，個人主義人道主義的國民性寫作把個人主體性的缺乏看作是一個民族性的問題，事實上，關於個體再生的國民性寫作後來成了現代文學中一個或隱或現的主題。

鄉土批判是啓蒙主義的體現，但是這種啓蒙主義事實上卻表現爲對國民性或民族性的批判。長期以來，啓蒙主義和國民性之間並不認爲有什麼嚴格的區別，後殖民批評的出現，把國民性理論看作是西方權力的產物，國民性批判的前提受到質疑。更有甚者，有論者認爲國民性的啓蒙是西方權力關係內化的結果，五四時期以魯迅爲代表的國民性寫作是「非人化」

〔註 111〕魯迅：《中國新文學大系導言》，《中國新文學大系・小説二集》，良友圖書公司 1935 年版，第 15 頁。

〔註 112〕魯迅：《中國新文學大系導言》，《中國新文學大系・小説二集》，良友圖書公司 1935 年版，第 10 頁。

的寫作。〔註 113〕後殖民理論引發了人們對國民性理論作爲知識範疇產生過程的關注，爲思考國民性問話語提供了新的視角，也提出了許多值得思考的問題。

當新文學的小說家致力於鄉土批判的時候，外國的傳教士以及社會學家早已發現了中國鄉村社會的不堪和缺陷。在五四之前，最爲大家熟悉的傳教士史密斯在《中國人的素質》的序言中曾經談到，除家庭之外，必須把鄉村作爲中國社會生活的單元。史密斯把鄉村完全等同於中國，關於中國人特性的論述就是對鄉村觀察的結果，並且熱衷於對他的命運發表自己的意見。他認爲西方國家都面臨未來的黎明，而中國卻時時處處面對著遙遠過去的黑夜，造成這種事實的原因是中國缺乏「人格」和「良心」。1899 年他又出版了《中國鄉村生活》，全面描述了中國鄉村。他強調中國的村莊無論在實體上還是精神上都是一個固定物，日常的生活方式完全是祖先的因襲，鄉村士人博學的空虛較之普通百姓的無知有過之而無不及。總之，鄉村生活是單調和貧乏的，思想貧乏的原因是儒學。史密斯把造成中國鄉村社會單調和停滯的根源歸結於儒學，這和新文化運動中對以孔子爲代表儒家思想的攻擊完全一致。事實證明史密斯關於中國國民性的言論對魯迅的文學創作也產生了一定影響。1910 年美國社會學家威斯康辛大學教授羅斯考察中國，並於 1911 年出版了《變化中的中國人》。作爲社會學家，鄉村生活的物質情況成爲他關注的主要對象。他認爲，和日本的鄉村相比，中國大多數鄉村隨處可見的情景是：成堆的垃圾、糞便、泥坑、倒塌的斷壁以及散亂的碎石，大多數人爲生存而苦苦掙扎，並陷於水深火熱之中。艱辛和苦難使不少人感到生活簡直毫無意義，幾乎看不到生命的價值。

國民性批判作爲一個知識的傳統，不能僅僅局限於它的殖民主義「來源」，況且，從理論淵源上講，國民性理論是歐洲啓蒙運動的產物。國民性理論的獨特之處不是它本身，而是歷史實踐中所發揮的功能。從歷史的實踐看，在西方和中國具有完全不同的歷史內涵。歐洲在進步論的歷史敘述中把國民性看作是進步的方式之一，但是，當他們對歐洲以外民族的國民性進行評價的時候，卻採用了完全不同的態度，西方中心主義使得他們對「他者」充滿了偏見和歧視。史密斯作爲傳教士從來都沒有放棄他用基督教拯救中國的理

〔註 113〕張均：《魯迅爲什麼不看重〈阿 Q 正傳〉——兼論國民性批判與啓蒙主義之關係》，《中山大學學報》2004 年第 5 期。

想，在《中國人的素質》和《中國鄉村生活》兩部著作中，他不無悲哀地說，儒學的最終結果就是中國，中國永遠都不能通過內部自身進行改革，中國已經是朽木不可雕也。他說：「中國的每一個個人，每一個家庭以及社會，都需要一種新的生活，我們發現，中國的各種需要只是一種需要，這種需要，只有基督教文明，才能永恆而有完整的給以滿足。」〔註 114〕史密斯認爲基督教文明最美好的結果，就是它造就了美好人生，中國除了接受基督教，別無出路。作爲社會學家的羅斯，在文化與社會生活方面具有強烈的優越感，他用傲慢的眼光打量中國，關心的問題是——無論如何，問題重重的中國絕對不會成爲美國的威脅。因此，他們對鄉村的關注最終暴露了殖民主義的野心，關於鄉村的知識成了他們教授和統治的工具與藉口。

啓蒙主義的鄉土批判和殖民主義權力話語，共同使用了「國民性」的概念，他們也共享了對中國鄉村社會的觀察與認識。確實在新文學作家那裡，同西方的東方主義者一樣，中國人的「性格」也被認爲是不可救藥的，甚至如魯迅對西方的國民性批評也持認同的態度，難免不讓人產生殖民主義被內化的遐想。其實從這種表面的相似性，並不能斷定他們是東方主義的顛倒和內化，必須對兩種話語的歷史內涵和複雜關係做深入具體的分析。把魯迅等人的國民性寫作歸結爲東方主義的顛倒，完全是一種簡單挪用後殖民理論造成的歷史誤解。五四時期的國民性批評並不是魯迅和青年作家的新「發現」，早在晚清的思想世界裏，國民性已然是一個大家普遍使用的範疇。譬如梁啓超的「新民」說，一方面，是對中國人固有弱點的批評；一方面，他期望「新的國民」的出現。大體上說，晚清的國民性批評具有自己獨特的歷史內涵：一方面是對中國人固有的某些特點的批評，從表象上看表現爲對殖民主義者某些觀念的認同。但具有啓蒙意識的知識分子認爲，沒有經過自我批判的現代意義上的國民誕生，也就不會有現代意義上的國家，從而對抗帝國主義和他們知識上的貶斥；另一方面，這種認同與批判又包含著一種屈辱的民族情感，激發了他們的民族主義情緒，表現出主體意識的覺醒。

1920 年代鄉土小說的國民性寫作在承擔了個人主義啓蒙任務的同時，也寄予了強烈的民族情感，體現了中國現代性的獨特經驗。瑞士史學家布克哈特在其名著《意大利文藝復興時期的文化》談到了個人的覺醒：「人類只是作爲一個種族、民族、黨派、家族或社團的一員——只有通過某些一般的範疇，

〔註 114〕明恩溥：《中國人的素質》，學林出版社，2001 年版，第 293 頁。

而意識到自己，在意大利，這層紗幕最先煙消雲散；對於國家和這個世界上的一切事物作客觀的處理和考慮成爲可能的了，同時，主觀方面也相應地強調表現了它自己；人成了精神的個體，並且也這樣來認識自己。」〔註 115〕文藝復興時期的個人主義特別強調個人的特殊價值，完全撇開了至少是撇開了種族、民族、黨派、家族或社團來突出個人的價值，追求個人才能的施展。五四時期新文化運動和文學活動中，也有個人主義的觀念，「但在對人的認識中，把無視人、剝奪人、壓迫人等社會的非人道問題當作民族自身的問題來思考和理解。他們也抨擊作爲具體存在的黑暗勢力，揭露阻礙社會進步的封建統治和軍閥勢力，但他們並不單純把迫害和惡當作外在性的具體存在，而主要是當作民族的自我的問題。」〔註 116〕對國民性概念的倚重，從更深的意義上說明追求普遍性的個人主義的啓蒙文學，最終不得不向民族性問題靠攏。正如美國學者詹明信所言，「我們應該把這些文本當作民族寓言來閱讀」。詹明信認爲中國現代文學尤其是魯迅的小說，「揭開或揭露了夢魘般的現實，戳穿了我們對日常生活和生存的一般幻想或理想化，同西方現代主義尤其是存在主義的某些過程相似」，但在欣賞魯迅的文本時，卻能體會到一種「寓言式的共振」。對異化現實的恐懼也「遠遠超出了較爲局部的西方現實主義或自然主義對殘酷無情和市場競爭的描寫，在達爾文自然選擇的夢魘式或神話式的類似作品中，找不到這種政治共振」。〔註 117〕個人主義的啓蒙文學卻體現爲對「民族性」的認識與反思，這顯示了中國現代文學的一個獨特經驗。

〔註 115〕布克哈特：《意大利文藝復興時期的文化》，商務印書館 1983 年版，第 125 頁。

〔註 116〕劉再復，林崗：《傳統與中國人》，安徽文藝出版社 1999 年版，第 93 頁。

〔註 117〕詹明信：《晚期資本主義的文化邏輯》，生活·讀書·新知三聯書店 1997 年版，第 524～526 頁。

結　語

國民性作爲一個被描述的文化對象，成爲晚清至五四時期中國人認識自身政治和文化困境的重要方法與工具，也體現了爲了解決現實問題擺脫民族危機所做的種種努力。通過對話語形成語境和實踐特徵的探討，我們知道國民性問題是在特定的歷史語境中展開的歷史話語。關於國民性的知識廣泛而模糊，國家形態、道德習俗、民族性格、社會心理行爲、文化形態都是討論的對象，這些關於民族的自我認知，並不是國民或民族的本質，應該是歷史的產物。國民性問題必須置於一系列的文化命題及民族國家建設的歷史進程中加以考察。從中國現代性的進程看，晚清至五四的國民性話語，無論是形成的歷史前提或具體實踐方面，以下幾個問題是值得注意的：

第一，西方文明論的傳播構成了國民性實踐的基本歷史語境。對於中國近代的歷史而言，否認西方文明的影響將是不可能的。西方文明作爲一個有力的參照，一直是國民性建構的歷史性力量。通過西方文明這面鏡子，中國形成了關於自己的認識和知識。正如薩義德所言：「由於現代帝國主義所促動的全球化過程，這些人、這樣的聲音早已成爲事實，忽視或低估東方人或西方人歷史的重疊之處，忽視或低估殖民者或被殖民者通過附和或對立的地理、敘述或歷史，在文化領域中並存或爭鬥的互相的依賴性，就等於忽視了過去一個世紀世界的核心問題。」〔註 1〕晚清至五四湧現的國民性範疇以及話語實踐都是在歷史與文化的並生與重疊中誕生和進行的。

第二，從民族主義理論和歷史實踐看，民族主義與國民性話語之間有深

〔註 1〕 薩義德：《文化與帝國主義》，生活・讀書・新知三聯書店 2003 年版，第 15 頁。

刻的聯繫，一定程度上，影響並決定了國民性話語實踐的內容。當然，把國民性問題置於民族國家的進程之中，並非要否認國民性話語的啓蒙意義以及在現代性的進程中承擔的歷史功能，只是旨在揭示啓蒙和現代化過程的歷史特徵，從而避免對歷史的遮蔽。

第三，在具體的國民性話語實踐中，基本上形成了兩條重要的線索：一條是他們相信，通過國民性的認識和改造，可以促進國家的建立和眞正的個人的出現。因此，改造一直是一個持續性的信念，這是近現代思想與文學中非常突出的現象。一條則表現爲對民族文化的認同。比如，陳季同、辜鴻銘、國粹派和東方文化派關於國民性的論述。由於其「保守性」往往被排除在人們的視線之外，撇開保守與激進二元論的模式，也可以看作國民性話語的另外一副面孔。面對歷史的狀況和西方強勢話語，由於文化競爭意識的強烈影響，改造國民性成了當時的主流話語，也成爲歷史的必然選擇。

第四，中國國民性話語的民族主義視野使它與殖民主義的東方主義區別開來。儘管這兩者之間存在某種表面上的相似性，但在殖民主義者眼中，中國是他者，他們的認識是權力話語的一部分。民族主義者既是認知的主體也是客體，這種自我認知則是主體性的表現。不可否認，國民性話語也可能在殖民主義、東方主義的籠罩下走向歷史的歧途，自我東方主義和殖民主義的內在化是其中的表現，所以，國民性實踐的歷史形態是多樣而複雜的。

五四後期，隨著中國社會革命進程的逐步深入，除了在東西衝突中不斷調校「文化」的路向，思考價值取向之外，社會問題越來越佔據重要的位置，國民性作爲人們思考和解決中國政治和文化困境的主要方法和途徑也逐漸淡出了人們的視野。1919 年 5 月《新青年》推出「馬克思主義專號」，1920 年 9 月又新闢「俄羅斯研究」專欄，1921 年則成了中國共產黨的機關刊物。新文化運動結果之一的馬克思主義受到許多知識分子的青睞和重視。在《新青年》陣營內，李大釗是第一個致力於介紹馬克思主義的人，他比較早地運用馬克思主義理論來解釋中國文化與歷史的變革。從上世紀二十年代開始，中國知識分子的思想範式已經發生了明顯的轉變，這也意味著新文化運動的分化與終結。物質變化與思想文化變化的關係，階級分析的方法與理論，這些新的思想範式越來越成爲許多知識分子思考中國社會問題的理論武器。傳統因爲其封建主義性質宣告了它的反動性，同時，西方價值因爲資產階級的屬性也遭到了否定，以西方的價值爲出發點的東西方衝突問題受到了質疑。東西文化論戰後期，陳獨秀、李大釗、瞿秋白等人已經開始熟練地運用馬克思主義的理論與方法解釋文化問題。李大釗在論述東西文明的差異時指出，東洋文明衰頽於靜止之中，而西洋文明又疲命於物質之下，所以，一定有第三種文明崛起，但是，第三種文明究竟是什麼性質的文明，並不完全清楚。1923 年瞿秋白連續發表了《東方文化與世界革命》《現代文明的問題與社會主義》等重要論文。他認爲東方文明即封建的宗法文明和西方文明即資產階級的文明都已不能適應時代的要求，成了苟延殘喘的廢物，代之而起的應該是無產階級的新文化。和無產階級新文化相呼應的是無產階級文學的倡導，革命文學的倡導與論爭實際上挑戰與消解了五四新文學的精神基礎——個人主義和人道主義。

1919 年，李大釗發表於《晨報》的《青年與農村》一文頗有意味。在這篇文章中，他倡導知識階級應該到農村去，像當年俄羅斯青年在農村的宣傳運動一樣，和勞工階級打成一片，因爲中國最終的解放是農民的解放。在他看來，農村是黑暗的存在，贓官、污吏、惡紳等都是黑暗的根源，而農民也是愚昧的人，所以，知識分子應該承擔起教育他們的責任。啓蒙並改造素質低下的農民，這是典型的新文化運動的思想。但是，在文章的後半部分，在城市與鄉村的對比中，鄉村卻被賦予了價值上的優越性。「在都市裏漂泊的青年朋友啊，你們要曉得，都市裏有許多罪惡，鄉村裏有許多幸福；都市的生活黑暗一面多，鄉村的生活光明一面多；都市裏的生活幾乎是鬼的生活，鄉村裏的活動全是人的活動；都市的空氣污濁，鄉村的空氣清潔。你們爲何不趕緊收拾行裝，清結旅債，還歸你們的鄉土？」農村之所以優越於城市，是因爲城市是資產階級生活倫理的代表，等同於錯誤的價值觀念，而鄉村則代表原初的本土的純潔。中國文學傳統中的田園形象又被重提，城市生活被比作「鬼」的生活，鄉村生活等同於人的生活。鄉村是一個田園牧歌式的地方，和諧而快樂，在完成一天的勞作之後，還有足夠的時間來開玩笑、思考倫理問題。「勞心也好，勞力也好，種菜也好，當小學教師也好，一日把八小時做些於人有益於自己有益的工作，那其餘的工夫，都去做開發農村、改善農民生活的事業，一面勞作，一面和勞作的伴侶在笑語間商量人生向上的道理。」也許李大釗並沒有意識到他的論述中存在的明顯的牴牾，然而這正說明李大釗甚至是新文化運動改造國民性思想方法的轉變。

對一系列文化和文學命題的重新認識和詮釋代表了對新文化運動的否

定。換言之，對馬克思主義的接受，意味著他們放棄了新文化運動通過大眾啓蒙實現社會變革的方法和信念。經濟的變化與階級的歷史作用都使他們意識到了社會變革的其他可能。正如德里克指出的：「如果傳統的滅亡最終取決於經濟的變革，那麼一個新社會的創生同樣要等待物質條件的變化，並不能如新文化運動的自由主義者所表明的那樣，可以單獨通過教育的手段來達到。唯物主義將歷史與物質的因素是社會變革的先決和制約條件這一意識引入政治話語，在此後 10 年間變得越發明顯。」〔註 2〕因此，以國民性問題爲標誌的文化革命的思維範式逐漸淡出歷史的視野，這主要體現在對中國社會變革方式的認識，尤其是對農村和農民問題的認識和評價上。

從 1920 年左右開始，無論是《新青年》還是《東方雜誌》以國民性爲題或關於國民性的文章已經很少。陳獨秀《談政治》《對於時局之我見》等文章一改文化改造的思維方式，他提出，「用革命的手段建設勞動階級（即生產階級）的國家，創造那禁止對內對外一切掠奪的政治、法律，爲現代社會第一需要。」〔註 3〕用革命的方式實現社會變革的目的，改變了人們對文化變革的倚重，農民被看作社會革命的主要力量，得到了重新的認識。《新青年》7 卷 2 號載有《山東底一部分農民狀況大略記》，7 卷 5 號載有《山西底正西一部分的社會狀況》，7 卷 6 號是勞動節紀念號。他們在調查與分析社會政治與經濟狀況的同時，把曾經是批判和教育對象的民眾看作社會革命的主力。1927 年《東方雜誌》24 卷 16 號出版了農民調查專號，記者在題爲《農民問題與中國之將來》的文章中認爲，向來農民的生活是奴隸的，是非人的，農民常常是被蔑視和遺棄的對象，但是事實上農民是築就中國政治經濟生活的基礎，社會存在是建立在農民存在的基礎上。作者特別強調農民在中國政治生活中一直扮演著重要的角色。

革命文學論爭中，錢杏邨有一篇著名的《死去了的阿 Q 時代》。他認爲《阿 Q 正傳》確實代表了病態的國民性，也解剖了辛亥革命初期農村裏一部分人物的思想，甚至也代表了那時都市裏一部分民眾的思想。但錢杏邨認爲阿 Q 不能放在五四時代，也不能放在五卅時代，更不能放在大革命的時代。因爲，「現在中國的農民第一是不像阿 Q 時代的幼稚，他們大都有了嚴密的組織，而且

〔註 2〕德里克：《革命與歷史——中國馬克思主義歷史學的起源（1919～1937 年）》，江蘇人民出版社 2005 年版，第 27 頁。

〔註 3〕陳獨秀：《談政治》，《陳獨秀文章選編》（中），生活·讀書·新知三聯書店 1984 年版，第 10 頁。

對政治也有了相當的認識；第二是中國農民的革命性已經充分地表現出來，他們反抗地主，參加革命，近且表現了原始的 Baudon 的形式，自己實行革起命來，決沒有像阿 Q 那樣屈服於豪紳的精神；第三是中國的農民智識已不像阿 Q 時代農民的單弱，他們不是莫名其妙的阿 Q 式的蠢動，他們是有意義的，有目的的，不是洩憤的，而是一種政治的鬥爭了。」〔註 4〕錢杏邨強調阿 Q 時代的結束，一方面以無產階級革命理論為出發點，同時，這也可視為是客觀現實的反映。1927 年毛澤東到湖南作了 32 天的考察工作，並寫出了《湖南農民運動考察報告》，考察報告主要是為了反駁革命當局對農民運動的非議和錯誤處置。通過調查毛澤東認為農民在農民協會的領導之下，共作了十四件大事，農會把農民組織起來了，不僅在政治上，同時在經濟和文化等方面都使農民與農村的狀況發生了翻天覆地的變化。

從東西文化的論爭到無產階級新文化觀念的興起，從個人主義的人道主義到集體主義，從文化變革到社會革命，在一系列思想的轉變中，國民性範疇也逐漸為階級論範疇所代替。陳獨秀認為所謂「國民」只不過是一個空洞的名詞，並沒有實際的存在，而改造社會則應該從制度的層面上著手。對文化啓蒙信念的背離說明無論是思想的資源或中國社會的現狀都已發生了轉折性的變化。當然，這種變化並不意味著國民性範疇從此銷聲匿跡，在文學和文化領域，在民族文化和民眾的認識以及社會動員方面，國民性不僅是一個對象，也是一個重要的工具，仍然會不時地引起人們的興趣，但是，再也沒有像晚清到五四那樣受到如此地重視和推崇。

〔註 4〕 錢杏邨：《死去了的阿 Q 時代》，《太陽月刊》1928 年 3 月。

參考文獻

一、基本文獻

1. 張品興主編：《梁啓超全集》，北京出版社 1999 年版。
2. 章太炎：《章太炎全集》，上海人民出版社 1982～1986 年版。
3. 蔡尚思、方行編：《譚嗣同全集》，中華書局 1981 年版。
4. 王栻編：《嚴復集》，中華書局 1986 年版。
5. 李大釗：《李大釗文集》，人民出版社 1984 年版。
6. 陳獨秀：《陳獨秀文章選編》，生活・讀書・新知三聯書店 1984 年版。
7. 魯迅：《魯迅全集》，人民文學出版社 1981 年版。
8. 胡適：《胡適文存》，黄山書社 1996 年版。
9. 黄興濤等譯編：《辜鴻銘文集》，海南出版社 1996 年版。
10. 湯志鈞編：《康有爲政論集》（上、下），中華書局 1981 年版。
11. 湯志鈞編：《章太炎政論選集》（上册），中華書局 1977 年。
12. 牛仰山選注：《嚴覆文選》，百花文藝出版社 2006 年版。
13. 孫中山：《孫中山選集》，人民出版社 1981 年版。
14. 郭嵩燾：《郭嵩燾日記》（第 3 册），湖南人民出版社 1982 年版。
15. 許紀霖、田建業編：《杜亞泉文存》，上海教育出版社 2003 年版。
16. 張菊香編：《周作人代表作》，黄河文藝出版社 1987 年版。
17. 周作人：《周作人早期散文選》，上海文藝出版社 1984 年版。
18. 孫尚揚、郭蘭芳編：《國故新知論——學衡派文化論著輯要》，中國廣播電視出版社 1995 年版。
19. 胡適編：《中國新文學大系・建設理論集》，上海文藝出版社 2003 年影印本。

20. 魯迅編：《中國新文學大系・小説二集》，良友圖書公司 1935 年版。
21. 陳天華：《猛回頭・警世鐘》，華夏出版社 2002 年版。
22. 王韜：《弢園文錄外編》，上海書店 2000 年版。
23. 康有爲：《大同書》，上海古籍出版社 2005 年版。
24. 唐才常：《覺顛冥言内言》，臺北文海出版社 1968 年版。
25. 陳季同：《中國人自畫像》，貴州人民出版社 1998 年版。
26. 陳季同：《吾國》，廣西師範大學出版社 2006 年版。
27. 張之洞：《勸學篇》，上海書店 2002 年版。
28. 李濟：《中國民族的形成》，江蘇教育出版社 2005 年版。
29. 梁漱溟：《東西文化及其哲學》，商務印書館 1999 年版。
30. 陳崧編：《五四前後東西文化問題論戰文選》，中國社會科學出版社 1985 年版。
31. 張枬，王忍之編：《辛亥革命前十年間時論選集》（三卷），生活・讀書・新知三聯書店 1960～1977 年版。
32. 中共中央黨校文史教研室中國近代史組編：《中國近代政治思想論著選輯》（上、下），北京：中華書局，1986 年。
33. 高軍編：《中國現代政治思想史資料選輯》（上、下），四川人民出版社 1986 年版。
34. 蔡尚思編：《中國現代思想史資料簡編》（1-2），浙江人民出版社 1982 年版。
35. 張寶明，王中江編：《回眸新青年》（1-3），河南文藝出版社 1997 年版。
36. 呂浦等編譯：《「黃禍論」歷史資料選輯》，中國社會科學出版社 1979 年版。
37. 沈雲龍主編：《近代中國史料叢刊》續編第 27 輯，臺北文海出版社 1966 年影印本。
38. 沈雲龍主編：《近代中國史料叢刊》續編第 28 輯，臺北文海出版社 1966 年影印本。
39. 沙蓮香：《中國民族性》（1-2），中國人民大學出版社 1989 年版。
40. 明恩溥：《中國人的素質》，學林出版社 2001 年版。
41. 亨特：《舊中國雜記》，廣東人民出版社 1992 年版。
42. 何天爵：《眞正的中國佬》，光明日報出版社 1998 年版。
43. E・A・羅斯：《E・A・羅斯眼中的中國》，重慶出版社 2004 年版。
44. 麥高溫：《中國人生活的明與暗》，時事出版社 1998 年版。
45. 明恩溥：《中國鄉村生活》，時事出版社 1998 年版。

46. 羅素：《中國問題》，學林出版社 1996 年版。
47. 約翰・斯塔德：《1897 年的中國》，山東畫報出版社 2004 年版。
48. 李明：《中國近事報導》，大象出版社 2004 年版。
49. 霍爾巴赫：《自然政治論》，商務印書館 1994 年版。
50. 夏瑞春：《德國思想家論中國》，江蘇人民出版社 1995 年版。
51. 黑格爾：《歷史哲學》，上海世紀出版集團 2001 年版。
52. 利瑪竇，金尼閣：《利瑪竇中國劄記》，中華書局 1993 年版。
53. 孔多塞：《人類精神進步史表綱要》，生活・讀書・新知三聯書店 1998 年版。
54. 伏爾泰：《風俗論》，商務印書館 1995 年版。
55. 哈羅德・伊薩克斯：《美國人的中國形象》，時事出版社 1999 年版。
56. 萊布尼茲：《中國近事》，大象出版社 2005 年版。
57. 孟德斯鳩：《論法的精神》（上冊），商務印書館 1961 年版。

二、國內研究著作

1. 汪暉：《汪暉自選集》，廣西師範大學出版社 1997 年版。
2. 汪暉：《無地彷徨——五四及其回聲》，浙江文藝出版社 1994 年版。
3. 汪暉：《反抗絕望》，河北教育出版社 2002 年版。
4. 汪暉：《現代中國思想的興起》，生活・讀書・新知三聯書店 2004 年版。
5. 鄭匡民：《梁啓超啓蒙思想的東學背景》，上海書店 2003 年版。
6. 阿英：《晚清小說史》，人民文學出版社 1980 年版。
7. 歐陽健：《晚清小說史》，浙江古籍出版社 1997 年版。
8. 楊聯芬：《晚晴至五四：中國文學現代性的發生》，北京大學出版社 2003 年版。
9. 劉大明：《「民族再生」的期望：法國大革命時期的公民教育》，中國社會科學出版社 2005 年版。
10. 劉小楓：《現代性社會理論緒論》，上海三聯書店 1998 年版。
11. 陳若水：《公共意識與中國文化》，新星出版社 2006 年版。
12. 黃克武：《一個被放棄的選擇——梁啓超調適思想之研究》，新星出版社 2006 年版。
13. 復旦大學中外現代化進程研究中心編：《近代中國的國家形象與國家認同》，上海古籍出版社 2003 年版。
14. 羅志田：《國家與學術：清末民初關於國學的論爭》，生活・讀書・新知三聯書店 2003 年版。

15. 桑兵：《晚清民國的國學研究》，上海古籍出版社 2001 年版。
16. 鄭師渠：《晚晴國粹派文化思想研究》，北京師範大學出版社 2000 年版。
17. 陳萬雄：《五四新文化的源流》，三聯書店 1997 年版。
18. 劉再復：《傳統與中國人》，安徽文藝出版社 1999 年版。
19. 李希凡：《〈吶喊〉〈彷徨〉的思想與藝術》，上海文藝出版社 1981 年版。
20. 范伯群，曾華鵬：《魯迅小說新論》，人民文學出版社 1986 年版。
21. 嚴家炎：《中國現代小說流派史》，人民文學出版社 1989 年版。
22. 李澤厚：《中國現代思想史論》，東方出版社 1987 年版。
23. 李澤厚：《中國近代思想史論》，東方出版社 1987 年版。
24. 李新宇：《魯迅的選擇》，河南人民出版社 2003 年版。
25. 耿傳明：《「現代性」的文學進程》，中國文史出版社 2003 年版。
26. 丁守和主編：《辛亥革命時期期刊介紹》（1-5），人民出版社 1982 年版。
27. 中共中央馬、恩、列、斯著作編譯局研究室編：《五四時期期刊介紹》（1-3），生活・讀書・新知三聯書店 1979 年版。
28. 陳永森：《告別臣民的嘗試——清末的公民意識和公民行爲》，中國人民大學出版社 2004 年版。
29. 李孝悌：《清末的下層社會啓蒙運動 1901～1911》，河北教育出版社 2001 年版。
30. 昌切：《清末民初的思想主脈》，東方出版社 1999 年版。
31. 周寧：《西方的中國學說與傳說》（1-8），學苑出版社 2004 年版。
32. 鄭欣淼：《文化批判與國民性改造》，陝西人民出版社 1988 年版。
33. 譚德晶：《魯迅小說與國民性問題探索》，中國社會科學出版社 2004 年版。
34. 張芸：《別求新聲於異邦——魯迅與西方文化》，中國社會科學出版社 2000 年版。
35. 鮑晶編：《魯迅國民性思想討論集》，天津人民出版社 1981 年版。
36. 林焱：《百年風流——二十世紀中國文學與國民性的變遷》，陝西人民教育出版社 2002 年版。
37. 高力克：《五四的思想世界》，學林出版社 2003 年版。
38. 楊思信：《文化民族主義與近代中國》，人民出版社 2003 年版。
39. 張寶明：《現代性的流變——〈新青年〉個人、社會與國家關係聚焦》，社會科學文獻出版社 2005 年版。
40. 許紀霖，田建業編：《一溪集——杜亞泉的生平與思想》，生活・讀書・新知三聯書店 1999 年版。
41. 丁文江，趙豐年：《梁啓超先生年譜長編》，上海人民出版社 1983 年版。

42. 金耀基：《從傳統到現代》，中國人民大學出版社 1999 年版。
43. 陳方競：《多重對話：中國新文學的發生》，人民文學出版社 2003 年版。
44. 汪衛東《魯迅前期文本中的「個人」觀念》，人民文學出版社 2006 年版。
45. 袁洪亮：《人的現代化——中國近代國民性改造思潮研究》，人民出版社 2005 年版。
46. 俞祖華：《深沉的民族反省——中國近代改造國民性思潮研究》，山東人民出版社 1996 年版。
47. 翁芝光：《中國家庭倫理與國民性》，雲南人民出版社 2002 年版。
48. 孫玉石：《魯迅研究的歷史批判》，河北教育出版社 2001 年版。
49. 李繼凱：《民族魂與中國人》，陝西人民教育出版社 1996 年版。
50. 張夢陽：《悟性與奴性——魯迅與中國知識分子的「國民性」》，河南人民出版社 1997 年版。
51. 陳漱渝主編：《說不盡的阿 Q》，中國文聯出版公司 1997 年版。
52. 黄興濤：《文化怪傑辜鴻銘》，中華書局 1995 年版。

三、國外研究著作

1. 蕭公權：《近代中國與新世界：康有爲變法與大同思想研究》，江蘇人民出版社 1997 年版。
2. 狹間直樹：《梁啓超・明治日本・西方》，社會科學文獻出版社 2001 年版。
3. 福澤諭吉：《文明論概略》，商務印書館 1959 年版。
4. 埃利亞斯：《文明的進程——文明的社會起源和心理起源》（第一卷），生活・讀書・新知三聯書店 1998 年版。
5. 本尼迪克特・安德森：《想像的共同體——民族主義的起源與散佈》，上海世紀出版集團 2003 年版。
6. 蓋爾納：《民族與民族主義》，中央編譯出版社 2002 年版。
7. 柄谷行人：《日本現代文學的起源》，生活・讀書・新知三聯書店 2003 年版。
8. 托克維爾：《舊制度與大革命》，商務印書館 1992 年版。
9. 丸山眞男：《日本政治思想史》，生活・讀書・新知三聯書店 2000 年版。
10. 松本三之介：《國權與民權的變奏——日本明治精神結構》，東方出版社 2005 年版。
11. 福澤諭吉：《勸學篇》，商務印書館 1984 年版。
12. 黑格爾：《精神現象學》，商務印書館 1979 年版。
13. 泰勒：《黑格爾》，譯林出版社 2000 年版。

14. 科耶夫：《黑格爾導讀》，譯林出版社 2005 年版。
15. 馬森：《西方的中華帝國觀》，時事出版社 1999 年版。
16. 約·羅伯茨編：《十九世紀西方人眼中的中國人》，時事出版社 1999 年版。
17. 雷蒙·道森：《中國變色龍》，時事出版社 1999 年版。
18. 艾田蒲：《中國之歐洲》，河南人民出版社 1994 年版。
19. 張灝：《梁啓超與中國思想的過渡（1890～1907）》，江蘇人民出版社 1997 年版。
20. 霍布斯：《利維坦》，商務印書館 1985 年版。
21. 哈林頓：《大洋國》，商務印書館 1963 年版。
22. 佐藤愼一：《近代知識分子與文明》，江蘇人民出版社 2006 年版。
23. 張灝：《烈士精神與批判意識》，廣西師範大學出版社 2004 年版。
24. 雷蒙·威廉斯：《關鍵詞——文化與社會的詞匯》，生活·讀書·新知三聯書店 2005 年版。
25. 卜正民，格力高利·布魯主編：《中國與歷史資本主義——漢學知識的系譜學》，新星出版社 2005 年版。
26. 馮客：《近代中國的種族觀念》，江蘇人民出版社 1999 年版。
27. 林毓生：《中國意識的危機》，貴州人民出版社 1986 年版。
28. 余英時：《中國思想傳統及其現代變遷》，廣西師範大學出版社 2004 年版。
29. 格裏德：《胡適與中國的文藝復興》，江蘇人民出版社 1996 年版。
30. 艾愷：《最後的儒家——梁漱溟與現代化的兩難》，江蘇人民出版社 1993 年版。
31. 伊藤虎丸：《魯迅與日本人——亞洲的近代與「個」的思想》，河北教育出版社 2002 年版。
32. 安敏成：《現實主義的限制：革命時代的中國小說》，江蘇人民出版社 2001 年版。
33. 《馬克思恩格斯選集》第 1 卷，人民出版社 1995 年版。
34. 《馬克思恩格斯全集》42 卷，人民出版社 1995 年版。
35. 列文森：《儒教中國及其現代命運》，中國社會科學出版社 2000 年版。
36. 列文森：《梁啓超與近代中國》，四川人民出版社 1986 年版。
37. 薩義德：《東方學》，生活·讀書·新知三聯書店 1999 年版。
38. 薩義德：《文化與帝國主義》，生活·讀書·新知三聯書店 2003 年版。
39. 阿雷恩·鮑爾德溫等：《文化研究導論》（修訂版），高等教育出版社 2004 年版。
40. 齊亞烏丁·薩達爾：《東方主義》，吉林人民出版社 2005 年版。

41. 李歐梵：《現代性的追求》，生活・讀書・新知三聯書店 2000 年版。
42. 史蒂文・盧克斯：《個人主義》，江蘇人民出版社 2001 年版。
43. 實藤惠秀：《中國人留學日本史》，生活・讀書・新知三聯書店 1983 年版。
44. 彼得・狄肯斯：《社會達爾文主義》，吉林人民出版社 2005 年版。
45. 本傑明・史華茲：《尋求富強：嚴復與西方》，江蘇人民出版社 1995 年版。
46. 柯文：《在中國發現歷史——中國中心觀在美國的興起》，中華書局 1989 年版。
47. 福柯：《知識考古學》，生活・讀書・新知三聯書店 1998 年版。
48. 雷蒙・阿隆：《社會學主要思潮》，華夏出版社 2000 年版。
49. 孫隆基：《歷史學家的經緯》，廣西師範大學出版社 2004 年版。
50. 王德威：《想像中國的方法》，生活・讀書・新知三聯書店 2003 年版。
51. 林毓生：《熱烈與冷靜》，上海文藝出版社 1998 年版。
52. 華勒斯坦等：《學科・知識・權力》，生活・讀書・新知三聯書店 1999 年版。
53. 日本近代思想史研究會著：《日本近代思想史》（1-3），商務印書館 1983～1992 年版。
54. 塔吉耶夫：《種族主義的源流》，生活・讀書・新知三聯書店 2005 年版。
55. 劉禾：《跨語際實踐——文學，民族文化與被譯介的現代性（1900～1937）》，生活・讀書・新知三聯書店 2002 年版。
56. 費約翰：《喚醒中國——國民革命中的政治、文化與階級》，生活・讀書・新知三聯書店 2004 年版。
57. 艾愷：《世界範圍內的反現代化思潮》，貴州人民出版社 1991 年版。
58. 史景遷：《文化類同與文化利用》，北京大學出版社 1997 年版。
59. 杜贊奇：《從民族國家拯救歷史：民族主義話語與中國現代史研究》，社會科學文獻出版社 2003 年版。
60. 許寶強，羅永生選編：《解殖與民族主義》，中央編譯出版社 2004 年版。
61. 和辻哲郎：《風土》，商務印書館 2006 年版。
62. 帕爾塔・查特吉：《民族主義思想與殖民地世界》，譯林出版社 2007 年版。
63. 詹明信：《晚期資本主義的文化邏輯》，生活・讀書・新知三聯書店 1997 年版。
64. 吉爾・德拉諾瓦：《民族與民族主義》，生活・讀書・新知三聯書店 2005 年版。
65. 德里克：《革命與歷史——中國馬克思主義歷史學的起源（1919～1937 年）》，江蘇人民出版社 2005 年版。

四、研究論文

1. 潘世聖:《關於魯迅的早期論文及改造國民性思想》,《魯迅研究月刊》2002年第9期。
2. 程致中:《魯迅國民性批判探源》,《魯迅研究月刊》2002年第10期。
3. 袁盛勇:《國民性批判的困惑》,《魯迅研究月刊》2002年第10期。
4. 張均:《魯迅爲什麼不看重〈阿Q正傳〉——兼論國民性批判與啓蒙主義之關係》,《中山大學學報》2004年第5期。
5. 鮑紹霖:《歐洲、日本、中國的國民性研究:西學東漸的三部曲》,《近代史研究》1992年第1期。
6. 閆潤魚:《由「重民」向「改造國民性」思潮演化的政治學分析》,《教學與研究》2004年第5期。
7. 吳春梅:《近代民族主義與梁啓超的新民思想》,《安徽大學學報》1998年第4期。
8. 徐松榮:《再論梁啓超的國民性改造思潮》,《廣州大學學報》2004年第12期。
9. 湯奇學,陳寶云:《辛亥革命時期與新文化運動改造國民性思想之比較》,《安徽大學學報》2003年第4期。
10. 劉嘉桂、姜迎春:《近代中國改造國民性思潮中的社會公德思想》,《江蘇社會科學》1999年第1期。
11. 李永中:《〈新青年〉國民性思想初探》,《佳木斯大學社會科學學報》2003年第5期。
12. 楊海云:《論〈浙江潮〉對國民性的批判》,《樂山師範學院學報》2004年第2期。
13. 粮豔玲、孟桂香:《試論〈清議報〉的改造國民性宣傳》,《信陽師範學院學報》2004年第2期。
14. 王岳昭、蔡中:《改造國民性——現代文學的一個基本主題》,《西北第二民族學院學報》1994年1期。
15. 謝超凡:《一枝一葉總關情——論晚清小說對國民性問題的關注》,《明清小說研究》2001年第3期。
16. 俞祖華、趙慧峰:《比較文化視野裏的中國人形象——辜鴻銘、林語堂對中西國民性的比較》,《中州學刊》2000年第5期。
17. 張寶明:《國民性沉鬱的世紀關懷——從梁啓超、陳獨秀、魯迅的思想個案出發》,《鄭州大學學報》2000年3期。
18. 田廣文:《「群」與「己」的嬗變——國民性思想與中國文學的現代轉型》,山東大學2005年博士學位論文。

19. 鄭欣淼：《魯迅的文化觀與改造國民性思想》，《魯迅研究》第 10 輯，中國社會科學出版社 1987 年版。
20. 陳繼會：《論易卜生對魯迅改造國民性思想的影響》，《魯迅研究月刊》1990 年第 7 期。
21. 張碩城：《從改造國民性看魯迅的人道觀》，《魯迅研究》第 10 輯。中國社會科學出版社 1987 年版。
22. 林興宅：《論阿 Q 性格系統》，《魯迅研究》第 1 輯，上海文藝出版社 1980 年版。
23. 澤谷敏行：《魯迅與史密斯、安岡秀夫關於中國國民性的言論之比較》，《魯迅研究月刊》1997 年 4 期。
24. 於影：《20 世紀初新民思想的倡導與超越——梁啓超與青年魯迅改造「國民性」思想之比較》，《廣州大學學報》2003 年第 11 期。
25. 方小教：《魯迅與陳獨秀「國民性」思想之比較》，《安徽史學》1999 年第 4 期。
26. 夏明菊：《魯迅、茅盾農村題小說對「國民性」問題的關注》，《烏魯木齊職業大學學報》1994 年第 1、2 期。
27. 馮驥才：《魯迅的功與過》，《收穫》2000 年第 2 期。
28. 楊曾憲：《質疑「國民性神話理論」——兼評劉禾對魯迅形象的扭曲》，《吉首大學學報》2002 年第 3 期。
29. 王學鈞：《劉禾「國民性神話」論的指謂錯置》，《南京工業大學學報》2004 年第 1 期。
30. 汪衛東、張鑫：《國民性：作爲被拿來的歷史性觀念》，《魯迅研究月刊》2003 年第 1 期。
31. 北岡正子：《魯迅思想的由來》，《魯迅研究月刊》2002 年第 3 期。
32. 王學謙：《精神創傷的昇華——魯迅改造國民性思想形成的心理因素》，《齊魯學刊》2002 年第 1 期。
33. 汪衛東：《魯迅國民性批判的內在邏輯系統》，《魯迅研究月刊》1999 年第 7 期。
34. 竹潛民：《中國國民性的「密碼」和「原點」探秘》，《魯迅研究月刊》2002 年第 2 期。
35. 保羅・福斯：《中國國民性的諷刺性暴露——魯迅的國際聲譽、羅曼・羅蘭對〈阿 Q 正傳〉的評論及諾貝爾文學獎》，《魯迅研究月刊》2004 年第 8 期。

五、報刊

1. 《新小說》，1902 年創刊。

2. 《新新小說》，1904 年 9 月創刊。
3. 《小說林》，1907 年 1 月創刊。
4. 《月月小說》，1906 年 11 月創刊。
5. 《繡像小說》，1903 年 5 月創刊。
6. 《新青年》，1915 年 9 月 15 日創刊。
7. 《新民從報》，1902 年 2 月創刊。
8. 《新潮》，1919 年 1 月創刊。
9. 《東方雜誌》，1904 年 3 月創刊。
10. 《浙江潮》，1903 年 2 月創刊。
11. 《清議報》，1898 年 12 月創刊。
12. 《民報》，1905 年 6 月創刊。
13. 《江蘇》，1903 年 4 月創刊。
14. 《湖北學生界》，1903 年 1 月創刊。
15. 《黃帝魂》，1903 年初刊。
16. 《國民報》，1901 年 5 月。
17. 《國民日日報彙編》，1904 年創刊。
18. 《遊學譯編》，1902 年 11 月創刊。
19. 《洞庭波》，1906 年創刊。
20. 《每周評論》，1918 年 12 月創刊。
21. 《國粹學報》，1905 年 2 月創刊。
22. 《甲寅》，1914 年 5 月創刊。
23. 《學衡》，1922 年 1 月創刊。
24. 《安徽俗話報》，1904 年 1 月創刊。

後　記

本書由我的博士論文修改而成，首先要感謝我的導師汪暉先生，論文選題得到了先生的支持和肯定，在構思寫作的過程中，正是他不斷地鼓勵和寬容給予我巨大的信心和動力，使我有勇氣和決心去完成這樣一個相對較大而有難度的題目。先生的現實關懷意識、對時代的歷史使命感和執著於學術思想的創造精神，以及熱情、眞誠的品格都將使我受益終生。

其次要感謝其他師友，在西北師範大學讀大學的日子裏，是邵寧寧老師的當代文學課使我對中國現當代文學產生興趣，後來，我們又成爲同事，更給予我無私的關愛；在陝西師範大學讀研期間，導師李繼凱和閆慶生、傅正乾、張積玉等老師指引我走上學術之路；在南開大學讀博期間，喬以鋼、李新宇、耿傳明、羅振亞、李錫龍、李潤霞等老師也給了我不少的教益；王得后、羅鋼、格非、解志熙、鄭春等知名學者都給我以指導；何吉賢、王豐先、張翔、周展安、陳越等友人在查閱資料方面也給我很大的幫助。最後感謝李怡先生把本書納入他主持的民國文學和文化研究書系出版繁體本，趁此機會也在文字表述方面作了一些修訂。

2018 年 12 月於蘭州